講談社文庫

がくじんでん　かざはな
嶽神伝　風花(上)

長谷川 卓

講談社

序

「進め、進め。ここでは見えぬ」

　背を押され、這うように進み、開けたところに出たと同時に、歓声が上がった。兵が義元の首を掴んで掲げている。

「ああ」と勘助が、尻から濡れた地に落ち、「あの今川が……」と呻くように言った。「あの今川が、敗れおった……」

「殿。長居は無用でございます。離れましょう」

　庄左衛門が、勘助の腋に手を添えた。

　勘助が生返事をしていると、義元の首を手にした兵が去った方から刃を打ち合わせる音が聞こえ、抜け出し、近付いて来る足音がした。今川の兵であった。

　兵らが義元の亡骸を見付けた。御館様、と声を絞ったところで、連れ帰らねば、と気付いたのだろう。手と足を持ち上げようとした。が、兵は三人だった。両の手を掴むと、片足が地に落ち、両足を掴むと片手が地に落ちた。引き摺るは不忠と考えているのか、後ひとりが来るのを待っている。新たな足音がした。見ていた三人が義元を残し、慌てて逃げ出して行った。織田の兵が来たのだ。
藪に身を屈めていると、馬に乗った武者が来た。兜の下にある白い顔が見えた。癇性に歪んでいる。

武者は馬上から義元を見下ろすと、高い声で笑い、亡骸に唾を吐き掛けた。

「海道一の弓取り殿、耳がなくては聞こえぬだろうが、一言ご挨拶を申し上げる。織田上総介信長でござる」

再び甲高い笑い声を立てると、馬首を巡らせ、去って行った。

（『鬼哭』より）

永禄三年（一五六〇）五月十九日。

大今川が小織田に敗れた。世に言う桶狭間の戦いである。

今川義元の首が胴と離れた瞬間、歴史は音を立てて流れ行く方向を変え、速度を上げた。

希代の幸運児・織田信長は九分九厘閉ざされていた前途に光明を見出し、甲斐の虎と恐れられていた武田信玄は宿願である南下の野望に火を点す。

永禄九年（一五六六）九月。箕輪城を落とし、西上野を掌中に収めた信玄は、駿河侵攻に反対する嫡男・義信を自刃に追い込み、駿府を攻め、今川氏真を掛川城に追う。氏真は、徳川家康にも追われ、正室早川殿の実家である北条氏を頼って伊豆に落ちる。

武田に対抗するため氏康は、越後の上杉氏と同盟を結び、七男の三郎を人質として越後に送る。三郎は、景虎の名をもらい、上杉家の養子となる。

元亀二年（一五七一）。駿河を得た信玄は、高遠城城主の勝頼を躑躅ヶ崎館に呼び寄せ、傍らに置く。武田の後継者として領土経営を学ばせようとしたのである。

そして――。

余命を知る信玄は、西上を決意する。

信玄の胸中にあったのは、京に上り、天下に号令することよりも、己の命亡き後武田の家が安泰であるように、と信長を倒すことだった。

元亀三年（一五七二）十月。信玄は総勢三万の兵で甲斐府中を発った。

この物語は、武田軍の出陣から二年遡った元亀元年（一五七〇）に始まる。

里の戦いに巻き込まれながら、己らの生きる道を模索してきた木暮衆の無坂らにも、終焉の時は近付いていた――。

目次

《下巻目次》

嶽神伝　風花（上）

〈主要登場人物〉

武田家　武田信玄
　武田四郎勝頼
　武田信虎（信玄の父）
　小夜姫（諏訪御料人）
　小見の方（小夜姫の生母）
　太郎（信虎の庶子。山の者になる）
　《かまきり》五明
　　日疋
　　仁右衛門
　《かまりの里》千々石
　　水鬼
上杉家　上杉謙信
　上杉三郎景虎
　華姫（景虎正室）
　上杉喜平次景勝
　《軒猿》一貫斎
　　亦兵衛

北条家　北条氏康
　北条氏政
　北条幻庵
　空木（幻庵の娘）
　《風魔》小太郎（宇兵衛が襲名）
　　余ノ目
徳川家　徳川家康
　鳥居彦右衛門
　《伊賀者》服部半蔵正成
　　牙牢坊正時（半蔵の兄）
　　式根
織田家　織田信長
　羽柴秀吉
四三衆　月草
涌井谷衆　多十
ひとり渡り　小伏の双兵衛
巣雲衆　弥蔵（大長）
南稜七ツ家　二ツ

木暮衆　無坂
　若菜（無坂の娘）
　青地（無坂の孫）
　志戸呂
　ヒミの大叔母
木暮衆の居付き　百太郎
　日高
　水木（日高の妻。無坂の娘）
　万太郎（無坂の孫）
久津輪衆　美鈴（無坂の妹）
　龍五（無坂の倅）
　於富（美鈴の義母）
軒山衆　真木備
　野髪（元鳥谷衆）
　岩鬼（武田信虎の庶子・太郎）

第一章　高遠城笹曲輪（ささくるわ）

一

元亀元年（一五七〇）十月──。

男は、居室で石を磨いていた。

石は、猿が両の手で耳を塞いでいるような形をしていた。このような石を姿石という。

手を加えたものではない。山の者・木暮衆の無坂が河原で見付けた石である。それが、今川家の軍師であった太原雪斎の手を経て、今、男の許にある。

雪斎は既にない。今川家の当主であった義元もいない。

己ばかりが生き長らえているような気がした。男は七十八歳になる。

男の名は北条三郎長綱。法名は幻庵宗哲。梟雄と言われた北条早雲の四男である。

幻庵の屋敷は小田原城から北西に二十四町（約二・六キロメートル）離れた久野にあった。

十日前に、侵攻して来た武田軍を迎え撃つために、陣を布いていた伊豆の韮山から戻ったところだった。駿河を掌中に収めた武田が、武田勝頼を総大将とした軍勢を送り込んで来たのだが、韮山城の城代・北条氏規を総大将とした北条軍が押し返したのだ。

北条氏規は二十六歳、幻庵の甥の子、姪孫に当たった。

眩しい程の若さを目の当たりにし、幻庵は改めて己の歳を思った。いつまでも、儂が表にいるべきではない。

だが、この年幻庵は、小机城城主として小机衆を率いる地位に返り咲いていた。

最初に代を譲った実子・三郎は病弱のまま若くして没し、二代氏綱の四男・氏堯を養子に迎えたが、これも病死してしまった。

次いで実子・新三郎氏信に継がせたが、永禄十二年暮れ、駿河に侵攻してきた武田軍との蒲原城の戦いで、弟・箱根少将長順とともに討死してしまった。

氏信の嫡男・菊千代が幼いことから、三代氏康の七男・三郎を養子に迎えたが、僅か四月後の今年三月、越相同盟の人質として越後の上杉輝虎の許に送られ、養子に入ってしまった。

そこで――。

幼い菊千代が元服するまで、と城主に戻り、風魔を束ね、当代の耳目となって数多の勢力の動きを探るとともに、戦(いくさ)に出ることになったのである。

幻庵は猿の姿石を床の間に戻すと、渋紙を床に敷き、薬研(やげん)で薬草を碾(ひ)き始めた。鳴子百合(なるこゆり)の根茎と滑莧(すべりひゆ)の葉と茎を干して切ったものである。煎(せん)じて飲むと、ともに滋養と強壮に効いた。このふたつに碇草(いかりそう)や蓬(よもぎ)を加えた薬湯を、病がちであった嫡男の三郎に飲ませるために、よく碾いたものだった。薬研で碾いていると、三郎の白い顔が思い出された。

父がこのように長命であるのは、そなたの分まで生きろということかもしれぬの。

火桶(ひおけ)に掛けた鉄瓶の口からは湯気が上っていた。湯は沸いていた。碾いた鳴子百合と滑莧を落とし入れ、ゆっくりと煎じた。

幻庵が薬草に詳しいのは、京に暮らした二十代の頃、早雲に命じられ、本草学を極めた陰陽師(おんみょうじ)の許に通って学んだからであった。

あれから五十年余が経(た)とうというに、まだ分からぬことが多い。本草学は、人の心と同じく奥が深いの。

薬湯のにおいが咽喉(のど)から鼻に抜けた。

効いたな。独(ひと)り言(ご)ちていると、居室前の廊下に足音が立った。幻庵率いる風魔の棟(とう)梁(りょう)・小太郎(こたろう)が幻庵の居室に来る時の合図であった。誰とも会いたくない時は、廊下に控えている風魔に、その旨伝えておけばよかった。とは言え、未だ一度も断ったことはない。

足音が襖の向こうで止まり、名乗った。

小太郎も代替わりをしていた。病没した先代の後を継いだのは、小頭の宇兵衛であった。宇兵衛が棟梁になったためにひとつ空いた小頭の座には余ノ目が就いている。

「入るがよい」

襖が開き、小太郎が滑り込むように居室に入り、手を突いた。

韮山城から小田原に戻る時、浜松に忍ばせている風魔から城の様子を聞くとともに、小太郎自らの目でも見て来るよう命じていたのである。

浜松は、六月までは引間（曳馬）という地名であった。しかし、引くは縁起が悪いからと、浜松と改めさせた家康は、岡崎城を嫡男の三郎に任せ、己は遠江を治める者として改修した浜松城に移っていた。すべては武田の遠江侵攻を睨んでのことである。三郎は、この七月に元服して信康と名乗った。信長と家康から一字ずつもらい受けた、まさに両家の絆を体現した名であった。

「どうであった？」

城は今川家の時と比べると倍近い大きさになっていた、と小太郎が言った。

「堀は深く、土塁も高くしてあり、また随所に矢倉を建ててあり、堅牢な城に作り替えておりました」

小太郎は、今川家時代の引馬城の縄張り図と徳川家が修築した浜松城の絵図を並べて置いた。浜松城は堀と土塁と矢倉が描き込まれているだけのものであった。幻庵はそれらを見比べながら、城下は、と訊いた。

「岡崎などから商人を呼び寄せ、城下らしい佇まいになってきておりました。恐らく、年が明ける頃には、二倍から三倍の広さになると思われます」

「勝ったからな。それと、織田の力か」

織田信長と組み、近江の浅井長政、越前の朝倉義景勢と戦った姉川の戦い（近江国浅井郡）に勝利し、凱旋帰国したことで、浜松は弥が上にも賑わっていた。

「徳川め、本気で武田と戦うつもりでおるかに見えるの」

そのための浜松城であるとしか考えられなかった。

「勝てましょうか」小太郎が訊いた。

「勝てぬ」幻庵が即答した。「徳川のみでは万にひとつも勝てぬ」

織田の傀儡になることをよしとしない将軍足利義昭の求めに応じて、本願寺、朝倉義景、浅井長政、六角承禎ら反織田の勢力が結び付こうとしていた。

「織田は戦う相手が多過ぎる。信玄が動いたとしても、身動きが取れず、家康に援軍は出せぬ」出せたとしても、と言って幻庵が首を横に振った。「織田と徳川では、今の武田には勝てぬ。武田には桶狭間のような奇襲は通じぬからな」

「では、浜松城に移るなどして武田を怒らせない方が無難なのでは？」

「そこがそれ、駆け引きという奴よ。いずれ信玄は京に上る。それは間違いない。その時、遠江、三河、美濃は道筋だからな。必ず戦わねばならなくなる。それも間違いない。だが、それがいつか分からぬ以上、備えはしておかねばならぬのよ。今から、頭を下げ、尻尾を振っていたら、徳川はそれだけの男だと見られてしまうからな。ここで己が意地と矜持を見せ付けていれば、武田に屈したとしても、低くは見られぬ。それが家康の狙いであろう」

「では、いつかは？」

「武田に屈し、遠江・三河先方衆の徳川殿とか呼ばれることになるのであろうな」

他に何か、と幻庵が湯飲みを置きながら言った。

「春日山に忍ばせていた者からの知らせがございます」

早く知らせたくてうずうずしていたのだろう。小太郎の声音が少し高くなった。

「聞こう」

「上杉輝虎様が、中風を発症したとのことでございます」

信玄が、上野の厩橋城攻めのため出陣したという報が春日山に届いた。厩橋城は、輝虎が関東出陣の際の拠点である。即座に陣触れをし、春日山を出たところで発症したらしい。

「足に痺れがあるようでございます」

幻庵は瞬間、輝虎が龍穴の地で受けた腿の傷を思い出したが、いや、と心の中で首を横に振った。

「酒か」

梅干しを肴に、浴びるように酒を飲む、と先代の小太郎から聞いていた。それが輝虎の飲み方だった。

大酒を飲み続け、中風に罹る。家臣の中にもいた。倒れたと聞いてから、何年保ったか。五、六年であったか。

「軽いのか」小太郎に訊いた。

「痺れがあるだけと聞いております」

すると、後十年か……。

もしやすると、と幻庵が呟くように言った。

「三郎が越後の国主の座に就くことも、あるやもしれぬぞ……」

輝虎に実子はいないが、養子は三人いた。うちひとりは、上条上杉家を継ぐことになっているので除くと、上杉家を継ぐのはふたりに絞られる。

喜平次景勝（天正三年に改名するまでは、顕景名であるが、煩雑になるので景勝名で通す）と三郎景虎である。

弘治元年（一五五五）に上田長尾家当主・政景の次男として生まれた喜平次景勝は、三郎より六年早い永禄七年（一五六四）に輝虎の養子に入っている。母は輝虎の姉に当たる。

だが、問題は喜平次が上田長尾家の出だということだ。

輝虎（長尾景虎）が、守護代である兄・長尾晴景と守護代の地位を争った時、政景は晴景を推していた。争いに敗れ、晴景が隠居した後も、政景は反旗を翻していたが、怒った輝虎の前に膝を屈し、以降は輝虎に仕えてきていた。それを上辺だけのものだという声は多々あった。

輝虎が、領土に固執する家臣らに嫌気が差し、出奔したことがあった。その時、政景が不用意に漏らした言葉で、甲斐の透波に輝虎の居所が龍穴と呼ばれている地だと知られてしまった。政景を疑う声は更に強くなったが、輝虎を春日山に戻るよう説得したことでうやむやになっていた。だが、八年後政景は不審な死を遂げている。輝虎の軍師でもあった枇杷島城城主の宇佐美定満と舟遊びをしている最中に、もつれるように湖に落ち、ともに亡くなったのである。これが単なる事故ではないことは、その後、継嗣の喜平次が輝虎の養子に入ったことを受け、継嗣のいなくなった上田長尾家が事実上取り潰された経過からも、事故に輝虎の意志が働いたことが窺える。輝虎は、上田の勢力を潰しに掛かったのである。

その上田長尾家の遺児である喜平次を後継にすることは、潰した上田長尾家に上杉本家が乗っ取られるということである。それを許さぬ勢力は少なくないはずだ。彼らは三郎に付くだろう。

三郎が越後の国主になり、関東管領になった時は、どうなるのか。

越後、関東、相模が北条のものとなるのだ。さすれば、誰も手出しが出来ぬ強国になるのは間違いない。輝虎とて、先を読めば、北条と手を組むことで上杉家の安泰を図るはずだ。

目はある。間違いなく、ある。

莞爾として笑った幻庵の顔を小太郎が見ている。何と答えるか、新たな棟梁を試してくれよう。

「目はあるぞ」と小太郎に言った。

「某も、そのように考えます」

「そう思うてか」

「あの国主様が、上田長尾を選ぶとは思えませぬ」

「うむ」

幻庵は頷いた。儂の心の中を読んでいる。

「先の話だが、万一にも三郎が跡を継いだとすると、風魔と軒猿が手を組むことになるが、よいか」

「そこまでは」と言って小太郎が言い淀んだ。「考えておりませんでした」

幻庵と小太郎が声を合わせて笑った。代を継いで、小太郎が初めて上げた笑い声だった。

「我らが思うように世が運ぶとよいがの」

「力を尽くします」

「頼むぞ」

平伏している小太郎に言った。

「巣雲の弥蔵には褒美をやらねばなるまいな。あの時、思い止まらせてくれなんだら、こうは進まなんだであろうからな」

あの時とは、龍穴に着いた幻庵らが、数に優るをよいことに、輝虎を闇に葬ろうと刀の鯉口を切った時に起こった。北条の名を辱め、貶めることになります。思い止まりください、と食って掛かってきたのだ。

「今や、大長になっております。やはり、その器だと見られていたのでございましょう」

山の者は、集落毎に長、棟梁、束ね、と名称は違うが長がいる。その長が二年に一度《集い》という集まりを設け、様々なことを話し合う。そして四年毎に、長の中の長である大長を皆で選び、それからの四年間の山の決め事の中心に置く。弥蔵は三年前の永禄十年（一五六七）に大長に就いていた。

「男と言えば、あの男の名を聞かぬが、何か耳に入っておるか」

幻庵が誰のことを言っているのかは、直ぐに分かった。

木暮衆の無坂である。

「今年の春、三郎様の上杉様への御養子入りが決まった頃、高遠城に現れております」

高遠城に潜んでいる風魔の知らせにあった。

「小見の方に薬草を届けたのか」

小見の方と諏訪惣領家の当主・諏訪頼重の娘が、諏訪御料人と言われた小夜姫であった。武田晴信（今の信玄）に乞われて側室となり、四郎勝頼を産んでいる。元亀元年、この時、小見の方は、高遠城城主であった勝頼とともに高遠城にあった。

「左様でございます」

「無坂は、幾つに相なった？」

「六十六かと」

「まだ山の中を走っているのか」

「そのようでございます」

「何を食べていると、あのように走れるのかの」

「殿は、彼の者よりも一回り上にございます。恐らく皆、殿が何を食べているのか知りたがっているかと存じますが」

「覚えておくがいい。食わぬことだ。無駄に食えば、五臓六腑は疲れる」

「では、恐らく無坂も、そのようにしているのではないでしょうか」

「かもしれぬの」

小太郎が居室を出た。

襖の向こうで立ち上がり、廊下を下がっている。警護を兼ねて控えている風魔と指文字を交わしているのだろう。気配を読みながら、冷めた薬湯をごくりと飲み、語り過ぎじゃ、と幻庵は、そこにいぬ小太郎に呟いた。先代は、少なくとも才気を仄めかすことはせなんだぞ。

幻庵が再び薬研の前に座り直した頃――。

無坂は、高遠城の本丸にある館の奥庭にいた。

城の大手門からの案内は、春に来た時と同様、今は小見の方付きになっている田尻新兵衛であった。小夜姫が存命中は息の小十郎に案内されたものであったが、姫が没して以降は、小十郎は勝頼の侍臣となり側近くに仕えることになってしまった。そこで、隠居の身であった新兵衛が、元小見の方の侍女であった妻女の楓とともに、身の回りの世話のため、御大方様付きとして復帰したのである。これは、小見の方の頼みを勝頼が聞き入れてのことだと、春に新兵衛から聞いていた。

今年の春までは、天龍川を越えねばならぬ龍五に代わって、居付きの百太郎の倅で、無坂の次女・水木の夫である日高に、薬草を届ける仕事を頼んでいたのだが、この春、無沙汰を詫びようと訪ねたのだった。

居付きとは、病を得たとか、足に怪我をするなどして渡りに耐えられなくなった者が、長の許しを得て集落を出、里に居付いた者のことであった。しかし、里での国同士の争いが激しさを増している時代にあっては、兵站などを請け負う《戦働き》や里での荷運びなどの交渉役を担うことが多かった。交渉役に必要なのは耳聡さと戦の動向を見る目であった。国人、豪族、大名らの力を他の勢力と比べ、この仕事は危ないからと諾否を決めるのも居付きの役目であった。日高も、父親に随行している間に、力を身に付けていた。代を継いでの、木暮衆の居付きであった。

広縁の端から衣擦れの音が聞こえてきた。無坂は玉砂利に手を突いた。

面を上げるよう新兵衛に言われ、広縁を見上げると、小見の方と楓の顔があった。

ここに小夜姫がいれば、諏訪の上原館のままである。だが、時は過ぎていた。三十の後半であった無坂は六十の半ばを越している。小見の方も五十四を数えているはずであった。

「そなたは変わりませんね」

「いいえ。老いましてございます」

「まだ、熊と戦っているのですか」

小見の方と小夜姫に、熊との戦い方を話したことがあった。諏訪頼重がおり、禰々御料人もいた。七ツ家を、存じていますか、とこっそりと禰々御料人に訊かれたのも、その時だった。

南稜七ツ家は、落としの七ツ、とも呼ばれる人質や囚われびとを敵城から落とす、即ち、落ち延びさせることに長けた山の者らであった。その後、禰々御料人と七ツ家の間で、嫡男・寅王の落としが行われ、七ツ家と《かまきり》の戦いが始まったのだが、無坂は後で知ったことだった。

「滅相もないことでございます。今では、恐らく逃げることも叶わぬかと存じます」

小見の方と楓らは、口許を袖で隠しながら声を立てずに笑うと、薬草を持って来てくれたのか、と訊いた。

「いつもの薬草ですが、此度は」

春にきた時に小見の方が、眠りが浅くなっていると言ったので、菫と野芥子の葉を干したものを持参していた。勿論、甘野老、碇草、滑莧と鳴子百合は持って来ていると言い添えた。

「野芥子は毒消しにもなりますが、煎じて飲むとよく眠れるようになりますので、菫の葉とともに煎じて、お休み前にお飲みください。ぐっすりと眠れるかと存じます」

「早速に試してみましょう」

　無坂は楓から薬草を入れておいた竹筒を受け取り、玉砂利の上に渋紙を広げ、春に渡した古い薬草と持参した新しい薬草を詰め替え始めた。

「ひとつ頼みがあるのですが」小見の方が言った。

無坂は手を止め、耳を傾けた。

「楓もそうなのですが、手足の先が冷えましてね。それもあって寝付きが悪くなったり、眠りが浅くなるのではないかと思うのですが、何か効く薬草を知っていますか」

「それならば、毎日枸杞の実を食べるか、寝る前に薬湯に手足を浸すとよろしいかと存じます」

黒文字と枸杞と猪独活の葉を干したものを袋に入れ、桶に湯を入れたものに浸しておき、手足を温めてから寝るのだ、と話した。

「今持ち合わせがございませんので、干し上がり次第お届けに参ります」

「それは助かります。いつも済まぬの」

「何を仰せになられます。御方様のお役に立てるのが嬉しいのでございます。何なりとお申し付けくださいますように」

竹筒に詰め終えて楓に渡していると、広縁を歩み来る重い足音がした。

楓と新兵衛が床に手を突いた。

無坂は急いで下がり、玉砂利に平伏した。

「御大方様」と足音の主が言ったことで、勝頼であることが分かったが、無坂の知っている勝頼の声ではなかった。武者の声だった。「薬草ですか。どこかお悪いのなら、薬師に申し付けるがよろしい、と申し上げておるではありませんか」

「私には薬師のものより、この者が碾いたものの方が合うのです。薬師のは、何か訳の分からぬ混ぜ物がしてあるようで、私には」

小見の方の衣が鳴った。首を横に振ったらしい。

「あの薬師は、父上（信玄）が使わしてくださった本草学を極めた者なのですが」分かりました、と勝頼が言った。「薬は効くと思うたものが効くと申しますので、お好きになさるがよろしいでしょう」

こちらを見ている気配がしたので、無坂は更に頭を下げた。

「四郎様。何か御用がおありですか」

小見の方が訊いている。

「おばば様、天守に上りたいと言っておいででしたが」

「上れるのですか」

「はい。天気もよいし、私も行く前に見ておきたいと思ったので、どうかと」

「それは嬉しいことを。お願いいたします」

　では、そのように申し付けますので、暫時お待ちを。引き返そうとした勝頼を呼び止め、済みませぬが、と小見の方が言った。

「この者にも見せてやりたいのですが、供をさせてもよいでしょうか」

　俺のことか……。

　平伏したままでいた無坂は、どう振る舞えばいいのか困り、押し黙った。

「何ゆえ、でございますか」

「山の者ですが、あのように高いところに上ったことはないかと思い、見せてやりたいと……」小見の方が、ゆっくりと言葉を継いだ。「そなたの母が、十歳の時でした。この者に命を助けてもらい、それからずっと薬草を届けてくれているのです。母は亡くなる前、無坂に背負われて、外の風に当たり、それは気持ちがよかったと、よく言っていたものでした。何か報いてやりたいと常々思うていたもので、つい出過ぎたこととは思ったのですが」

「おばば様、天守とは、いや、天守とは建てた前の城主・秋山（信友）殿がそのように言っていただけで、強固な矢倉ですが、城の要は本丸。その本丸を一望に見渡せるところですので……」

勝頼は言いながら心を決めたらしい。分かりました、と言い、言葉を継いだ。

「遠くを見るだけで本丸を見下ろさないと約すのならば、中に何があるという訳ではございませんので、此度は許しましょう」

「ありがとうございます。それで十分でございます」

では、小十郎を寄越しますので、お出でください。言い残して、勝頼が足音高く戻って行った。無坂は、もう一度頭を下げてから起こした。小見の方が見下ろしていた。

「そのような大層なところへなど、手前はご遠慮申し上げます」

「今更、言われても受けられませぬよ。許しは下りたのです。参りましょう」

新兵衛が、山刀と鉈などを籠に仕舞い、仕度をするようにと言った。

言われたまま片付けて待っていると、広縁をぐるりと回って小十郎が来た。小十郎も四十四歳になっていた。小見の方らは館の中から玄関に回り、無坂は小十郎に案内されて玄関先に向かった。

待つ間もなく、勝頼と小見の方らが現れた。勝頼は二十五歳。先程聞いた声に相応しい、色浅黒い、精悍な武者になっていた。小夜姫の面影を探したが、色白く、細かった小夜姫を思い浮かべるものは何もなかった。

天守は本丸の北側の土塁に沿って、石造りの台の上に建てられていた。後年の豪壮な武器弾薬を収めた天守と違い、ただ厚い板で四辺を覆っただけの矢倉であった。だが、二の丸から鉄砲を撃たれたとしても、板壁を貫くことは出来ないだろう。

中は暗かった。小十郎が先に入り、小さな押上戸を開けた。光が斜めに射し、階段が暗がりの中に浮かび上がった。小十郎が先に先にと上がり、戸を押し開けて行く。階段はかなり急であった。勝頼が小見の方の、新兵衛が楓の手を取り、最後に無坂が続いた。階段は三つ。矢倉は三層になっていた。

最上階に着いた。三間（約五・五メートル）四方の広さであった。ぐるりの裾を厚い板で覆い、その上は押上戸であった。

押し上げられた戸からは、二の丸、三の丸の先に大手門が見えた。その向こうに開けているのは伊奈部だ。天龍川があり、その先に連なる山々の中に久津輪の集落があり、鍋懸峠を越えると木曾になる。

西の崖下から天龍川に向かって光って延びているのは三峰川だった。本丸から少し下がると笹曲輪があり、笹曲輪から本丸を巻くようにして三の丸へ下る途中に勘助曲輪があった。その向こうはともに藪と崖となっていた。

「よく見えるでしょ？」と夢中で見ている無坂に小見の方が言った。

「はい。山の上から見るのより、邪魔な木がなくて見易うございます」

「何を見ていたのです？」

無坂は、伊奈部と鍋懸峠の辺りを指し、娘と倅がいるのだと教えた。

「その昔、あの青く見える山から、岩に座ってこちらを見ていたことがありました。小夜姫様が十三におなりの頃でした。まさか、この年になってこちらから向こうを見ようとは思ってもおりませんでした」

「山の中で寝たい、と無理を言ったこともありましたね」

「山本（勘助）様が付いて来られ、あれこれうるそうございました」

「亡くなられましたね」

「良い方は皆、急ぎ足で去られます……」

小見の方の目許に光るものを認め、無坂は口を閉じた。

「そなたの集落はどの辺りなのです？」

無坂は振り向いて閉ざされたままの押上戸を指した。

「こちらの方になりますが、山また山の向こうですので、見えません」

「そうですか」と小見の方が言った。「遠くから済まなんだの」

「とんでもないことでございます……」

無坂の言葉を遮るようにして、おばば様、と勝頼が言った。

「本当に、ここに残られるのですか。よろしいのですか」

新兵衛に袖を引かれ、無坂は新兵衛らとともに床に膝を突いた。

「私は、ここで新兵衛と楓とともにおります。甲斐に行けば、恐らく戦に出るそなたの身を案ずる日々ばかりで疲れてしまいましょう。それに」と言って、西の方に目を遣り、「そなたの母のお墓を守らねばなりませんからね。ここがよいのです」

城の西方にある乾福興国禅寺に、小夜姫（諏訪御料人）の遺骨が埋められていた。

「分かりました。くどくは申しません。何かと送らせていただきますので、何でもお申し付けください」

「忝のうございます」

新兵衛、後は頼むぞ。小十郎、参れ。勝頼は無坂らを残して階段を下りて行ってしまった。

「四郎様は、御館様に呼ばれ、年が明けると躑躅ヶ崎館に入られるのです。それで見納めに、私を連れて来てくだされたのです」

「それは……」

武田の後継として、側近くに置くということに相違なかった。祝いの言葉を述べようとする無坂を、小見の方が押し止めた。

「信虎(のぶとら)様が駿河で設けられた御館様の弟君。太郎様とか言いましたね」

「左様でございます」

「漏れ聞いたところによると、山の者になったとか」

「手前のところに参りましたもので、望み通りにさせていただきました」

「四郎様も、この大武田を受け継ぐより、その方が幸せだと思うのですが、今は何を言っても聞きますまい。何もないことを祈りますが、万一の時は、山の衆で助けてやってくださいますか」

「何程のことが出来るか分かりませんが、その時は」しかし、と無坂は急いで続きを口にした。「武田家のご威勢は、盤石と心得ます。ご心配は無用かと」

「そうであってほしいものですが、こればかりは分かりませんからね」

「御大方様」と新兵衛が言った。「そろそろ下りられた方が」

「そうですね」

　新兵衛が押上戸を閉めている間に、階段を下りた。楓が手を取り、無坂は足を踏み外した時の支えとなるため、前に回った。

天守が暗く閉ざされた。闇を背にして下りながら、小見の方が言った。

「四郎様が出られると、この城の主は御館様の弟君の刑部少輔(ぎょうぶしょうゆう)（逍遙軒信綱(しょうようけんのぶつな)）様になります」

それで私は、と足を伸ばし、階段を踏み締め、途切れ途切れに続けた。

「笹曲輪に庵(いおり)を建てています。十二月には出来上がると聞いているが」

楓が頷いた。

「それまでに薬草が出来たら、それを持って見に来てくれますか。庵の名も考えておく程にの」

「承知いたしましてございます」

階段上の押上戸が閉まり、階段の半分が暗くなった。

「もうここに上がることもないでしょうが、無坂、そなたに見せてあげられてよかったと思っていますよ」

また新兵衛が押上戸を一枚立てた。闇が小見の方と楓の顔を隠した。

「もう少しでございます」

無坂は振り返り、入り口を見た。光が溢(あふ)れていた。

二

無坂のいた高遠城から天龍川を挟んで西に三里半（約十四キロメートル）。小黒川を遡った渓谷で、元《かまきり》の小頭・鳥越の丹治と配下の戸狩は追っ手に取り囲まれていた。追っ手は、《かまきり》の五条坊を頭とする武田の忍び・透波であった。

武田信玄の父・信虎は、透波の中から技量の優れた者を選び抜き、《かまきり》と名付けて透波の上位に置き、《支配》に統率させた。《支配》の初代は故板垣信方で、二代目には春日弾正忠が就いていた。

《かまきり》と透波の大きな違いは、透波が諜報活動に主眼を置くのに対して、《かまきり》は技量の冴えを駆使して、武田に仇なす者を殺害することであった。その仕組みは、代を継いだ信玄も変えずに受け継いでいる。

だが、武田が大きくなり敵対する国が増えた頃から、重臣を含め何人かの者に《かまきり》と透波が貸し与えられるようになった。己が思うところを調べさせるためである。鳥越の丹治と配下数名は、山本勘助付きの忍びとして配されていた。その勘助が川中島で没した。

行き場をなくした丹治らに新たに命じられたのは、歩き巫女を束ねる望月千代女付きという任務であった。

そこでは一人前の歩き巫女に仕立て上げる修練道場の見張りの他に、歩き巫女にするための子供を人市で買うか、拐かさねばならなかった。丹治は、それにほとほと嫌気が差していた。

また山の刑に遭い、男衆を殺され、女だけの渡りとなっていた鳥谷衆の生き残り、野髪、伊吹、真弓らも、巡り合わせから歩き巫女の師範となっていた。だが、師範とは名ばかりで、死ぬまで飼い殺しの身にされることに気付き、焦燥の日々を送っていた。丹治と戸狩は、野髪らを探しに来た無坂らと計らい、女三人と子供三人を含めた六人を逃がしたのである。

野髪らが逃げるのを追った三人の透波のうちふたりを殺し、丹治だけが無坂に斬られた腕と腿の傷で助かった。

――連れ去った者の顔も姿も覚えていますが、見たことのない者どもでした。恐らく、鳥谷衆とかいう山の者ではないかと思われます。

小頭の日疋に問われ、丹治が答えた。

——なぜ其の方だけ生き残った？　顔を見られたのだ。俺なら殺すぞ。

——それは某には分かりません。

——まさか逃がしたのではあるまいな？

——某は武田の透波修行を積んだ者にございます。武田に背くことはいたしません。

と言う丹治を、もしかしたら、と最初に疑ったのが、長く丹治の配下であった以蔵だった。戸狩は丹治に近く、信が置けぬからと、以蔵は日疋に疑念を漏らした。証はない。なければ見付けるだけである。

いつものように透波四人が組となって子供を攫いに出た。その日は、傷口の塞がった丹治を、足慣らしをするようにと命じて頭に置き、戸狩と以蔵と姫次という顔触れになった。姫次が、わざと年嵩の子供をひとり攫って来た。

——こいつは駄目だ、と即座に以蔵が言った。大き過ぎる。要らぬ。

刀の柄に手を当てた以蔵を、丹治が止めた。

——姿を見られたのです。殺さねば。

——戸狩は？　と姫次が訊いた。

——放してやりましょう。我らが、この辺りに来なければよいことです。

——やはり、ふたりで逃がしたのか。

戸狩が思わず丹治を見た。

——何だ、その目は？

忍びの心をなくし、裏切った者とは組めぬ。以蔵と姫次が斬り掛かったのを合図に、《かまきり》の五条坊を頭にした透波が湧き出した。裏切っていようとなかろうと、ここに至れば、話し合いの余地はない。これまでである。

走った。

行く手を阻(はば)もうとした透波ふたりは丹治が斬った。そこからは、ただひたすら前に走った。薮に入って隠れたのではいずれ見付かる。隠れず、走り続ければ息の続かぬ者から落ちる。丹治も戸狩も足には自信があった。

腿の傷口が開いた。血が流れ、地に飛び散った。走る速度を緩め、縛り、また速度を上げた。追っ手が付いて来ている。

川だ。川に出るまで走るのだ。丹治は戸狩に言い、足を撥(は)ね上げた。

それから暫(しばら)く走ったところで川に出た。助かったぞ。飛び込み、流され、ここと見定めたところで陸(おか)に這(は)い上がり、身を隠していたのだが、二十日程が過ぎた今日、里に薬草と味噌(みそ)を交換に下りたところを、追っ手に見付かってしまったのだ。

油断だった。

尾けられている、と気付いた時は遅かった。取り囲まれていた。刃を交え、切り抜けるしか道はなかった。

追っ手は五条坊と透波が五人だった。《かまきり》と透波とでは腕が違う。《かまきり》は五条坊ひとりである。奴さえ倒せば、何とかなるかもしれない。

丹治は、忍び刀を手にして透波を払い除けながら五条坊に向かった。

五条坊が両の手を広げて構えている。籠手に鉄の板を仕込んでいるのは、知っていた。胴と足にも鉄の板を付けているのかは知らない。狙うは頭と決め、丹治は刀を振り翳した。横から透波が刀を突き立てて来た。躱して肩口を裂いたはずだが、刃が跳ね返った。肩に鉄の板を縫い込んでいるのだ。

透波の刃が、丹治の胴を掠めた。切っ先が脇腹を抉っていた。

どう、と倒れた勢いにのって転がり、跳ね起きざまに飛び退こうとした透波の足を、丹治の刀が払った。透波の右の足首が、血を噴いて撥ね落ちた。少なくとも脛当てには鉄は仕込んでいない。

「此奴ら肩に鉄を入れているぞ。足にはなかった」丹治が戸狩に叫んだ。

「馬鹿者が、手負いに何たる様だ」

丹治に摑み掛かろうとした五条坊の胸に棒手裏剣が飛び、撥ねて地に落ちた。透波の刀を躱しながら戸狩が投じたものだった。

「此奴は俺が始末する。その雑魚を早く片付けろ」

五条坊は透波らに言うと、丹治に躙り寄った。

「逃げろ」丹治が戸狩に叫んだ。「俺は、もういい。十分生きた。山本様の許に逝く」

「止めぬ。早く逝け」

五条坊が苦無を手にして、丹治に飛び掛かった。丹治が素早く躱し、五条坊の首筋を払った。しかし、五条坊の動きは鉄を着込んでいるとは思えぬ軽やかさであった。瞬時に刃風の外に身を置いていた。

「その傷で、いつまで動けるかな」

丹治の脇腹と腿の辺りが血で濡れている。踏ん張りが利かない。丹治の身体がよろけた間隙を突き、五条坊が前転して丹治の懐に飛び込むと同時に、苦無を丹治の腹に突き立てた。口から血の塊を吐き出しながら丹治が、逃げろ、と叫んだ。

「お前だけでも、逃げてくれ」

丹治が下から抉るように、刃を五条坊の顎目掛けて突き上げた。刀が虚空に流れ、丹治が背から倒れた。

「丹治様」

間合に飛び込んで来た透波の目に、戸狩が突き立てた刀の切っ先が刺さった。ぐいと押した。透波のひとりが地に落ち、動かなくなった。直ぐさま飛び退いた戸狩が、低く構えている。

「何を梃子摺(てこず)っている。左門」

左門と呼ばれた透波が、間合を詰めた。そのまま突け。五条坊の手から苦無が飛び、吸い込まれるようにして戸狩の腕と腿に刺さった。戸狩が片膝を突いた。

左門の足が地の上を滑るように飛び、戸狩の肩口に振り翳した刀を叩(たた)き付けた。と見えた次の瞬間、血飛沫(ちしぶき)が上がり、仰向けに倒れたのは左門であった。頭蓋(ずがい)が割られていた。

左門の足許から鉈が宙に飛び上がった。

並の鉈ではなかった。

刃渡りだけでも一尺（約三十センチメートル）はあり、柄を含めれば一尺七寸（約五十二センチメートル）にもなるという長鉈であった。肉厚の刃は、切っ先に向けて、ゆったりと逆くの字に曲がっていた。

その長鉈が宙を飛んだ。柄に結びつけられている紐(ひも)が引かれたのだ。

長鉈が男の手に収まった。男は四十を幾つか越した年頃に見えた。

「誰だ？」

訊こうとして五条坊の目が男の左手指に行った。親指と人差し指を残して、中指と薬指と小指がなかった。棟梁の五明から聞いていた男だった。

「二ツ、か」

「《かまきり》か」

「こっちだ」と五条坊が、二ツを指しながら透波に言った。「こいつの命をもらうが先だ。そっちはどうでもいい」

透波らが二ツを取り囲もうとした瞬間、二ツの手が動いた。長鉈が飛び、一方の頭蓋を砕くと、直ぐに引き寄せられ、他方の透波が跳ね飛んだ。一瞬にしてふたりの透波が息絶えた。

「おのれっ」

五条坊が背に回していた刀を抜き、突進して来た。長鉈が飛んだ。五条坊の胸に当たり、撥ねて落ちた。

五条坊の顔に笑みがよぎった。正面から突っ込んで来る二ツの胴を払った。二ツが寸で躱して宙に飛んだ。飛ぶと同時に五条坊の首筋に激痛が奔った。二ツが山刀を突き刺したのだ。血が悲しげな音を立てて噴き出している。

膝から地に落ちた五条坊を見て、ひとり残った透波が駆け出した。

追い掛けようとした二ツに棒手裏剣が飛んだ。丹治に足首を斬り落とされた透波が投じたものであった。躱されたと見た透波が、再び棒手裏剣を構えた。そこで、透波の命の灯が消えた。透波の額には苦無が深々と刺さっていた。戸狩が腕に刺さった苦無を引き抜いて投げたのだ。

二ツは、他に誰かいないか気配を探った後、戸狩の傍らに行き、動けるか、と訊いた。

戸狩は、助けられた礼を言ってから、訳を訊かないのかと尋ねた。

「お手前も身体の動きを見ると忍び。私とは関わりのないことゆえ、訊かぬ」

戸狩は僅かに頭を下げると、丹治を指し、生きているか否かを見てくれるようにと二ツに言った。既に事切れていた。

「埋めるか」二ツが訊いた。

「出来れば」

「では、先に傷の手当をしよう。薬は持っているか」

戸狩が、丹治のために拵えていた金創の塗り薬と布を取り出した。塗り薬は、黒文字の根皮と芍薬の根と蒲の花粉を粉に碾き、胡麻の油で練ったものだった。塗り薬を布に付け、傷口に貼り、布で縛った。手当ては直ぐに終わった。

二ツはひとり逃げた透波が去った方を見張っているように言い、素早く長鉈で土を掘り起こし始めた。土を切り、起こす音が続いた。男が訊いてもいいか、と二ツに言った。構わない、と答えた。

「山の者と見たが」

「そうだ」

「長鉈に紐を付けて投げる。その技は、山の者は皆やるものなのか」

「そんなことはないだろうが……」どうして訊くのか尋ねた。

「前に見たことがあるのだ」

二ツが手を止めて、いつ、どこでだ、と訊いた。

「小十年程前になる。川中島で山の者が、鉈を投げ付けて敵を倒していたのを見たのだ」

「その者の名は？」

「無坂だが……」

「叔父貴(おじき)を、無坂の叔父貴を知っているのか」

「其の方の知り人か」戸狩の声音が弾んだ。

「よく知っている。でも、どうして、お手前が叔父貴のことを？」

「当時の主と親しくしていたのだ」

「主殿の御名は?」

「……山本勘助だが」

「山本様なら、お会いしたことがある。私は二ツと言ってな、何と言うか、《かまきり》の敵だ」

「左様か」

言ってから、男が慌てて戸狩だ、と名乗った。《かまきり》を裏切って抜けたので追われていたことも言い足した。

「それならば、助けてよかったのだな。山から下りてきたところでお手前方に気付いたのだが、どちらの味方をしたらよいのか、分からない。取り敢(あ)えず危ない方を助けたのだ」

「それは、運がよかった」

「埋めるが、形見とか、いらぬのか」

戸狩が刀と懐の袋などを求めた。二ツは亡骸に土を掛け、土饅頭(どまんじゅう)を拵え、掌(てのひら)を合わせた。

しかし、まだ骸(むくろ)は散らばっていた。この者らも、獣の餌にするのは気の毒だからな。

土を掘り始めていると、ひとりが呻いた。五条坊だった。

「しぶといの」

血が出尽くし掛けているのだろう。顔の色が紙のように白い。五条坊の唇が微かに動いた。聞き取った二ツが戸狩に言った。

「どうして抜けたのか、と言っているぞ」

「子供を見張るために透波になったのでもなければ、攫うためになったのでもない。小頭も俺も、あの務めには耐えられなかった」

二ツが五条坊を見た。五条坊の唇が動き、事切れた。

「分かった、と言っていた」

「そうか」

私はこれらの骸を埋めたら、また山に入る、と二ツは戸狩に言った。

「お手前は、好きなところに逃げろ」

「…………」

「それが抜けるということだ。これからは己の才覚で生きろ」

「そのつもりだ」

二ツは透波らの懐から金の粒や薬草を抜き取って、戸狩に渡した。

「生きる足しになるだろう。行くがいい。少しでも遠くにな」

二ツは長鉈で枝を伐ると、小枝を払い落とした。

「杖だ」

「忝い」

戸狩は渓谷の奥へと向かった。少し離れたところで足を止め、振り返ると、二ツが墓穴を掘り進めていた。

三

十二月に入って、十日程が過ぎた。

木暮衆の子供らに探させた枸杞の実も葉も、黒文字と猪独活の葉も、すっかり干し上がっていた。

雪はまだ浅い。

「届けてくる」

長女の若菜に高遠城まで行くと言うと、心配だからと孫の青地を供に付けられた。

青地は二十歳になっていた。長の千次の許しも得られた。

無坂と青地は、臑まで覆う鹿皮の足袋と草鞋で足を固め、腰には熊皮の尻当てを着け、十八になった青地の妹のサダと若菜が作ってくれた蕎麦餅を懐に入れ、暗いうちに集落を出た。雪の表面が凍っていて硬い。どんどん距離を稼いだ。やがて東の空が白み始め、日が昇るに従い、硬く締まっていた雪を踏み抜くようになった。蔓で編んだ樏を履き、下り坂になると杖を楫にして滑り下りた。

市野瀬峠を越え、中沢峠に至ったところで、無坂は空を見上げ、安達篠原に行くぞ、と青地に言った。伊奈部宿近くにある安達篠原の外れには、居付きの百太郎の小屋があった。倅の日高に次女の水木が嫁いでいた。ふたりの間には、子がふたりいる。万太郎は二十二歳になり、千草は十九歳になっていた。

「高遠への道は、雪が深い。凍っていてくれればいいが、解けていると足を取られてしまう。ここまでの雪の様子からすると、緩んでいるのは間違いない。日が落ちてからお城を訪ねる訳にはゆかぬから、天龍に出て、安達篠原に泊めてもらおう」

「お城へは？」青地が訊いた。

「明日だ。雪道での無理は禁物だ。命取りになるからな」

行くぞ。秋葉街道を西に折れ、天龍川に臨む菅沼村へと下った。菅沼村からは天龍の流れを横に見ながら北に向かい、日暮れ前には三峰川を渡り、伊奈部を抜け、安達篠原の戸口に立つことが出来た。

　足音を聞き付けたのだろう。戸がうちから開いた。

「爺(じじ)さ」万太郎が言い、水木を呼んだ。

　水木と日高が飛び出して来た。千草が続いている。

「父(とと)さ」

「叔父貴」

　相変わらず日高は、父さとも親父(おやじ)とも呼ばずに叔父貴と呼んでいる。それでいい、と言ったのは、無坂だった。

「突然で済まん。一晩泊めてくれ。それと飯も頼む」

　小屋に入りながら、高遠城へ薬草を届けに来たことを話した。青地の背負っている籠を万太郎が取り、千草が足腰に付いた雪を払っている。

「よく来たな」

　囲炉裏端で百太郎が手を上げた。八十二歳になるが、相変わらず矍鑠(かくしゃく)としていた。

　その横で志げがちんまりと頭を下げた。

　まだ五月に来たばかりである。その時は、太郎も一緒だった。武田信虎が駿府の隠居館で側室に生ませた太郎は、真木備(まきび)のいた軒山衆(のきやましゅう)を立て直すために鳥谷衆の女たちと飛騨(ひだ)に行ってしまっている。

水木が鍋に湯を入れ、米と蕎麦の実を落とし、そこに燻(いぶ)されていた猪の肉と塩漬けにしていた青菜を刻んで入れ、味噌で味を調えている。

五月に一夜の宿を借りた時は、遠駆けと言っていたのだが、それを詫び、太郎が飛騨に行ったところまでを無坂が話した。

「飛騨の冬を乗り越えられたのですか」日高が訊いた。

「いや」と百太郎が言った。「そんなことより、もっと大変なことがあるだろう。真木備が飛騨を離れて何年だ？」

「ほぼ三十年です」無坂が答えた。

日高らが絶句し、顔を見合わせている。雪深い土地で、三十年人が住まなかったら、小屋はどうなるか。形を留(とど)めているとは思えない。

「だが、止めなかった。どうしてだ？」

「鳥谷衆の女たちに賭けたんです。あの者らは二十数年、山で生き抜いたのですから、何とかするだろうと。それに、野髪らは甲斐から遠く離れた方がいいでしょうしね」

「だからと言って、無茶では……」

日高が言い、水木と万太郎らが頷いた。

「ここからはお前だ。話してやれ」無坂は青地に言うと、続けて皆に言った。「青地は、飛騨に一緒に行って冬仕度を手伝ってきたのだ」

皆の目が一斉に青地に注がれた。

「着いた時は、驚きました」

小屋が建っていた。

幾つか倒れていたが、小屋が三つ残っていた。そのうちの一軒は、手入れをすれば暮らせるくらいだった。

「どうしてだ？」

百太郎を制して、青地が続けた。

「真木備の叔父貴が、軒山の者たちが建てた小屋ではないものが建っている、と言うのです。と言うことは、叔父貴が軒山の集落を去った後、住んでいた者がいたってことになります」

渡りの衆ではないか、と考えました。渡りの衆ならば、五年くらいは留まります。恐らく、二度程渡りの衆が住み着き、六、七年して俺たちが行ったのではないか、と叔父貴は言っていました。

「五年燻されたとする。それが二度ならば、そして梁が雪の重さに耐えてくれたとすれば、建っていても不思議はねえ。そこまで読んだのか」百太郎が無坂に訊いた。

「まさか。聞いて驚いた口です。ただ、すべて朽ち果てていても、叔父貴は金の粒を持っていましたから、死ぬことはない、と思っていました」

「で、どうした？」日高が青地に訊いた。

「太郎と、いや岩鬼って名を変えたんだけど、岩鬼とふたりで、小屋を頑丈にするために、倒れていた小屋から虫が食っていない梁やら丸太を集め、冬を越せる小屋を一軒だけ作り、残りは薪にしたんです。その後は、米、塩、味噌などを買ったり、茸や野草を摘んだりして、秋口までひたすら働かされたという訳です」

「冬は越せたのね？」水木が訊いた。

「それは、間違いありません」

「真木備の叔父貴は？」

「奴はまだ若いんだ。案ずることはねえだろう」百太郎が水木に言った。

百太郎よりふたつ年下で、八十だった。

「野髪の叔母たちと手分けして野草を干したり、塩漬けにしていました」

「よかった」千草が言った。「安心したら、お腹が減ってきたから、あしも食べる」

千草が自分の椀を取ってきた。

「俺もだ」

万太郎に次いで百太郎も、付き合うぞ、と言ったが、志げに止められた。

翌朝、無坂は青地と万太郎を連れて、小夜姫の墓に詣でてから高遠城へ行った。

青地は初めてだったが、万太郎は日高のお供で何度か小見の方には拝謁していた。

万太郎は日高の後を継ぎ、木暮衆の居付きになるのである。城の者に顔を覚えられている方がよいからと、伴ったのである。

大手門まで迎えに来た田尻新兵衛も、青地は初めてだった。

上の娘の子だと言った。

爺様はどうだ、と新兵衛が青地に訊いた。山では、少しは年寄りらしくしているか。

「『爺さ』とか『爺ちゃん』と言うと、年寄りくさいから『叔父貴』と呼べと叱られています」

「分かるぞ。『お爺様』などと呼ばれると急に老け込んでしまうからな」

三の丸を横切り、林の中の道を通って勘助曲輪に上がった。三峰川を吹き抜けてきた風が崖を這い上り、吹き抜けてゆく。更に林を抜け、石段を上り、小見の方の庵のある笹曲輪に向かった。

笹曲輪は、規模の小さな曲輪を言い、本丸が崖などに隣接しないようにと配置されたものだった。庵は曲輪の片隅にあり、背後に聳えた崖の上が本丸になっていた。柴垣をぐるりと巡らせた中に網代戸の木戸門があった。入ると、居室のある母屋の玄関に扁額が掛かっていた。牛と庵という字が書かれているらしいが、崩してあるため、最初の字は無坂には読めなかった。青地と万太郎も首を横に振っている。

母屋の庭には小さいながら池も掘られていた。こちらへ、という新兵衛の声に促されて、柴垣沿いに進むと中の口があった。その奥が厨で、右が新兵衛らの住まいになっているらしい。小さな畑もあった。

無坂らは、中の口脇の控えの間に上がるように言われた。控えの間には囲炉裏が切ってあり、炭が赤く熾っていた。

楓が奥に向かった。小見の方に知らせに行くのだと思っていると、楓を供にして自ら表に、それも控えの間まで出て来られたではないか。無坂は青地らに頭を下げるように言い、平伏した。新兵衛が孫の青地だと教えている。初めて見える貴人である。青地が額を床に擦り付けた。無坂がお出ましの礼を述べた。

「ここが、この囲炉裏が、気に入りなのです」と小見の方が言った。「本当は、もっと質素なものを、と申し上げたのですが、四郎様に立派な庵を建てていただきました。私たちだけでは広過ぎます」

小見の方と新兵衛夫婦の他に、侍女が四人いるらしい。

勝頼は、年明けに正式に躑躅ヶ崎館に移るので、今はその仕度のために甲斐府中に行っているとのことだった。

本来、武田宗家を継ぐはずであった義信は、信玄の逆鱗に触れ、今は亡い。無坂は頷くに留めた。

「庵の名、見てくれましたか」

「申し訳ございません。牛と庵は読めたのですが、もうひとつは難しくて読めませんでした」

「それは済まぬことをいたしましたな」

「とんでもないことでございます。読めぬのはこちらが手習いを怠っているからでございます」

「あれは蝸という字で、かたつむりのことです」

「かたつむりでございますか」

無坂が、分からなかったな、と青地と万太郎を見た。

「焼くと美味いんですよね」

青地が言い、楓が驚いたように無坂を見た。無坂は小さく頭を下げ、青地に黙っているように言った。小見の方には聞こえなかったらしい。

「刑部少輔様に揮毫していただいたものですから換えられませんね」小見の方が新兵衛に訊いた。

「滅相もないことでございます」

慌てて言った新兵衛が、何か気に入らぬことでも、と言った。

「字に心がないのです。恐らく、そういう御方なのではないかと」

「御大方様」と新兵衛が低いが強い口調で言った。「そのようなことをお口になさってはなりませぬ」

其の方ら、何も聞かなかったことにいたせよ。新兵衛が無坂らを睨んだ。

無坂が心得ていると答えた。

「何を話していたところでした？」小見の方が無坂に訊いた。

「かたつむりでございます。そこで扁額を書かれた方のほうへと話が向いてしまったのでございます」

「そうでした。思い出しました」

小見の方は、軽く咳払いをすると口を開いた。

「蝸牛庵と名付けたのは、唐の国の白居易という方が、『蝸牛角上、何事をか争ふ』、つまり、かたつむりの角の上程の狭苦しいところで、何を争っているのか、と詠んでいましてね。そこから付けてみたのです」

「よい御名と存じます」

「そうでしょう。でも、この皮肉は刑部少輔様には通じませんでした」

「御大方様」新兵衛が即座に言った。

「もう止めます。ですが、少しくらい言わないと、胸がつかえるようで息苦しくて」

「そのような時は、袂にそっと囁くのです」新兵衛が言った。

「袂か」小見の方が右の腕をそっと上げ、袂を見た。

「左様でございます。某はそれですっきりとしております」

「すっきりとせぬことがあったのですか。私のことで、ですか」小見の方が訊いた。

「そのようなことは、決してございません」

「では、私のことですか」楓が訊いた。

「それはない。ないぞ」

「では、何で、です？」楓が訊いた。

「何でだ？」新兵衛が無坂に訊いた。

「恐らくこの寒さが因でございましょう。袂に息を入れると温まりますから」

「無坂」と新兵衛が言った。「其の方、知恵が回り過ぎるぞ。知恵はほどほど回ればよいのだ」

「承知いたしました」

小見の方に合わせ、皆の口から笑い声が零れた。

「今ので、何だか温かくなりましたね」小見の方が言った。「では、持って来たものを見せてもらいましょうか」

無坂は渋紙を広げ、枸杞の実と薬草を並べ、食べ方と使い方を小見の方と新兵衛夫婦に詳しく話した。枸杞の実は、その場で食べさせもした。味噌汁に入れてもいい、と言うと驚いていた。薬草は早速今夜から試すらしい。

「袂に囁きたくなる気持ち、分かるであろう」と大手門まで送ってきた新兵衛が言った。

無坂と青地と万太郎は、揃って笑って誤魔化した。

安達篠原に戻ると、日高が待っていた。

「四郎様はおいででしたか」

「躑躅ヶ崎館に行かれているという話だったが、どうかしたのか」

「戦です。明日には陣触れが発せられると思います」

どこを攻めようとしているのかを訊いた。

「御厨の深沢城です」

御厨は今の御殿場である。元は今川氏親が築いた城であったが、甲斐、相模、駿河の国境に近いため、武田と北条が取り合いを繰り返していた。

去年の六月、武田が奪還のため兵を送ったが叶わなかった。

「此度は相当激しく攻めるようです」

「北条も必死だが、武田も必死だな」と百太郎が言った。「要するに、戦いが好きなのであろうよ」

「見に行きますか」日高が無坂に訊いた。

「幻庵様は?」

「韮山から戻られたばかりですし、深沢城の城将は左衛門大夫ですから、行かれぬと思います」

北条左衛門大夫綱成――。

勇猛で鳴らしている武将である。今川の家臣の家に生まれたが、氏輝亡き後の家督相続争い花倉の乱で、陣営に加わった玄広恵探が敗れたため駿河を追われ、相模に行き、北条二代の氏綱に仕えた。北条の姓をもらい、河越夜戦や国府台合戦などで無類の活躍を見せ、玉縄城に次いで深沢城を預かるに至っていたのである。

「城は落ちぬわ。落ちそうになれば、氏政が小田原から大軍を率いて行くだろうしな」

百太郎と日高の読みは一致していた。無坂も同じだった。

だが、深沢城は落ちた。

武田軍の執拗な攻撃を受け、三の曲輪、次いで二の曲輪を取られたが、城将北条綱成らが立て籠もる本曲輪は激しく抵抗し、武田勢を寄せ付けなかった。

こうしておれば、援軍は来る。暫しのことだ。耐えよ。

兵の士気を鼓舞して回る綱成に応え、兵らは固く結び付いており、武田勢が懸命にほころびを探そうとしたが、どこにもない。兵糧と弾薬も、枯渇しているようには見えない。そこに、氏政が出陣の仕度を始めているという知らせが、信玄に届いた。

「片を付けてくれよう。急ぎ、ムカデを呼べ」

ムカデとは金山衆のことで、金の鉱脈を探り当て、掘り出すという特殊な技能集団であった。そのムカデを使って、一の曲輪を囲む堀脇から掘り進み、鉄板を張り付けてある大手門とともに門の上に渡した矢倉を崩してしまう。それが、信玄の考えた策であった。このように門の上に矢倉を置いたものを矢倉門と言った。

ムカデを城攻めに使うのは、初めてのことではなかった。八年前、永禄六年（一五六三）の武蔵松山城攻めの際に、ムカデに穴を掘らせていた。この時は、矢倉門を崩すという、大掛かりなものではなかったが、守城の兵が浮き足立ったのが、攻め手にもはっきりと分かった。それを、今度は規模を大きくしてやろうと言うのである。

信玄の命を受け、辰ノ中刻（午前八時）に、走り馬が躑躅ヶ崎館に向かった。深沢城を望む武田の陣から躑躅ヶ崎館まで十七里半（約六十九キロメートル）である。馬を乗り継いだ使番は、同日酉ノ上刻（午後五時）に躑躅ヶ崎館に着いた。直ちに、金山衆頭の加倉井数右衛門に呼び出しが掛かり、命が伝えられた。

躑躅ヶ崎館から黒川金山までは、十三里半（約五十三キロメートル）。戌ノ上刻（午後七時）に甲斐府中を発った加倉井が、黒川金山に着いたのは、丑ノ中刻（午前二時）であった。

黒川金山は永禄七年（一五六四）に吹金師大蔵十郎の息・十兵衛が長崎のイスパニア人から水銀流しの法を学んで帰国したことで、金の精錬技術が飛躍的に高まり、黒川千軒と呼ばれる程の賑わいを見せていた。しかし、草木も眠る刻限である。金掘り衆らは寝静まっていた。

不寝の番が馬の脚音を聞いて、板木を叩き、矢を番えた。

そこからが騒ぎであった。深沢城に送る者を選び出し、発たせなければならない。

ムカデにはふたつの組があった。掘りを務めとする黒脚組と、火薬を専ら扱う赤脚組である。

加倉井は、金山敷地（しきち）の中央にある代官屋敷、通称《御屋敷》に、黒脚組と赤脚組の組頭を召し出し、黒脚組から十五名、赤脚組から十名を選ぶように命じた。赤脚組の組頭が選んだ者の中に庄作（しょうさく）がいた。

後年、武田が滅んだ時、庄作の十四になる娘・蓮（れん）が、武田の御遺金を探していた者らにより、生きながら地に埋められ、修羅の道を歩むことになるのだが、この時蓮は三歳になったところであった。それはさておき――。

加倉井ひとりが馬に乗り、他の二十五名は四頭の馬に掘り具や火薬を括（くく）り付け、二十四里半（約九十六キロメートル）の道程を九刻（十八時間）で走り抜き、亥（い）ノ中刻（午後十時）に深沢城の陣に着いたのである。信玄が、ムカデを、と言った翌日の夜である。

「寝かせてやれ。その間に、城の者どもに開城を迫る矢文を送ってくれよう」

綱成が開城を拒否すると同時に、信玄が加倉井に、掘れ、と命じた。

「矢倉門だぞ。崩せるか」

問う加倉井に黒脚組の組頭が、造作もないことだと答えた。土盛りした土など畑の土いじりと同じでございます。門もろとも崩してご覧に入れます。

「そう申したのか。では、じっくりと見てくれよう」

信玄らが見守る中、黒脚組が掘り進み、そして赤脚組の庄作らが穴に潜り込むと、直ぐに這うようにして出て来た。

武田の軍勢が矢倉門を見詰めた。ずんっ、という低い地響きの後、地に亀裂が走り、亀裂から煙が上がった瞬間、矢倉門下の土が沈み込み、矢倉門が音を立てて崩れ落ちた。一の曲輪の門がなくなってしまったのである。

「ようやった。勝敗は決したぞ」

開城し、玉縄城に落ちた北条綱成と入れ替わるようにして到着した氏政が、今度は武田軍が守る深沢城を攻め立てたが、城を奪還することは出来なかった。

「まさか、また金山衆を使うとはな」

久野の屋敷で知らせを聞いた幻庵が唸った。

「これから、ちと面倒なことになるかもしれんな」

その幻庵の耳に、前年（元亀元年）の暮れ、上杉輝虎が、謙信の法名を名乗ったという報告が届いた。金山衆のことで苛立っていた幻庵は、謙信に八つ当たりをした。

「左様なことで、中風は治らぬわ」

第二章　犬

一

元亀二年（一五七一）三月。

毎年三月に入ると、先ず子供らがそわそわする。春の山焼きが行われるからだ。七月にも山焼きは行われるが、長い冬の終わりを告げる春の山焼きは、夏とは嬉しさが違った。

大人衆が山肌に残る雪の具合と空模様を見比べ、明日だ、明後日だと騒いでいるのを、子犬のように纏わり付きながら聞くことで、雲の流れの読み方などを身に付けていくのだ。

秋に焼き畑にする場所を決め、木を伐り、岩や石を除け、春に焼く。山焼きは斜面の上から下に向けて焼いてゆく。下から燃やすと火が斜面を嘗めるように駆け上ってしまうからだ。火が燃え広がったのでは、焼き畑が山火事になってしまう。上からじっくりと焼き、土を温める。そして種を撒いた翌日に雨が降りそうな日を選ぶ。

千次の合図で火が放たれる。去年の四月に長になった千次にとっては、初めての春の山焼きになる。無坂は志戸呂や前の長である火虫らと、大声を上げて火の回り具合を知らせる合間に、近頃訪ねた集落にいる若い衆の話をする。誰の嫁にもらうか、誰の婿にするか、である。集落の若い背子と女子の名が上がった。

「そうは言っても、本人の気持ちがあるからな」火虫が言う。

「そんなのはどうでもいいですよ」志戸呂が言う。

「無茶を言うな」

「とろとろに煮込んだ鹿の肉を、米の飯にのせて食べる。そのためには婚礼がないといかんのですよ」

集落で米の飯が食えるのは、十一月七日の山の神を祭る山祭りの日と、婚礼の時くらいしかなかった。その他の日は、蕎麦か粟か稗だった。

「ならば、仕方ない。手っ取り早いのは嫁取りだ。もらおう」火虫が頷いた。

志戸呂が、ふと辺りを見回しながら言った。

「去年までは、鹿の肉の話が出れば、必ずヒミの大叔母が口を出したものですが」

「このところ、おとなしいな」

寝起きしている小屋と、湯小屋と大部屋にある飯場を行き来するだけのことが多かった。湯は集落を壁のように守る崖の下から湧き出していた。

「年だからな。食わせてやらんと元気が出ないのではないか」

「そうだな」火虫が呟くように言った。

「誰か落ちて来るぞ」

無坂が煙の上がっている斜面を指差した。勘左の倅の弁左が掘り返した穴に足を取られ、転がっていた。弁左は十九であった。

「あいつは、まだ早いな」志戸呂が言った。

「大叔母に食わせるためだ。頼りなくとも、目を瞑れ」無坂が言った。

「俺は瞑るぞ」

十七で嫁取りをした火虫が言った。


その頃――。

武田信玄は、二万五千の兵を率いて遠江に侵攻していた。

これは織田信長の力を背景に、浜松城に移るなど遠江から駿河へと領土欲を見せている徳川家康の頭を叩く、という意味合いからの出陣であった。

「今川の人質であった癖に、三河の小倅め、いい気になりおって。灸を据えてくれよう。武田と聞いただけで震え上がるようにな」

信玄は軍を進め、高天神城を望む塩買坂に陣を布いた。高天神城は、遠江、三河を攻めるには我が物としておくべき城であった。

塩買坂からは小高い高天神山の様子がよく見えた。だが、東峰の頂に築かれた城は、崖と土塁に囲まれており、容易に攻め落とせる城ではなかった。信玄に戸石城攻めの苦い経験を思い出させた。

「攻めぬのでございますか」

勝頼の問いに、力攻めでは兵を損なうだけだ、と信玄は答えた。

「調略で落とすしかあるまい。四郎なら、いかがいたす？」

「攻めます」

「どこからだ。遠慮なく申せ？」

大手口から仕掛け、水を湛えた池の堤を切り、それから攻め上ります。勝頼が即座に答えた。

「その時が来て、尚考えが変わらなんだらやってみよ」

「今は？」

「時ではない。戦えば勝てるだろう。だが、多くの兵を損なうことになる。勝ったとしても、兵を損なっては勝った意味がなくなる。今は、威嚇しておけばよい」

信玄は塩買坂に一月近く留まった後、三河に進み、足助城と野田城を完膚無きまで叩き、仕上げに酒井忠次が守る吉田城を攻め、五月になって甲斐に戻った。

武田勢が遠江から三河で戦いを繰り広げていた三月の末——。

山焼きを済ませた木暮衆の無坂らは、《集い》に出立する仕度をしていた。《集い》には、無坂も供として行くことになった。去年、大長である弥蔵に、鳥谷衆の野髪らが軒山衆として集落に留まって暮らせるようにと願い出た時、次の《集い》で諮るとの答えを得たからだ。野髪らは、額に×の印を刻まれた他、一年を過ぎて一か所に留まることを許さず、という沙汰を受けている身であった。《集い》が下した裁定を聞かなければならなかった。

今年の《集い》の場は、堂林衆の集落だった。堂林衆の集落が《集い》の場に選ばれたのは、天文十四年以来のことだから、二十六年振りになる。当時若い衆として走り回っていた万作が、今では長に就いていた。

堂林衆の集落は、根羽の東、天龍川の西にある天ヶ森の麓にあった。天龍川まで下り、川を渡り、支流の遠山川を遡れば秋葉街道に出る。そこから地蔵峠を越えて十三里（約五十一キロメートル）程行けば木暮衆の集落である。近いと言えば近いが、遠いと言えば遠い。だが、秋葉街道で結ばれているという思いから、木暮衆はひとりを嫁がせ、ふたりを嫁にもらっていた。

無坂が加わったことで、《集い》に行く者は、長の千次、小頭の勘左、中堅からは久六、若い衆からは志戸呂の孫の勝呂が選ばれ、五人になった。

持ち物は背負子に括り付けた籠に入れる。着替えの刺し子や雨除けの引き回しなどで、往復の道中と期間中に食べる蕎麦の実や味噌などは久六と勝呂の籠に振り分けられた。食べ物を持ってゆくのは、場を提供してくれる集落の負担を軽くするためであった。

無坂らは、秋葉街道から遠山川沿いに天龍川に出、満島で露宿をした。翌日、平岡に架けられた葛橋で天龍を渡り、早木戸川沿いに進み、天ケ森にある堂林衆の集落へ着いたのは、《集い》の前日の未ノ中刻（午後二時）だった。

《集い》は、初日が着到の祝い、二日目と三日目が話し合い、四日目が別れの宴という日程で行われるが、今年は大長を決める年なので、五日目の朝に次の大長を選ぶ集まりがある。

木暮衆は、《集い》が始まる前日に着くことを常としていた。遠くから来る衆は、疲れを癒やすために前日に来ることが多かったからでもある。前日ならば、ゆっくりと挨拶を交わせる。

懐かしい顔や初めて見る若い顔が、集落を埋めていた。久津輪衆の姿もあった。無坂の妹で長の美鈴は、三月末に大叔父と大叔母が相次いで亡くなったので来ていなかったが、小頭を務めている久米治と無坂の倅の龍五が来ていた。龍五も四十九になり、歳相応の貫禄を見せていた。

無坂の年の者は、長の他にはいなかった。無坂は堂林衆の大叔父や大叔母らと昔話に花を咲かせた。山の者は、年上の男を叔父貴、女を叔母、年を取った叔父貴を大叔父、女を大叔母と呼び、実の親も義理の親も分け隔てなく、親父かお袋、父さか母さと呼んだ。また、年若い男を背子、女を女子と言った。

背子と女子の輪には溶け込めなかったが、無坂にはそれはそれで楽しい一時だった。無坂の義父であった青地の親父が、木暮衆を抜け出して来た時の話などは、腹を抱え、涙を流して聞いた。その青地の名を孫が継いでいると話すと、あれから何年経ったださ？　自分の指では足りず、隣の者の指を借り、それでも足りないと分かると数えるのを止め、大叔母らは歯のない口を開けて笑った。

瞬く間に時は過ぎ、二日に亘る話し合いが終わったところで、長の千次と小頭の勘左、そして無坂が弥蔵に呼ばれた。正面に弥蔵が座り、左右に長たちが居並んでいた。

「木暮衆から申し出のあった鳥谷衆の一件ですが、《集い》の裁定が出ましたので、お伝えいたします」

弥蔵が、中央に進み出た無坂ら三人を見てから言った。

「鳥谷衆の女衆に沙汰を下して、早いもので、二十五年になります。よくぞ生き抜いたと言うしかありませんが、罪が消えた訳ではありません。しかし、軒山衆の立て直しへの力添えを認めるとともに軒山衆としてやり直すことを許すことにしました。それは、人は前非を悔いれば立ち直ることが出来ると信じたいからです。とは言え、尊い山の仲間を殺したのです。《集い》としては、取り立てて動くことはいたしません。折があった時に伝えてください」

「寛大な裁定に御礼(おれい)を申し上げます。あの者らも喜ぶことと存じます」

千次と勘左とともに無坂も低頭し、もしも、と言った。

「あの者らが再び山の掟(おきて)に触れるようなことをした時は、手前がこの手で始末を付けますこと、申し上げておきます」

「よろしいでしょうか」と恵奈衆(えなしゅう)の長の佐取(さとり)が、弥蔵に言った。

弥蔵が話すようにと促した。

「無坂の叔父貴。手前は、許すべきではない、と主張した方です。入沢衆の皆殺しが発覚した時、《集い》の場を提供していたのは我々の集落でしたから、あの時の怒りが忘れられなかったのです。ですが、大長に諭されました。許すということを試してみよう、と」

根腐りした木は必ず枯れる。二度と花を付けることはない、と手前は思っています。ですが、その思いが正しいか否か、今、分からなくなっています。手前の考え方は間違っている、と証してください。

「殺しに行く時は、手伝いますので」

言い終えた佐取の後を引き取り、その時は来ないと思いますが、万一の時は、と弥蔵が言った。

「あの者らの額に印を刻んだ者として、手前も参ります」

この後、無坂は外に出され、居残った長と小頭に、弥蔵が《集い》の締めの話をした。

少し前まで武田と徳川は、大井川を境に駿河を武田が、遠江を徳川が取ると約定していたようだが、どうやら破棄されたと聞いている。となれば、どこが戦場になるか。信濃から駿河遠江三河に中心は移った。

「命などいくつあっても足りません。遠江の《戦働き》は、出来ましたら断るよう願います」

長らの話し合いが終わった。これから明日の別れの宴までは、一昨日と昨日に続いて、作物の出来とか堆肥の作り方とか、菜に付く虫の退治の仕方などについての話し合いの場になる。長や小頭がいない間は、随行してきた者らによって話が進められ、そこに長や小頭が加わるという寸法だ。

勝呂が千次に男を引き合わせている。千次の顔が崩れ、男の腕を叩いている。無坂はそれを見ながら、男が誰であったか思い出そうとした。しかし、咽喉まで名が出掛かっているのに出て来ない。

唸っていると、勝呂が笑いながら無坂を指差している。誰だ？　見覚えはあるのだが。

勝呂が走って来た。訊こうとする前に、勝呂が言った。

「谷衆の鳴瀬の束ねが、叔父貴に会いたいと言って来ていますが」

谷衆。そうだ、鳴瀬だ。伊作の跡を継いで束ねになったのは、七、八年前になる。その時に会って以来になる。谷衆は里近くの谷を選んで渡る、渡りの衆だった。

渡りの衆が《集い》に出て来ることは珍しかった。よく出て来ていたのは、月草のいた四三衆だったが、今はどこを渡っているのか、長いこと《集い》に出て来ていなかった。

「よく来てくださいました」

労をねぎらい、今どこに集落を構えているのか、訊いた。

「下栗です」

無坂が驚いて見せると、鳴瀬が頭を下げた。

下栗は天龍川に流れ込む遠山川を遡り、秋葉街道を越えて、更に二里（約八キロメートル）程遡ったところにあった。

「折角木暮衆の近くにいたのに、何やかやと取り込んでおりまして。《集い》にしても、六年前と四年前は遠過ぎて行けず、二年前は熊に襲われて動けず、ようやく今年顔出し出来たという訳なのです」

「ところが、この末に渡るそうなのです」千次が言った。

場所を訊いた。

「百々目木川の畔です」

秋葉街道を北に上り、市野瀬峠を越えた先にある中沢峠で西に折れると、天龍川に臨む菅沼村に出る。百々目木川は、その菅沼村の手前にあった。天龍川に出る時に、無坂がよく通る道であった。しかし、下栗から百々目木川までは、十八里（約七十キロメートル）以上はある。里に近いところを渡る谷衆には、姥捨て（うばす）の習いはないので、そこを老いも若きも、男も女も子供も、集落の者皆で渡るのである。

千次が、木暮衆の集落で一夜過ごし、翌日発ったらどうか、と申し出たが、ひとりふたりならともかく、七十名の者が厄介になる訳にはゆかないと固辞するので、秋葉街道での接待と草庵（そうあん）の設営を木暮衆に任せてもらうことで手を打った。

接待とは、渡る集落の者に飯や茶を振る舞うことで、渡りが盛んであった以前はよく見られたものだった。急ぎの渡りの時は、接待の飯を歩きながら食べたこともあった、と無坂は聞いている。

余談になるが、日吉（ひよし）こと後の羽柴秀吉（はしばひでよし）が、備中（びっちゅう）高松城から山崎までの五百十里（約二百キロメートル）を僅か十日で駆け抜けた中国大返しは、この接待を大掛かりにしたものであった。

無坂らは、鳴瀬の束ねといつ用意をすればいいのか、細かく打ち合わせ、また各地から集まっている長たちとの話し合いに戻った。龍五には、折を見て行く、とだけ伝えるに留めた。

翌朝、巣雲衆（すくもしゅう）の弥蔵が、大長に再選された。弥蔵は四十九歳であった。

二

九月中頃――。

北条幻庵は久野屋敷の居室にいた。

床の間に石が、手許には薬研があるが、幻庵の目は障子に向けられている。

気配がした。気配は、空の高みで起こり、相模の海を嘗め、小田原城を通り過ぎ、久野に来てぶつかり、空に駆け上がった。障子が音を立てて膨らみ、次いで引かれた。

野分（のわき）であった。

今夜半が峠か。御本城様（氏康）に障らぬとよいが。

氏康は、死の床にあった。食べ物はほとんど受け付けず、薄い粥（かゆ）と水で命を繋（つな）いでいた。

襖越しに、声がした。空木（うつぎ）の声だった。

幻庵が六十六歳の時の娘で、十二歳になる。空木の他に、六人の風魔の子らに、六歳の時から少量の毒を嘗めさせ続けているが、生き残っているのは空木ひとりになっていた。その空木にしても、生死の境を彷徨ったことは二度三度あった。

「入れ」

襖が開き、空木が滑るように居室に入って来た。姫の装いではなく、筒袖に裾細を穿き、髪は無造作に後ろで束ねていた。

「丸一日が経ちましたので、参りました」

「見せてみよ」

空木が、左の袖をたくし上げ、腕に巻いていた布を解いた。小さな傷があったが、膿んでも腫れてもいなかった。

「儂もだ」

幻庵も腕を捲ってみせた。傷があるだけであった。ふたりで、小刀で腕に傷を作り、鈴蘭の根を擦り付けたのだ。根は刻んで食べ、根を浸けておいた水も飲んでいた。

「儂は吐き気と目眩がしたが、そなたはどうであった？」

「吐き気も目眩もございませんでしたが」と言ってから、空木が顳顬に指先を当てた。「少し、疼きました」

「使えるな？」

「と存じます」空木が答えた。

「前にも言ったが、儂は毒を極めたいと思っている。毒を自在に使いこなせれば、この相模の地を、北条を守れると思うからだ。そなたの身体は、毒に関しては、風魔の誰よりも優れている。これからも、頼むぞ」

大儀であった。二、三日毒を摂るのは止め、立ち回りの稽古をするがよい。幻庵が差し出した菓子を見て、姫御前らしい笑みを見せ、空木が下がった。

北条滅亡前夜、この空木と二ツが天下人となった秀吉と戦うのは、まだ先のことである。

障子が鳴った。

風の音に心を揺さぶられている己がいた。

六月に、中国を治めていた毛利元就が没した。甲斐の虎・信玄は血を吐き、越後の龍・謙信は中風を発症した。

ここ小田原では、氏康が病んでいる。長くは保ちそうにない。

一足先に春に生まれた者らが、ことごとく夏の盛りの時期を終え、秋から冬を迎えようとしている。そのような時に、これから夏へと差し掛かろうとしている者がいた。

織田弾正忠信長だ。

あの男は何者なのだ。

尾張(おわり)に生まれ、美濃を得、将軍足利義昭の後ろ盾となって京に上ったはよいが、今は自在に操ろうとしていた将軍に、反織田の狼煙(のろし)を上げられている男、織田信長。彼奴(あやつ)は、一体何者なのだ。

信長が比叡山(ひえいざん)を焼き討ちにしたという風魔の知らせは、今日の早暁に届いていた。僧侶を始め、叡山に関わる者をひとり残らず殺し、燃え落ちる僧堂に放り込んだという話だった。

幻庵が即座に思ったことは、僧侶どもの乱れに対する怒りよりも、あの者は仏敵となるのを恐れない、ということだった。

儂や御本城様ならば、叡山は崇(あが)めこそすれ、手出しなどせぬ。

あの男は、儂らとは生きる尺度がまったく違うのだ。

そこに幻庵は、底知れぬ恐れを抱き、北条が尾張美濃から陸路遠く隔たった相州の地にあることに、胸を撫(な)で下ろしていた。

九月下旬――。

氏康を見舞った幻庵は、小田原城から久野の屋敷に戻る前に東に馬を走らせ、酒匂川に向かった。

野分の高波で崩れた酒匂砦の補修の様子を見るためだった。土塁が崩れ、屋根が飛ばされていた。

砦と名は付いているが、それ程の規模のものではない。見張り所と言った方がしっくりするかもしれない。

土手人足方の奉行が幻庵に気付き、駆け寄って来た。幻庵は労をねぎらい、進み具合を訊いた。予定通りであると人足らを指しながら奉行が言った。

畚を担いだ人足らが、川岸と土塁を蟻のように行き来している。畚は縄や蔓を四角く編んだ網状のもので、土や石を入れ、丸太などで吊り下げて運ぶ道具だった。畚担ぎはふたりが一組だった。

「後で、酒を届ける。皆に振る舞ってやるがよい。其の方らも飲んでよいぞ」

この酒匂砦の補修は、幻庵の役割ではなかった。言ってみれば、余計な口出しであったが、御本城様の叔父であり、北条一族の最長老である幻庵に、そう言える者は誰もいなかった。

幻庵を低頭して見送り、さあ、後少しだ、と奉行が大声を発した。

「久野のお殿様（幻庵）が、御酒の差し入れをしてくださるそうだぞ」

人足たちは歯を覗かせて答えると、踏み出す足に力を込めた。その中で、年の頃は、六十に近いだろう。日に焼け、潮風に晒され、鞣した革のような肌をした男が、片棒に声を掛けた。片棒は、四十を少し過ぎた頃合だった。ふたりとも褌ひとつで、汗を滴らせている。

「済まねえ、市。ちいとゆっくり頼む」

男の名は金兵衛。同じ年頃の女・波を連れていた。波は仮拵えの人足小屋で、くずのような菜っ葉を塩漬けにして売っていた。男だらけの小屋では、そんなものでも売り物になっていた。

「膝ですかい？」市が訊いた。

「だらしねえ話だが、それよ。また疼き出しやがった」

「無理はしねえでくだせえよ。俺が気張りますから」

市が左の掌に丸太をのせるようにして摑み、ぐいと上げた。市の左手には親指と人差し指しかなかった。

「上手いもんだな」

「慣れですよ」

市は、市蔵の市である。南稜七ツ家の市蔵に命を助けられた恩を忘れないように

と、男はこの名をよく使った。男は、二ツであった。

歩き出した二ツの目が素早く左右に動いた。誰かに見られている。

二ツは金兵衛を気遣いながら、油断なく探りを入れたが、どこから誰が見ていたの

かは分からなかった。それから三度往復して、その日の仕事が終わった。

既に幻庵から酒が届けられていた。人足が飯椀を持って並んだ。大振りの椀になみ

なみ一杯。それが割り当てだった。金兵衛に次いで、二ツももらった。

直ぐにも座り込んで飲もうとする金兵衛を促して、小屋に戻り、波を呼んだ。小屋

と言っても壁はなく、柱と梁があり、屋根がのっているだけのものである。

「俺は飲まねえんで、よかったらもらってやってください」

二ツが酒を飲むのは、七ツ家か、木暮衆か、久津輪衆の集落か、百太郎の小屋の中

だけで、里では決して口にしなかった。

「いいのかい?」

「いつも世話になっている、礼って程のことではねえですが」

汗で汚れた褌を洗ってもらったことがあった。

「ありがてえよお」

波が、舌なめずりをしてから椀の縁に口を付けると、一口飲んでは、うめえよお、と繰り返して飲み干した。

「それだけ、うめえうめえ言ってもらえれば、上げた甲斐があったってもんだな」ちびちび飲んでいた金兵衛が二ツに言った。

「だったら、あんたのもおくれな」

波に背を向け、金兵衛が慌てて飲み干している。

「市さん、大したもの入ってないけど、雑炊作るから食べとくれ」波が言った。

そうしてくれや、助けてもらっちまったしよ。金兵衛が言った。

「ありがとうございます」

「育ちがいいんだね。ありがとう、なんて久し振りに聞いたよ。こいつは」と金兵衛を顎で指し、「言っても『済まねえ』くらいしか言わないからね」

「放っとけ」

「川で水浴びといで、作っておくからさ」

そうさせてもらうことにした。

金兵衛と波は夫婦ではない。ふたりで人足仕事を探しては、渡り歩いていた。波も人足として働くことがあったが、酒匂砦の仕事は男手だけだったので、小屋にいたのである。そうして流れている女が、波以外にも四人いた。

川の水で汗を流して戻ると、雑炊が出来ていた。金兵衛と波が鍋の脇に腰を下ろしたが、二ツは先に始めていてくれるように言い、褌を替え、股引きと刺し子を身に付け、山刀を腰に差した。背負子に括り付けた籠の底に長鉈があることを確かめ、表に出た。金兵衛と波の手から椀が落ちた。咽喉を掻き毟っている。

毒だ。波の目を盗み、毒を盛った者がいるのだ。

《かまきり》の名が、浮かんだ。

四囲を見回したが、それらしい姿の者はいなかった。金兵衛と波が、崩れ落ち、藻掻いている。異変に気付いた男が、金兵衛らと二ツを指差した。

私のせいだ。済まない。二ツは心の中で叫ぶと小屋に取って返し、背負子を摑んだ。小屋を走り抜け、茂みに駆け込んだ。人足の手当てで、塩と味噌と蕎麦の実を買い求めようとしていたのだが、その思いは捨てた。

走った。藪が鳴っている。追って来ているのだ。

数えた。

気配は、四人か五人だった。

このまま真っ直ぐ走れば、それらの追っ手と一度に戦わなければならなくなる。二ツは左へと切れ込むようにして走った。追っ手の人数が減っている。二手に分かれたのだろう。とすれば、相手はふたりか三人となる。

二ツは走りながら背負子を外し、籠から長鉈を取り出すと、藪陰に身を潜めた。透波と思われるひとりが背負子を見付け、皆に合図の指笛を吹こうとして、崩れ落ちた。長鉈を受け、首の骨が砕けたのである。

追い付いたふたり目が、骸を目に留め、飛び退いて隠れた。どこだ？　目だけを動かしている。

「ここだ」

飛び退く先に回り込んでいた二ツの山刀が背から胸へと貫いた。

他の気配はない。二ツは引き抜いた山刀に血振りをくれ、背負子の許へと走った。

何かが迫った。それは鋭利な風となって襲ってきていた。透かさず横に飛んだ瞬間、棒手裏剣が二本、通り過ぎていった。

倒したと思い込んでいたのだろう。隠れるのが僅かに遅れた。

二ツが山刀と長鉈を両の手にして、駆け出した。透波も刀を手にして飛び出した。二合斬り結んで離れたところで、二ツが長鉈を透波目掛けて投げた。透波が寸で躱した。二ツの手から延びた縄が真っ直ぐ走り、張り詰めようとしている。今だ、と透波は口の中で叫んだ。戻ってくる長鉈を受けるには、その場で待っていなければならない。

透波は二歩横に走り、長鉈の軌道の外に出ると、二ツに襲い掛かった。山刀を握っているのは左手だった。親指と人差し指で柄を握っているのである。渾身（こんしん）の力を込めている方が力は強い。押した。体が入れ替わり、二ツが下がった。透波が繰り出した刀が閃き（ひらめき）、二ツが宙に飛んだ。

馬鹿め。それで躱せるか。

踏み出した透波の目に、戻ってくる長鉈が見えた。見えた時には、避けられる間合はなかった。二ツは己の身体で長鉈を隠していたのだ。胸に激しい痛みが奔り、奔った時には弾き（はじき）飛ばされていた。

寸刻の後、血のにおいで駆け付けた透波が三つの骸を見付け、

「用宗（もちむね）様」

低く鋭い声を発した。

四鬼のひとり・用宗。《かまきり》の棟梁に就く前の五明が率いていた四人衆唯一の生き残りである。四人のうちふたりは飛び加当に倒され、ひとりは影に呑まれて死んでいた。

「殺られたか」

ちっ、と舌打ちをして用宗が、骸を見て回っている透波に言った。

「折角の好機であったのにな」

「まさか、でございました。戸狩を探していて二ツを見付けようとは」

「ふたりよりひとり。それが身を隠す法だ。五条坊を倒した後、別れたのだな」

「…………」

鈍い音がして、透波が倒れた。二ツの投じた礫を頭に受けたのである。

飛び退き、地に伏した用宗の耳に、二ツの声が届いた。

「お手前が命じて、鍋に毒を盛ったようだな」

用宗は身動きせず、目と耳で声の源を探った。正面か、右か左か。

「あの者らの命など、気にも留めなんだか。それが《かまきり》か」

そこか。跳ね起きた用宗の身体が、地を滑るようにして進み、橅の倒木に棒手裏剣を撃ち込んだ。木陰から飛び出した二ツが用宗目掛けて長鉈を投げた。長鉈は用宗の脇を掠め過ぎようとして、その寸前に引き戻された後、天高く放り上げられている。刃の下には行かぬわ。用宗は、円弧を描いて落ちゆく先を探っている長鉈を見定め、横に走った。二ツも追うように走り、刃をぶつけ合い、離れた。計ったように長鉈が二ツの手の中に落ち、落ちた時には二ツが間合を詰めていた。刃と山刀が、再び激しくぶつかった。打ち合い、空を切り合い、尺余の間合の攻防の後、二ツと用宗が地を蹴った。飛び退ったはずの身体がぐいと引かれ、その時になって用宗は、己の身体に長鉈の柄に結ばれていた縄が絡み付いていることを知った。

「うぬっ」

動きが封じられてしまっている。

「飛び加当を倒した其の方だ。勝てぬと思うていた」と用宗が言った。

「なのに、どうして襲った？」

「戦ってみたかった。それだけだ」

「生きたいとは、思わんのか」

「思わん。この先、生きていても面白いことはないだろう。《かまきり》として死んだ方がましだ」

「分かった」

二ツの山刀が、用宗の胸に埋まった。

頭に礫を受けた透波が息を吹き返した時、横に骸が四つ並んでいた。

その十日程後——。

二ツの姿は、岩淵（いわぶち）にあった。岩淵は甲斐と駿河を結ぶ身延（みのぶ）道の起点の宿（しゅく）のひとつである。二ツはその岩淵の旅籠（はたご）の厨（くりや）にいた。山で獲（と）った鶫（つぐみ）や鴨（かも）を、塩と味噌に換えてもらおうとしていたのだ。

女中と板場の者の話し声が聞こえた。

尾張のとんでもないお殿様が、二万の兵で比叡山を焼き尽くして、偉いお坊様や、男衆、女衆、子供衆を何千人も殺したそうですよ。

本当ですか。

間違いないです。他のお客様も同じようなことを言ってましたから。

何て罰当たりな。

後生はよくないだろうよ。

二ツが待っていることも忘れて夢中になっている。二ツは土間に立ったまま話が終わるのを待った。

そうした扱いには慣れていた。

暫くして、女中のひとりが二ツに気付き、悲鳴を上げた。

「誰？」

塩と味噌をもらい、二ツは裏木戸から出た。

「あの男、三人は殺しているね」と板場のひとりが、裏木戸を顎で指して言った。

「もっとだろう。五人か六人は殺ってそうだな」もうひとりが言った。

「恐い……」女中が言った。

「戸締まりを厳重にしておいた方がいいぞ。夜中に忍び込んで来ないとも限らないからな」

「嫌だ」

女中が裏木戸を閉めに走った。

三

富士川を遡り、万沢を過ぎ、小さな峠を越えたところで、二ツは森に分け入った。木が、草が、苔が、土が、息をしている。風が身体を吹き抜けてゆく。

森だ。山に至る森の息吹だ。やはり、里よりもいい。落ち着く。

二ツは足を止め、枝振りを見回し、長鉈で伐り取り、小さな枝を払い落とした。先が二股になった杖が出来上がった。次いで籠から長さが二尺（約六十一センチメートル）の棒を取り出し、山刀の柄に差し込むと、襟に刺していた竹を削って作った目釘を口に含んで湿らせてから打った。山刀の柄は袋状になっており、長さのある杖を差し込めば手槍として使えた。用意は調った。これから先は、行く手を遮る枝を二股の杖で持ち上げるか、山刀で斬り払いながら、獣道を、それすらもない藪を、進むのだ。ここまで突いていた五尺（約百五十二センチメートル）の杖は、刀のように腰に差した。五尺の杖に刃渡り八寸の山刀を差し込めば手槍になり、熊とも戦える武器になる。ただ藪を漕ぐには五尺は長過ぎるのだ。

出会うのは、蛇か小さな生き物だけだ。人影はない。

誰も構わなくて済むが、誰にも構われることもない。己ひとりだけの森があるだけだった。

そうやって白鹿を追い掛けたこともあったが、もう随分と見ていない。

大凡の地形を読み、富士川に流れ込む川があるはずだと見当を付けて進む。

茸を採りながら一刻（二時間）近く歩く。多くは採らない。ひとりで食べる量は限られている。

笹の茂みの向こうから水音が聞こえてきた。水のにおいもしている。川に出たのだ。そろりと茂みを抜け、丈低い崖を下り、河原に立った。

川上と川下を調べたが、茸採りの里人が入った形跡はなかった。

ここに、暫く置いてもらおう。

川岸を伝い歩き、増水した時の跡を探り、それよりも高いところに草庵を建てることにした。

先が二股になるように太めの枝を伐り、小枝を払って柱にし、梁を渡す。梁の左右に、草庵の中に三角の間が出来るように木を斜めに立てる。そこに横木を渡して蔓で縛れば、ほぼ草庵の形は出来上がる。近くに生えている草を刈って束ね、横木に差し、草が三角の屋根全体を覆ったら、雨や夜露を防ぐために渋紙を掛け、蔓で縛り、そこにまた刈った草を束ねて差してゆく。次は草庵の中だ。入り口寄りに穴を掘り、囲炉裏を切り、掘り起こした土は囲炉裏に雨水が流れ込まないように縁の盛り土にする。寝床となる床は、こちらも雨水が流れ込んできた時のために、枝と刈った草を厚く敷き詰めて嵩上げをする。そこまでやれば、完成と言っていい。後は寝茣蓙を敷くだけである。夕餉の茸汁を作る前に、薪を取りに森に入り、枯れ枝を集める。

身体が流れるように動いた。そうなるように自らを鍛え上げていたのだ。

十四歳で山に入り、以来殆どの歳月を山で暮らしてきた。

これからどうなるのか。どうしたらいいのか、分からず、途方に暮れた時もあった。そのような時は、歩くか、手を動かすしかなかった。

七ツ家の衆はよくしてくれた。だが、七ツ家の集落で生まれ育った身ではない。互いに遠慮し合うこともある。それを息苦しく思う前に集落を離れ、山野をひとりで渡り、また戻る。その繰り返しの中で生き抜く術を身に付けた。

ひとりで渡る。己が動かなければ、動いてくれるものはいない。とにかく動く。それがひとりで生き抜く唯一の術だった。手を動かすことは、身体に染み込んでいた。

囲炉裏とは別に、草庵の外に石を組んで竈を作る。傍らに倒木を引き摺ってきて、長鉈で割る。枯れ枝や木屑に火を点け、焚き付ける。薪を割りながら、漁に使おうと伐り出してきた葉の付いた枝を蔓で結び、川に落として岸の岩に縛る。その合間に鍋も作る。

栗茸と本占地と蕎麦の実を鍋に入れ、味噌で味を調える。川の瀬音を聞き、枝や葉を揺する風の音を聞き、薪の爆ぜる音を聞き、ゆっくりと茸を噛んで食べる。

山の端を残し、空が濃さを増し、竈の火が踊り始める。夜になるのだ。川面を嘗めるように這い上ってきた闇の中に火の粉が溶けた。草庵の囲炉裏に火種を置き、青い葉を被せる。虫除けである。煙が天井に上がり、草庵を燻し、抜けてゆく。

日が沈み、山と空の境が見えなくなる。

夜に動く鳥や獣が鳴き出す。森が少し騒がしくなるが、それも一時のことで、また静かになる。薪の燃える音と、崩れる音が、川のせせらぎとともに聞こえてくる。

二ツは長鉈と杖を使って、残り火を囲炉裏に移し、太い薪を載せた。夜明け近くまで保ってくれればいい。

長鉈を腰に、手槍を抱えるようにして囲炉裏の傍らに横になった。睡魔は直ぐに襲ってきた。

こくん、と眠りに落ちる瞬間が分かった。

どれくらい寝たのだろうか。ふと目が覚めた。暗い。

薪は燃え落ちている。寝た頃合からして、まだ夜明けまでは随分とある。凝っとしたまま辺りの気配を探り、何もないと得心したところで身体を起こし、灰を探った。熱い。枝先でほじると、熾が残っていた。細い枝を載せ、燃え付いたところで、少し太い枝を置き、火が回るのを待った。

どこかで梟が鳴いている。

五日後、二ツの姿は万沢にあった。万沢は岩淵筋の身延道と奥津筋の身延道が出会い、身延道がひとつになる宿場であるため、旅籠や商家が建ち並んでおり、賑わいを見せていた。

二ツは大きめの旅籠を選び、裏に回った。受ける扱いの大凡は、戸の外から掛けた声の返事で分かる。この旅籠を選んだのに間違いはないと思わせる返事だった。笠を取り、戸の内側に入り、茸と味噌を交換し終え、裏の通りに出て来たのは四半刻（三十分）後のことだった。

また頼むよ、の言葉と、餅をふたつもらった。餅などは、滅多に口に入るものではない。二ツは礼を言って、旅籠を出、裏通りを宿外れに向かった。

尾けられていると感じたのは、旅籠を出て間もなくだった。しかし、気配がするだけで、殺気のようなものはなかった。

誰だ？《かまきり》か。旅籠に入るところを見られていたのか。跳ねるようにして道の脇に寄り、振り返ると、犬がいた。

犬も立ち止まって、二ツを見ている。背の高さが一尺半（約四十五センチメートル）余で毛並みは茶だった。

まさか、あいつか。

尻尾の先を見た。そこだけ白かった。

間違いない。あいつだった。

「来い。餅をやるぞ」

分かったのか。付いて来る。誰に見られているか、分からない。とにかく万沢の外に出よう、と二ツは足を急がせた。

あいつを初めて見たのは、龍神岳（りゅうじんだけ）の裾野を流れる尾白川（おじらがわ）の畔だった。

龍神岳は、甲斐駒ヶ岳から黒戸山（くろとやま）へと延びた稜線（りょうせん）の先にある峨々（がが）とした岩山であった。その山頂に築かれたのが龍神岳城。城主は芦田虎満（あしだとらみつ）。当時は喜久丸（きくまる）と名乗っていた、二ツの父である。二ツの父は、武田晴信に使嗾（しそう）された叔父・芦田満輝（あしだみつてる）により殺され、城を奪われた。危うく逃れた二ツは、助けてくれた南稜七ツ家の力を借り、仇を討つとともに、龍神岳城を山ごと崩したのである。天文十二年（一五四三）。二十八年前のことになる。叔父の裏切りによって亡くなった父と母と姉の供養にと、二ツは命日近くになると、今は瓦礫となっている龍神岳を訪れていた。その時にあいつを見掛けたのだ。

あいつは、尻尾を垂らし、気怠そうにひとりで歩いていた。二ツもひとりだった。あいつは子供らに石を投げ付けられては山に逃げ、暫くするとまた人里近くに下りてきて食い物を探すという暮らしをしていたらしい。

あいつが魚を捕るところを、見たことがある。岩に腹這いになり、浅瀬を見詰めて魚影が見えるのを待っていた。上手く捕らえた時は、見ている二ツを上目遣いで見ながら腹から食い始めるのだが、捕れなかった時は、二ツを見ようともせずに岩の上に戻ってゆく。

別々の岩に腹這いになり、魚捕りを競ったこともあった。二ツは先を尖らせた竹の銛で突くのだ。二ツは捕ると河原で火を焚き、焼く。あいつは漁を切り上げ、両の前脚を揃えて見ている。焼いて身をほぐし、半分ずつ食べる。焼いてやると、あいつは目の色を変えて食った。そしてまた漁に戻る。

捕れなかった時に干し肉をやったこともあった。

暫く付いて来ていたが、二ツが透波に囲まれ、戦っているうちに、いつの間にか、いなくなっていた。

それから四年振りになるが、どうやら覚えていたらしい。

宿の外れに着いた。

「そろそろ食うか」

路傍の石に腰を下ろし、籠から竹の皮に包まれた餅を取り出した。搗き立てではないが、まだ芯は柔らかかった。あいつは、二間程離れたところに座り、二ツの手許を見ている。何かくれようとしていることは、分かるのだろう。

二ツは一口齧って食べて見せてから、餅の端を噛み切り、ひょいとあいつの足許に放った。あいつは口を閉じたまま、ふわりと飛んでくる餅が落ちるのを見届けてから、においを嗅ぎ、得心したのか、やおら顔を斜めにして餅を拾い上げて食べ始めた。

二ツが二口目を食べた。あいつはまだくちゃくちゃ噛んでいたが、こくりと飲み込むと、座ったまま脚をにじるようにして少し間合を詰めた。ふたつ目をやった。また足許に落としてから、食べている。

二ツが三口目を食べた。少し焦りが出て来たらしい。口を窄め、ううっ、と小さく唸った。三つ目を放った。宙を飛んでくる餅を飛び付くようにして口に入れた。

「よしっ、食え」

四つ目を与え、二ツも口に入れた。それから三度互いに食べて餅はなくなった。

立ち上がった二ツをあいつが見ている。邪魔になる訳ではない。こちらもひとりだ。いつまでにどこ、という約束もない。

「来るか」

声だけ掛け、二ツは三里先にある宍原に向かった。

あいつにも、慣れた土地というものがあるのだろう。身延道を中心とした一帯がそうであるに違いない。ならば、天龍まで連れて行く訳にはゆかない。宍原から山に入り、暫しの時を過ごそう。

「行くぞ」

振り向いて言い、二ツはずんずんと歩いた。来なければ、それまでのことである。ひとりで生きてきた者にとっては、ひとりでいることが一番落ち着くのだ。無理強いはしない。

あいつは、ほんの少しの間、二ツの後ろ姿を見ていたが、後を追うようにして付いてきた。

獣道を進んだ。二股の杖で枝を押し上げ、蔓を斬り払い、奥へと入った。あいつは後から付いて来ている。半刻程経った頃、川に出た。富士川に流れ込む支流が、あちこちに走っているのだ。

川に沿って下った。河原に広さがあり、少し高台になっており、張り出し、垂れている枝のないところを探して、岩を伝った。

やがて、開けたところに出た。

そこで、川が大きく湾曲している。大雨による増水が作り上げた河原だった。河原の奥が高くなっている。水はそこまでは行かないのだろう。草庵を建てることにした。

枝を伐り出していると、あいつは凝っと見ている。

「遊んで来ていいぞ」

声を掛けると分かるのか、河原の石に鼻を擦り付けるようにして、右に左にと動き回っている。

柱を立て、梁を渡し、蔓で縛り、草、渋紙、もう一度草の順で掛ける。囲炉裏を掘り、寝床に草を敷く。

「少しは、手伝え」

あいつに怒鳴ってやると、首と耳を立て、何だ、という顔をしてから、また河原を飛び跳ねている。

石を集め、竈を作り、食い物を探しに藪に入った。

茸はどこにでもあった。夕餉と朝餉の分だけ採り、戻ろうとして、それがいることに気が付いた。

茶褐色で銭のような模様があり、三角の頭をしている。蝮だ。

唸り声を上げているあいつを叱って止め、二股の杖で蝮の首を押さえ、山刀で首を切り落とした。

まだ唸っているあいつを蹴るようにして除け、素早く穴を掘って首を埋めた。

「来い。食わせてやるぞ」

胴体をくねらせている蝮をぶら下げ、竈に戻り、火を点けた。

川岸で蝮の皮を剝き、腸を取り、流れで洗った。

火はよく燃えている。蝮を平らな石に置き、一寸（約三センチメートル）程の大きさに切り分け、鍋底にこびり付かないように味噌とともに落とし入れ、揺すりながら焼いた。煙が立ち、香ばしいにおいもしている。

　うっうっ、とあいつが責付く。足許の石に黒い染みが出来ている。涎だ。

「慌てるな。まだ熱くて火傷する」

　一切れ取り出し、吹いて冷まして、放ってやる。においを嗅ぎ、口に入れ、嚙んでいる。美味かったのだろう。また催促の唸り声を出している。一切れずつ食べた。

「美味いな」

　次を食べ合い、その次を食べ合い、残りをあいつにやった。あいつは食べ終えると至極満足したのか、口の周りを嘗め、前脚を嘗め、背を嚙み、尻尾を追い掛け、ぐるぐると回っている。

　その間に、鍋に水を差し、茸と蕎麦の実を入れ、雑炊を作った。

　籠から椀をふたつ取り出した。ふいの客人のために、と木暮衆の無坂の叔父貴に言われ、ふたつ持つようにしていたのだ。

「今からお前は客人だ」二ツは言った。

　客人は嚙んでいた尻尾を嘗めている。

　雑炊が冷めたところで、椀に盛り、倒さないように石をほじって椀を置き、客人を呼んだ。

首をもたげ、ひょいひょいと椀に寄り、においを嗅いで二ツを見た。二ツが茸を摘まんで口に入れ、汁を飲んで見せた。安心したのか、飲み始めた。早い。もう椀の底を嘗め回している。お代わりを注いでやると、夢中で食べている。また、くれ、と言われそうなので、二ツも急いで食べた。やはり、また、くれ、と唸った。仕方ないので、残りを分け合い、鍋を見せた。もう、ないぞ。

汁気がたくさん入ったので催したのだろう。岩の前に腰を落として小便をしている。その時になって、雌だと知った。

いつものように、火種を囲炉裏に移し、青葉を焚いてから、薪をくべた。

竈の火勢が弱くなり、空が濃さを増した。星が幾つか流れた。

夜中、脚音で目を覚ますと、竈の前で寝ていた客人がのそのそと草庵に入って来て、囲炉裏の脇で丸くなった。

二ツは目を閉じ、眠った。

翌日二ツは、朝餉を済ませると、客人と一緒に兎(うさぎ)を獲りに森に入ったが、見付けることは出来なかった。しかし、平茸(ひらたけ)や橅占地(ぶなしめじ)などの他に、橅の実が手に入った。橅の実は稜栗(そばぐり)とも呼ばれるもので、蕎麦の実を大きくしたような形をしている。生でも食べられるが、炒(い)って食べるのが二ツの好みだった。食べる分だけを炒り、殻を剝いて、客人と分け合った。客人が、もっと、とねだったが、竹筒に入れ、更に籠に仕舞った。雲が出ていた。備えが要る。

その夜から雨になった。外が白く煙るような雨の勢いである。二ツらは草庵の中で、稜栗を炒り、茸の雑炊を食べて眠った。雨は翌日の昼過ぎに止んだ。森の中は、葉や枝から落ちる滴の音で溢れている。森に入るのを諦め、魚を釣ることにした。岩を裏返し、餌を探している二ツを、客人は腹這いになって見ている。釣るのも凝っと見ている。手伝うのは、食べる時だけである。

「不精者めが」

そして二日が過ぎた。

「蛇か兎を獲るぞ」

客人を誘い、森に入った。懐に河原で拾った石を収めた。礫にするためである。長鉈を投げたのでは、しくじった時には取りにゆかねばならないし、石にでも当たれば刃を欠いてしまう。礫なら投げ捨てでいい。

獲物を探しながら、そっと奥に分け入った。半刻程で斜面に出た。川へとなだらかに落ち込んでいる。斜面に動くものがいないか、探した。風で草や笹が揺れているだけで、生き物の気配は窺えない。

「見てくる。ここで待っていろ」

二ツは五歩程下り、岩に身を隠して斜面を見渡した。一町（約百九メートル）程先で何かが動いた。大きさからすると、狐か子鹿か。目を凝らそうとした時だった。

突然、キャンという、客人の悲鳴が聞こえた。

長鉈を手にして慌てて戻ると、客人が背に矢を受けていた。咄嗟に地に這い、身構えた。茂みが割れ、猟師が出て来た。

「危なかったな」と猟師が言った。「狙われてたぞ」

「えっ……」

「そいつだ」と猟師が弓で客人を指した。

「違う」

「…………」

猟師が、二ツと犬を見比べている。

「ここで、待っていたんだ」

「あんたの犬か」

「……そうだ」

あやっ、と猟師が悲痛な声を上げた。済まねえ。

「おら、とんでもねえことしちまっただか」

「…………」

二ツは膝を突き、息を確かめたが、もう虫の息だった。

「助からねえか」

「駄目のようだ」

「おら、どう詫びれば……」

「何も言わんでいい」

「でも……」

「構わないから、行ってくれ」

「……済まねえが、そうするだ」

猟師は頭を下げると、茂みに戻って行った。

客人の額に手を当てた時には、既に死んでいた。

二ツは、穴を掘り始めた。掘りながら、せめて名前を付けてやればよかった、と悔いた。

翌朝、二ツは草庵を捨てた。

第三章　上杉景虎

一

元亀二年（一五七一）。この年、戦国と呼ばれた時代に名を馳せた三人が没した。
六月十四日に、安芸の毛利元就が七十五歳で、
六月二十三日に、薩摩の島津貴久が五十八歳で、
そして、
十月三日に、相模の北条氏康が没した。享年五十七歳だった。
甲斐の武田信玄、この時、五十一歳。薬師に余命を尋ね、「保って四年……。恐らく三年」と言われて一年になる。
迫り来る死の足音が、信玄の耳にはっきりと聞こえ始めていたのだが――。
今は、氏康の死から話を続けよう。
氏康は死の直前、当代である次男・氏政（嫡男は夭折）を中心に、三男・氏照（八王子城城主）、四男・氏邦（鉢形城城主）、五男・氏規（三崎城城主・伊豆韮山城城代）を枕辺に集め、上杉謙信との同盟を打ち切り、武田信玄と手を結ぶよう厳命した。

駿河に侵攻しようとした武田を抑えんがために結んだ上杉との同盟であったが、今や有名無実なものになっていた。同盟者として、関東へ兵を送るよう依頼した氏康に対して謙信は、関東にあった上杉領などを返上するのなら、と言い出し、越後を発とうとしなかったのだ。そのような謙信に、手切れの断を下したのである。

当代らに続いて、御家門方を代表して北条幻庵を呼び、武田と結ぶことにしたがどう思うか、と問うた。幻庵は、迷いも見せずに即答した。

「それがよろしかろうかと存じます」

「そう思うてくださいますか」

氏康は安堵したのか、ゆっくりと目を閉じている。幻庵が、少し乗り出すようにして言った。

「謙信は、人としては信が置けますが、武将としては困ったことに融通が利きません。そこへゆくと信玄は、欲掻きですから、欲の部分を満たしてやっている限り、こちらの求めに応じてくれますし、裏切りません。百年付き合うならば謙信ですが、目先の三年ならば、信玄と言えましょう」

氏康の口が僅かに開き、息が漏れた。笑ったらしい。笑い終えると、三年に、と言った。

「意味は、あるのですか」

「恐らく、その辺りが信玄の寿命かと」

寿命が尽きようとしている者に、寿命の話をするのである。この辺りが、一個の命より、家の命、国の命を尊ぶ世の習いであろう。

「では、西上すると思いますか」

「必ず、します。北条と結ぶことで、背後を気にせずに済みます。そうすれば、いずれは我らが戦うことになる徳川、織田を武田が叩いてくれることになります。北条としては、万々歳かと存じます」

「見たいの……」と氏康が呟いた。

「気持ちを強くお持ちください。武田は、徳川と織田に勝ちましょう。されば、京で浮かれている武田を尻目に、関東は我ら北条の思うがままでございます」

「流石（さすが）、叔父上ですな。面白い話でした……」

信玄西上の際には、援軍を出すよう氏政にくれぐれも言うてくだされ。氏康が痩（や）せた手を掻巻（かいまき）から差し出した。幻庵は、その手を両の手で握って答えた。必ず。

薬師が、お疲れですので、と言ったが、氏康がもう少しだ、と手を離さない。幻庵は薬師に、目で応え、また明日参りますので、と言ったが、氏康が言葉を継いだ。

「天下とは、そんなによいものなのでしょうか」

「はてさて、いかがでございましょう。いくら力を得ても、一日二度の飯で腹は膨れますからな。それ以上は腹の毒というものです。相模があれば、腹は膨れます。関東ですら食べ過ぎです。それを天下とは、気が知れませぬ」

「叔父上に掛かっては、天下も台無しですな」

氏康が笑みを見せたところで、御前を下がった。

氏康は、この八日後、二の丸の居室で息を引き取った。

氏政は葬儀の仕度を命ずるとともに、越後の上杉謙信の養子に入った三郎、即ち上杉景虎に氏康死去の使者を送った。

急ぎ小田原まで馬を駆るという景虎の返事を氏政から聞いた幻庵は、久野屋敷に戻ると風魔の棟梁・小太郎を呼び、木暮衆の無坂を屋敷に連れて来るように命じた。

小頭の余ノ目が選んだのは、巣雲衆の集落まで駆けたことのある石動木(いするぎ)だった。

三日目に集落に着いた石動木は、翌朝巣雲衆の真壁(まかべ)の案内で秋葉街道を走り抜け、小田原を出て五日目に木暮衆の集落に着いた。しかし、無坂はいなかった。

長の千次が言うには、無坂は高遠から伊奈部に出、鍋懸峠の方へ回っているかもしれないので、戻りはいつになるか、分からない。とは言え、幻庵様の御用となれば、人を走らせて探してみましょう。見付け次第小田原に向かわせます。

石動木は、言付けを頼み、舟で天龍を下り、三日後に小田原に戻った。

言付けをすることも、天龍を下ることも、余ノ目に言われていたことだった。

山の者は一日二日待ったところで帰っては来ぬ。一月後に戻ることもあれば、三月後のこともあり、時には一生戻らぬこともある。それが山の者だ。務めに出た細作と同じであった。

「おらなんだか」

余ノ目から首尾を聞いた小太郎が、苦労だった、と石動木に言った。石動木が平伏している間に、小太郎は久野屋敷の奥へと走っていた。

その頃――。

無坂は、伊奈部から菅沼に抜ける火山峠に差し掛かっていた。火山峠は狼煙を上げる場所であったところから付いた名で、見晴らしが利いた。峠を越えた辺りから雲行きが怪しくなっている。

雨宿りが出来るような大岩か、木の洞を探した。道は折れ曲がった急坂が続いている。雨が落ちると滑り易くなってしまう。

思い切って道を逸れ、藪に入った。迷わないように、ところどころの木肌に長鉈で印を付けては手槍で枝を払い、歩みを重ねた。

四半刻も分け入っただろうか、重なった枝の向こうに小屋が見えた。里の者が作ったものではなさそうだった。渡りの山の者が、後に通る者のために、一軒だけ残しておく小屋のようだった。恐らく捨てられて六、七年は過ぎているのだろう。屋根の隅が崩れ落ち、押し上げ戸も歪んでいた。だが、そんなことはどうでもよかった。雨をしのげればいい。小屋に駆け寄り、戸を押した。軋んだが戸は上がった。中を覗くと、穴の空いた屋根から漏れ込む明かりと、破れた小さな押し上げ戸から射し込む明かりで、小屋の内部はほぼ見渡せた。土間があり、寝起きするための丸太を敷き詰めた高くなった床があった。囲炉裏も切ってある。

蛇のように壁を這っているのは、破れ目から入り込んだ蔓である。一夜の宿りに借りるのには贅沢な代物だった。

木っ端を戸口に挟み、小屋近くの枯れ枝を拾い、生木を伐り集め、戸口に放り込んだ。雲は更に低くなっている。最初の一粒が額に当たった。薪を集める手を早めた。燃やし出があるようにと、倒木の枝を払い、藪から引き摺り出し、小屋の入り口まで運んでいると、二粒目と三粒目の雨が額を打った。と同時に、堰を切ったように大粒の雨が降り始めた。もう薪を拾うどころではない。小屋に飛び込み、囲炉裏で火を焚いた。明かりと虫除けのためである。屋根の壊れたところから盛大に雨漏りがしている。

鍋と空いた竹筒を手に、走り、雨水を受けた。煮炊きと飲み水の分は直ぐに溜まった。

炎が落ち着いたところで、入り口に置いた倒木を土間に入れ、囲炉裏の幅に合わせて長鉈を振った。ふたつも伐れば、明朝まで保つだろう。

鍋を吊す自在鉤がない。太めの枝を三方から立て、蔓で縛り、鍋を吊した。どうにか安定している。

茸と猪の肉を燻したものと米を入れ、味噌を落とした。肉と米は久津輪衆でもらったものだった。

ことことと煮えている。もう少しだ。稲光が奔った。

戸に雨粒が打ち付けている。雨漏りの水が、棒のように落ち、床で跳ねている。雷鳴が轟いた。光ってから、鳴るまでに間があった。

小屋の中が暗くなった。囲炉裏の火が、鍋の底を嘗めて踊る様がはっきりと見えた。

もういいだろう。

無坂が椀によそった雑炊を吹いて冷まし、一口啜ろうとしていると、ふいに脇から椀が差し出された。

「…………」

青地だった。孫の青地ではない。死んだ女房・千草の父の青地である。

「親父さん……」

青地の親父の横には、三郎太とスギがいた。

「みんな、どこから？」

「そんなことはいい。早く食わせろや」

三人はそれぞれ椀を手にしている。雑炊を椀に注いでやると、揃って箸を動かし始めた。

「美味いな」と青地の親父が言った。

三郎太とスギが頷いた。

「あっちは、不味いんだ」

そうだ、と無坂はぼんやりと思った。皆、死んでいるのだ。

青地の親父は、《足助働き》を終えて集落に戻った時に看取っていた。天文十一年（一五四二）のことである。

三郎太とスギは、天文十六年（一五四七）の暮れ、集落が猿の群れに襲われた時に殺されていた。三郎太は二十歳、スギは十六歳だった。二十四年が経つが、あの当時のままの年格好で、年を取っていない。

そうか……、と無坂は心の中で呟く。

聞いたことがあった。

雨の時か、雨が降り始める前に、亡き人びとが湿った風に乗ってやって来ることがある、と。

しかし、今までどんなに深く山に入っても、訪ねて来られたことはなかった。これがそうなのか、と無坂は火床に小枝をくべながら思った。恐いとか恐ろしいという気持ちは湧いてこない。受け入れている己を、遠くから見ている己がいるような気がした。

「千草は来ていないのか」青地の親父が無坂に訊いた。

「来るのですか」

戸口を見たが、いない。

「千草の叔母は、トヨスケを連れて来る、と言っていました」三郎太が言った。

「峠を下りたところでトヨスケを呼んでいた」スギだった。

トヨスケは無坂に懐いていた猿だった。

「なら、そのうち来るだろう。もちっとくれ」

青地の親父が椀を差し出した。よそると、雑炊の残りが少しになってしまった。千草の分がない。

「足しましょう」

土間に下り、籠から鹿肉と干した茸と菜を取り出した。千草のために、鹿肉を多めにしようともう一度籠の底をあさり、振り返ると、誰もいなかった。雑炊がぐつぐつと煮えていた。

小屋の中を見回したが、やはり誰もいない。

帰ったのだ。

囲炉裏の火が弾ける音と雨の音に包まれ、無坂はひとりで夕餉を終えた。稲光が走り、雷鳴が轟いた。先程より、音が小さくなり、間合も空いていた。雷雲は抜けて行ったらしい。

二

翌日はよく晴れ上がっていたが、足を泥濘(ぬかるみ)に取られたので走りはままならなかった。それでも、日が傾いた頃には木暮衆の北の見張り小屋に着くことが出来た。

小屋に詰めていた孫の青地と勘左の倅の弁左が、飛び出して来た。青地は二十一歳、弁左より二歳年上になる。

「お前が名を継いだ、青地の……」親父、と言う前に、大変です、と青地に言われた。

「長のところに走ってください」

「何があった？」

「俺たちには分かりません」で、と青地が訊いた。曾祖父さんが、どうかしましたか。

話は後だ。言うなり駆け出した無坂を見送りながら、弁左が言った。

「親父と同じくらいの走りですが、六十七ですよね」

弁左の父・勘左は四十六だった。

「南の見張り小屋の近く、落葉松の下にトヨスケの墓があるだろ。あのトヨスケと一緒に木から木へ飛び移っていたって話だからな。若い時なんざ、走るのは風と一緒よ」

「目に見えるようです」

「いや、程々に信じればいいからな」

「程々ですか」

「そうだ。風なら見えねえ」

青地と弁左が再び見張りに付いた頃、風となった無坂は、長の千次の小屋にいた。笹市、勘左、山左、玄三ら四人の小頭衆も控えている。

「四日前になります。北条幻庵様の使いが見え、至急久野の屋敷まで来てくれ、と言付けて戻られました」千次は風魔の使いと巣雲の衆の名を言い、続けた。「子細は何も仰せにはならなかったのですが、何の用だか、分かりますか」

千次は、無坂が四の組の小頭をしていた時の組の者だったので、言葉がどうしても丁寧になってしまっていた。

見当はまったく付かなかった。まさか水石くらいのことで、使いを寄越すとは思えなかった。何か厄介事だろうか。使いの風魔が何も言わなかったところが、気になった。

「幻庵様の呼び出しとあれば、行くしかありませんね」

一座の皆が頷き返した。

「しかし、ひとりではなく、供を連れて行っていただきます。音沙汰無しは困りますので」

誰がいいですか、と千次が訊いた。

無坂は、志戸呂の名を上げた。《山彦》の役目を久六と太平と青地に譲ったので、暇だと零していたのだ。《山彦》は、出掛けても日を置かずに戻る遠出働きのことで、《山彦働き》とも言った。

「後ひとり、青地を加えてください」

荷物を持たせるのによいでしょう。あいつなら、どこで放り出されても戻って来れますし。

ふたりも供に付ける。贅沢なことだったが、風魔を束ねる幻庵に呼ばれたのである。何かの時、人が足りないでは済まされない。ありがたく受けることにした。

「今からでは間もなく夜になります。明早朝発ということで、よろしいですか」

異存はなかった。志戸呂と青地に仕度させなければならない。

翌朝、木暮衆の集落を発った無坂らは、山左と勘左の嫁取りをした白峰(しらみね)衆の集落を目指した。一夜の宿を借り受けるためである。白峰衆の集落は釜無川(かまなしがわ)を遡り、山に分け入ったところにあった。

無坂らは、秋葉街道を子(ね)の方向（北）に向かい、市野瀬峠と中沢峠を越え、更に走る速度を上げた。黒川沿いの獣道を艮(うしとら)の方向（北東）に切れ込み、東谷を突っ切る。若い青地が音を上げるのを、爺さんふたりがどやし、釜無山の尾根を越えた。日が大きく傾く頃、白峰衆の集落に着いた。

翌日は身延道を下った万沢で草庵を建て、次いで足高山(あしたか)の裾野を進み、三島の手前で眠り、四日目に箱根を越えた。

　この間に、青地に問われ、青地の親父らと雨に降り込められた小屋で会った話をした。ふたりとも山の怪に出会ったことがなかったので、ひどく真剣に聞いていたが、志戸呂が、ここだけの話にしよう、と言った。猿の群れに殺された倉松の女房でスギの母親が三年前の冬、スギの声を聞いた、と騒ぎ出したことがあったらしい。

　暫くして落ち着いたが、話すと蒸し返すことになりかねないからな。

　青地に、口外するなと言い、この話を封じた。それでも、志戸呂は聞きたいらしく、二度程雷が鳴ったのかとか、暗くなったのか、と訊いてきたので、詳細を話してやった。

　箱根を下り、早川沿いに走り、小田原の外れに立った。

「久野は、どの辺りだか分かるのか」志戸呂が訊いた。

「歩いていれば、案内の者が出て来るのではないか」

　風魔の見張りが気付いてくれるだろうよ、と答えていると、止まれ、と声が掛かった。

「どこに行く？」

「久野の御屋敷ですが、風魔の衆でございますか」

「笠を取ってくれるか」

　無坂らは、柿渋で塗り固めた笠を目深に被っていた。笠を取ると、おうっ、という声が返って来た。

「無坂殿ですな」

藪が分かれ、男が姿を現した。男は、龍穴にいたので顔を見知っていたのだ、と明かした。

「あの時に……」

無坂らが長尾景虎（上杉謙信）の求めに応え、山を案内していた時、龍穴で《かまきり》に襲われた。どうにか倒したかと思われたところに駆け付けて来たのが、幻庵率いる風魔の衆だった。あそこに、いたのか。

「兵庫です。これは石堂。やはり龍穴にいました」青く痩せた面に目だけを光らせて、石堂が小さく頷いた。「では、殿がお待ちです。久野まで走りますか」

一度山の者と走りたかったのです、と兵庫が言った。

「遅れるなよ」志戸呂が青地に言った。

兵庫と石堂に続いて三人が走り出した後に、ふたりの風魔が木の枝からふわりと飛び降りた。

「山の者とは、そんなに速いのか」ひとりがもうひとりに訊いた。

「兵庫らに訊けば、分かる」もうひとりは答えると、見張りだ、隠れるぞ、と言って藪に背から入った。

久野屋敷までは僅かな距離である。休みは一度、走りを歩きに替えただけであった。それでも互いの走りの技量は分かった。呼気と吸気に乱れがない。それが山の者だった。

久野屋敷は、別名幻庵屋敷とも箱根殿屋敷とも呼ばれており、幻庵の居室があるのは、中御殿とも中屋敷（なかやしき）とも言われる中央の館であった。館の大門を抜けたところで、

「暫時お待ちを」と言って兵庫と石堂が館に消えた。

「いい走りだったぞ」志戸呂が、館を見上げている青地を褒めた。

青地が笑顔で応えているうちに兵庫だけ戻って来た。こちらへ。言われるまま裏に回ると、丸太で組まれた大きな小屋があり、その前に余ノ目がいた。余ノ目に志戸呂と青地を引き合わせた。

「殿は夕刻まで城から戻られぬ。それまで、湯で汗を流し、何か食べるがいいぞ」

「ありがたいのですが、手前どもは露宿続きで汚れておりますので」

「と言うと思うて、我らの忍び小屋に回ってもらったのだ。汚れでは引けを取らぬ。遠慮いたすな」

板戸の中はひろびろとした土間があり、隅に水を入れた甕と竈などが並んでいた。

　土間を上がると囲炉裏が切ってある。山の者の小屋と造作はほぼ同じだった。

「今夜は、ここに泊まってもらうことになる」

「泊まるのでございますか」

「殿が簡単に帰すと思うか」

「はあ……」

「着替えは？」

「持っておりますが」

「ならば、湯を浴びろ。湯はたっぷりと沸かしてある」

　こっちが湯浴み場だ、と兵庫が案内しようとした時、髪を剃り、墨染めを着た僧形の者が戸を開けたところで立ち止まった。木暮衆まで使いに来た石動木であった。

「髪は？」と志戸呂が訊いた。

「この身形になるので剃っただけだ」と答え、小頭、と余ノ目に耳打ちをして、三つある戸口の中に消えた。

「余ノ目様は小頭にお成りで？」

　宇兵衛が小太郎を継いだことも教えられた。余ノ目に、小頭就任の祝いを述べてから、余ノ目と兵庫とともに湯浴み場に向かった。湯浴み場は、小屋の外に、別棟として建てられていた。引き戸を開けると、熱気が噴き出してきた。

六畳程の広さの床は砂利が厚く敷き詰められており、その奥に大釜が並んでいた。真ん中の大釜から湯気が上っている。その両側の大釜には水が張られているのだと余ノ目が言った。

入り口の脇に積み重ねられている桶と柄杓を使い、好みの熱さにし、身体を洗うのだそうだ。

「洗い物をしても構わぬぞ。湯はいくら使ってもよいからな」

干す場所を示すと、余ノ目らが引き上げて行った。引き戸横にある棚に脱いだ刺子などを置き、早速教えられたようにして髪と身体を洗い、湯を浴びた。

頭から湯を被っていた無坂が、手を止め、どうだ、とふたりに言った。

「髪を剃らんか」

「断る」志戸呂が即座に言った。

「嫌です」青地が答えた。

「気持ちがよさそうではないか」

「坊主になるつもりなのか」

「いや、一度剃ってみたかったのだ」

「若菜に訊いてからの方がいいぞ。年を取ったら、娘に従っておくのが一番だ」

「そうか……」

湯を浴び終え、着替え、囲炉裏の側に座った。

頃合を見ていたのだろう。余ノ目は来ると、付いて参れ、と言って先に立ち、裏から中屋敷に上がった。厨の脇を通り、廊下を抜け、小部屋に通された。

「我らの控え所だ。ここで殿のお戻りを待ってもらうのだが、腹が減っておろう」

廊下に人の気配が立ち、飯が運ばれて来た。握り飯二個と猪肉の味噌煮、塩茹でされた山菜に味噌汁だった。木暮衆では、祝い事がなければ白い飯は年に一度、山の神を祭る《山祭り》の日に限られていた。青地が凄い勢いで食べ始めた。無坂と志戸呂も負けじと飯を食らい、息を吐いていると余ノ目と配下の風魔が来た。配下の者が膳を下げた。

このまま下城を待っていても、遣ることがない。城下を見てみたいのだが、と無坂が申し出た。

「ならば、誰ぞを付けよう」

「大丈夫でございます。我ら、道に迷うことはございません」

そうではないのだ、と余ノ目が言った。

「過日城下の外れで、《かまきり》と山の者の争いがあったのだ。人足の夫婦者がとばっちりを受けて死んだ」

「山の衆は、無事でしたでしょうか」

「逃げたようだ。《かまきり》と透波の亡骸だけ見付かった」墓標が立てられており、そのように書かれていた。

「いい腕の者のようでございますね」

「二ツだ。年格好、左手の指の具合からして間違いない」

「二ツが何故こちらに？」

「酒匂川にある砦の修復のために人足を雇ったのだが、中に紛れ込んでいたらしいのだ。そこを《かまきり》に見付かったのだろう。まだ《かまきり》がおるやもしれぬでな」

集落を離れている時、費えはどうするのか、と思ったことがあったが、薬草や鳥獣を獲るだけでなく、人足仕事などもしているのか。若様に生まれた男とは思えぬ、強靱な生き方に改めて無坂は舌を巻く思いがした。

「では、ご迷惑をお掛けしてもいけませんので、御屋敷で待たせていただきます」

「それがよかろう」

立ち去ろうとした余ノ目に、幻庵様の用とは何かを尋ねた。

「やはり、訊いたか」

問われたら話してもよい、と仰せだったから、と余ノ目が口を開いた。

「大事ではない。三郎様を其の方らに引き合わせたいのだ」

北条氏康の七男である三郎が、上杉家の養子に入るまでの経緯を、余ノ目が話した。

「すると、相模の前の国主様が実の御父上様で、御養父様が幻庵様と越後の国主様、という訳でございますか」志戸呂が恐る恐る尋ねた。

「ということになるな」余ノ目が言った。

「そんな偉いお殿様に、俺たちが会えるのですか」

「会わせるために呼んだのだろうが」余ノ目が、其の方の爺様は、と青地に言った。偉いの偉くないのなど問題にしていなかったぞ。「徳川家康様には薬草を教え、今川の雪斎禅師様など背負っておったぞ。おまけに頭まで下げさせていた」

「聞いたことがあります」

「爺様の孫なんだ。爺様を見習っておればよいわ。里者にはない尺度で動く。それが山の者の面白さでもあるのだからな。俺など、爺様が憎くて殺そうとしたこともあったんだぞ」

飛び加当を倒し、手に入れた粉薬を無坂が、なくてよいものだから、と上原館の堀に捨てた時の話であった。

「思い出すと、今でも腸が煮えくりかえるわ」

いつか必ず借りは返してもらうからな。憤然として戸に手を掛けた余ノ目に、申し訳ございませんが、と無坂が言った。何だ、と声に出さず、立ち止まって聞いている。

「砥石をお借りしたいのですが」

まだ幻庵様の下城までに間がありそうなので、山刀と長鉈の刃を研ぎたいのだ、と無坂が言った。

「用意させよう」

水の入った桶と砥石三つと大きな油紙と布が来た。

「怒っていましたよね」と青地が言った。

「ありゃ、怒ってた」志戸呂が言った。

「でも、ちゃんと砥石を貸してくれました」

「あの件はあの件。過ぎたことだからな」無坂が言った。

「そんなものなんですか」

「北条を見てみろ。越後と手を組んでいたと思ったら、今度は武田と結んでいる。いつまでもひとつのことを根に持っていたのでは生きてゆけぬのだ。鳥谷衆の女たちと真木備を見ろ。一時は互いに恨みを抱いていたが、今はともに軒山の集落を再興しようとしている。そうやって、過ぎたことを、忘れはしないが、思い出さないようにして折り合いを付けてゆくのだ」

研ぐぞ、と無坂が志戸呂と青地に言い、砥石と桶をふたりの膝許に押した。

「河原の石で研いでいたので、大分斬れ味が鈍ってしまっているはずだ」

桶を中心に、三人が三方から斜に向かい合い、研いだ。半刻程研いでも、まだ呼ばれる気配がないので、横になった。それから一刻くらい経った頃だろうか、表の方が賑やかになった。戻られたのだろう。

無坂は志戸呂と青地を起こし、そろそろだぞ、と告げた。

三

呼びに来た石動木の後に続いて中屋敷の廊下を行き、客待(きやくたい)の間に通された。

風魔小太郎と小頭の余ノ目は既に着座していた。無坂は、口には出さず、宇兵衛であった小太郎に、下座に座ったまま丁寧に礼をした。小太郎就任の祝いの口上は心の中で呟いた。間もなくして、廊下を擦る足音が近付いて来た。無坂らは手を突き、低頭した。衣擦れが続き、静まった。

面を上げるように余ノ目に言われ、顔を上げると、幻庵とまだ十代の若武者がいた。余ノ目がひとりずつ名乗るように言った。無坂らは居住まいを正して己の名を口にした。

「越後の上杉景虎様だ」

再び低頭した。

「久しいの、無坂よ」と幻庵が言った。

龍穴で会って以来になる。その間に十五年が経っていた。

「お変わりなく、何よりのことと存じます」

「何を申す。老いたわ」

幻庵は白くなった髪に手を当てる仕種をすると、山の者はな、と景虎に言った。

「大きく分けるとふたつある。一所に留まる衆と何年か毎に渡る衆だ。渡りとなると、ひとつの集落が新たな土地へまるごと移るのだ。土地を拓き、均し、小屋を建て、冬を越す薪や食糧を蓄え、そしてまた何年かすると、その地を捨て、新たな土地へ行く。そうやって山で生きているのが、山の者だ」

「驚きましてございます」

「儂はな、風魔の者が山中で山の者に助けられたことから近付きを得たのだが、山の者と知り合うて、そのすごさに魂消たわ。片道二十五里（約九十八キロメートル）の道を一昼夜で往復したのだぞ。走ったのは、其奴だ」

幻庵が無坂を指した。あの時は幾つであった。

「三十九歳でございました」

美濃と信濃の国境近くの恵奈衆の集落から伊奈の松島の先にある入沢衆の集落まで走ったのだ。

「此奴らは不思議な者らでな、儂らのようにここまではこっちの領地だとか言って争わぬのだ。物や金には心を動かさぬ。その点、親父殿（謙信）と似ている。だが、大きく違うのは、義に生きているにも拘わらず、義などを振り翳さぬことだ」

此奴は、一度は武田の間者として親父殿に捕まり、一度は話し相手として春日山に呼ばれ、更に《かまきり》から親父殿を守ったことがあるという男だ。帰ったら無坂の名を出せば、何か話してくれるであろうよ。

「しかし、父上に呼ばれたと知られたら、北条に与したかと思われるのではございませんか。迷惑を掛けることにはなるのでは？」

「この男が里者に与しないことは、よく知っておられるから大事ない。よしんば与したとしても、此奴らなりの訳があってのこと。己らの欲で動いてはいないと知ってお るから案ずるな」

「それ程の者ではございませんので、その辺りで」

無坂が、柔らかく遮った。幻庵は、直ぐに折れると、

「わざわざ来てもらったのは、他でもない」と言った。「其の方らを景虎殿に引き合わせたいがためだ。聞いていると思うが、景虎殿は越後への人質であった。手切れとなった今、有り体に言えば、用無しだ。だが、そこがあの義の御方の面白いところで、これからも変わらず親子の絆を結んでゆこうと仰っているらしい」

「では、小田原に戻られることは？」

「ない。同盟が破れたから、と景虎殿を殺す謙信殿ではないからの。だが、世の中どう動くか分からぬ。春日山に風魔を置いてはいるが、何かの時は、力を貸してやってくれ。謙信殿の命を救ったそなただから、頼みおく」

幻庵が頭を下げた。お直りください。無坂が慌てて言った。顔を起こした幻庵が青地を見た。

「青地とか申したな。其の方は？」

「孫にございます」

「幾つに相なる？」

「二十一に相なります」

「景虎殿は十八だ。年回りもよい。其の方は無坂のようにあちこちと飛び回るのか」

答えるように、と無坂が促した。

「走り回るのが好きなもので、……」

「飛騨の奥まで出向いております」無坂が言い添えた。

「それはよいの」幻庵が景虎に言った。

「越後に来た時は、春日山に寄ってくれ。三の丸にいる」景虎が言った。

景虎は三の丸に居館をもらっていた。

青地が、無坂と志戸呂を見た。行ってもいいか、と訊いているらしい。無坂は答える前に、武家の御屋敷に上がる躾など何もしておりませんが、と言った。それでよろしければ。

「何の。構わぬ」

青地に頷いて見せた。青地の顔が、笑みで崩れた。

「その折には寄らせていただきます」

景虎が笑みを見せたところで、酒と膳が運ばれて来た。肴は、醬醢に漬け込んでいた鰤を焼いたものと、鮟鱇の肝だった。三人とも、鰤や鮟鱇の肝を見るのは初めてであったし、鰤の切り身が照り輝く程贅沢に醬醢に漬け込んだものも初めてだった。

「こんなに美味いものを食べたことがございません。どうやって作るのでしょうか」

と志戸呂が、鮟鱇の肝の作り方を余ノ目に訊いた。

「いや、訊かれても分からぬ。誰か呼んで訊こうか」

「何だ。知らぬのか」幻庵だった。

「殿はご存じなのでございましょうか」小太郎が、思わず尋ねた。

「知らんで食えるか」と言い、作り方を話し始めた。「肝を取り出す。水で洗い、薄皮と血合いなどを取る。塩を振って寝かせる。洗って塩を落とし、酒に漬けて寝かす。それを蒸すのだ」

「お詳しゅうございますな」小太郎が言った。

「これを食い、美味いと言って涙を浮かべた者がいた、と聞いたので、膳部の者に作り方を尋ねたのだ。今川の彦五郎だ」

彦五郎、あるいは五郎。氏真の通称である。

「差し出たことをお伺いいたしますが」無坂が言った。

「よいぞ」幻庵が答えた。

「五郎様は、今は何を……」

「相州にはおらぬ。北条を出、遠江に行った。徳川家康がところだ。武田と結んだ北条にはいたくないのであろう。あの者なりの意地だな」

「よくぞ徳川様のところへ」景虎が言った。

「旧主が、旧の人質のところへだからな」其の方は、と幻庵が無坂に言った。幼い竹千代に薬草のいろはを教えた。家康の胸の内をどう読む？

「恩義と申し上げたいのですが」

「それだけではあるまいの」

「もし徳川が駿府を狙うとすれば、五郎様を庇護することは、後々役に立ちましょう」

「さあ、そこで儂も分からなくなるのだが、徳川と武田はいずれぶつかる……」幻庵が鋭い眼差しを無坂に向けた。

「と存じます」

「だが、戦となっても信長からの援軍に、多くは望めぬ」

将軍足利義昭の命を受けた浅井・朝倉軍や本願寺の動きを幻庵が説いた。

「信長は身動きが取れぬのだ。家康は三河衆と僅かな援軍で戦わなければならない。

勝ち目はない。それでも戦うか、それとも戦わずにひれ伏すか。儂はひれ伏すと思う。だが、ひれ伏せば、それまでの者よ、と言われ、徳川に従う国衆は離れ、武田に寝返るだろう」

家康がどう出るか。無坂、其の方の存念を聞かせい。幻庵が杯を干した。

「確か、徳川様の御父上様は、若くして亡くなられたと聞き及んでおりますが」

父・松平広忠(まつだいらひろただ)は家臣の岩松八弥(いわまつはちや)の手に掛かり、二十四の歳に没している。

「祖父の松平清康(きよやす)様も、二十五歳の時、家臣の者に殺されている」小太郎が言った。

無坂は小太郎に礼を言い、徳川様は、と言った。

「天寿を全うする道を選ばれると存じます」

「ひれ伏すということか」

「それは分かりませんが、死なぬ道を、それも徳川の名を辱めずに生き残る道を選ぶと存じます」

「はてさて、難しい道よの。しかし、分かったこともある。徳川殿が薬草に甚(いた)くご執心なのは、生き残るためであったか」

「恐れながら、殿様は？」無坂が幻庵に訊いた。

「儂も、命を惜しむがゆえじゃ」

毒を極めるがためなどとは言えない。幻庵は無理に笑って見せた。

「やはり、里は物騒でございます。山にいる方がよいようでございます」

「そう言えるそなたらが、羨ましく思える時がある。何ゆえ里に生まれたのか、とな」

それから話は信虎の庶子・太郎の話に移り、山の暮らしに飛び、一刻半程の後、無坂らは風魔の小屋に下がった。

その夜、青地は興奮して寝付けなかったようだが、無坂と志戸呂は横になると直ぐに眠りに落ちてしまった。何者かに襲われる懸念は無に等しく、万一風魔に襲われたとしたら、生き延びる機は無に等しい。腹を括れば、これ程寝易い場所はなかったのである。

木暮衆の集落に戻り、長と小頭らに小田原でのことを話し終えると、小屋を飛び出した志戸呂と青地が、若菜を連れて来た。

「父さが髪を下ろしたいそうだが、どう思う？」志戸呂が、若菜に訊いた。長の千次らも、啞然としている。

「出家するのですか」千次が訊いた。

「いや。気持ちがよさそうなのでな。剃ってみようか、と。それだけのことなんだが」

「いや。それだけって。父さ、髪を落とすということは……」

「いいよ」と若菜が、夫の玄三の言葉を遮って言った。「似合うと思う。出来れば、あしも剃りたいくらいだもの」

「母さ」青地が言った。

「お前」玄三が叫んだ。

「流石、無坂の娘だ」志戸呂が笑った。

夕餉の前に、大納屋で無坂の剃髪式が行われた。大叔父、大叔母始め、子供らまでが無坂の頭に触り、撫で回した。

「こんなことなら、剃るのではなかったわ」

志戸呂に零したが、遅かった。


その頃、関東の地で、小さな戦が始まっていた。

常陸太田城城主の佐竹義重に常陸小田城城主の小田氏治が戦を仕掛けたのだ。このふたり、寄ると触ると絶えず攻め合い、勝ち敗けを繰り返していた。

「かくなる上は」と小田氏治が越後の上杉謙信に派兵を要請したことで、佐竹義重も武田に急報し、上杉と武田の対決となるのである。

雪の三国峠を越え、厩橋城に入った上杉軍、計五千。一方箕輪城に入った武田軍、総勢一万。利根川を挟んで対峙したまま動かない。

そして――。

元亀三年（一五七二）閏一月。

兵を退いた上杉に合わせ、武田も甲斐に引き上げたのである。

急ぎ久野屋敷に駆け戻った小太郎は、幻庵の居室に向かった。

「儂が言うた通りであろう」

幻庵の機嫌はひどくよかった。

「双方とも、初めから戦う気などないわ。此度の出陣は、織田・徳川と武田の思惑で起こったことだからな」

上杉謙信は、武田の西上を引き止めようとした同盟者・徳川と、その同盟者である織田に頼み込まれてのことであり、武田は、関東に出て来た上杉を追い返すことで北条と佐竹に恩を売ろうとしたのだ、と幻庵が絵解きをした。

「里見の様子はどうであった？」

安房を支配し、関東の雄として北条と敵対し続けている里見氏五代当主・里見義尭のことである。

「仰せの通り、武田の使者が訪れましてございます」

「であろう」

幻庵は薬湯を飲み干すと、信玄が西上するぞ、と言った。

「北条とは手を結んだ。佐竹には恩を売った。北条に妙な動きがあった時は、と里見にもよく言い含めた。これで、後顧の憂いがのうなった。後は、西に行くしか残されておらぬわ」

「まずは、遠江でございますな」

「無坂め、寿命を全うさせる道とか言いおったが、家康がどう出るか。楽しみよの」

「武田勢は、いつ甲斐を発ちましょうか」

「半年が先かの……」

遠江から三河、美濃と抜けるのであろうが、信長も家康も生きた心地はしておるまい。だが、と言って幻庵が、暫し口を閉ざした。小太郎は、幻庵が話し出すのを待った。待つのには慣れていた。何度か、と言って再び言葉を切った。

「血を吐いたと聞いている……」

「………」

「信玄は少しずつ死んでいるのであろう。油と同じだ。切れた時に火は消える。命の火もな。それがいつか、だ。後二年保ってくれれば、織田も徳川もなくなり、我が北条は更に栄えるのだがな。信玄入道のために祈りとうなったわ」

登城するぞ、と小太郎に言った。

「当代様（氏政）に知らせねばの」

第四章　逝く者

一

元亀三年（一五七二）二月。

春の山焼きを始める前に、今年はやることがあった。

ひとつは、焼き畑に行くための、坂道の足場作りだった。足が滑るので杭を打ち込み、横木を渡そうというのである。焼き畑は一度地面を焼くと、五年程蕎麦、粟、稗、小豆に大豆などを作った後、木を植え、十五年程は作物を作らずに放置しておかねばならない。ために、年々焼き畑の地が遠くなる。焼き畑は山の中である。足場をしっかりさせておく必要があった。もうひとつは、集落内にある小屋と小屋の行き来が楽に出来るようにと、平らな石を並べて置くという作業だった。雨や雪解けの時に足許を確保するためである。

石は秋葉街道沿いに流れている鹿塩川の河原に、いくらでもあった。それを運べばいい。先ず石を運ぶ畚を、あけびの蔓で編むことから始まった。蔓は束ねられ、大納屋の隅に山程積まれている。編むのは、女衆が受け持った。そして担ぎ棒の伐り出しである。石の重みに耐える堅い白樫の木があるところなどは、皆熟知している。序でに、水に強く腐りにくい木も伐り出した。栗に山桜に杉、檜などである。ぞろぞろと山に分け入り、またぞろぞろと戻り、道幅に切り分けている間に、畚が編み上がる。

「山焼きが待っている。急ぐぞ」

長の千次の掛け声で、畚と担ぎ棒を手にして河原に下り、石を運び上げる。それが終わると、切った丸太を山に運ぶのだ。

十日の後には、足場も出来、石も敷かれた。石は、敷かれると直ぐに子供らの遊び場になった。

今年は足助の塩問屋からの《山彦渡り》の仕事依頼がなかったので、山焼きが終わると青地ら《山彦》の者たちは手隙になった。しかし、やらねばならないことはたくさんあった。小屋の補修、食糧蔵に蓄えてある収穫物の虫干し、湯小屋の大掃除に薪の伐り出し等々、数え上げれば切りなくあった。だが、その最中に青地が、千次に飛驒に行きたいと申し出たのだ。そのような無理を言って、と慌てたのは若菜と無坂だけで、申し出は長と小頭の話し合いであっさりと認められた。

一年前の《集い》で、野髪らが軒山衆としてやり直すことが許された。そのことをまだ知らせていなかったことを、千次は気にしていたのである。それに、真木備や太郎がどうしているかも皆の気掛かりであった。真木備は八十二歳になる。木暮衆の中にも八十を超える者は何人かおり、揃って矍鑠としていたが、やはり高齢である。

少なくともふたりで行くように、と千次は言ったが、青地が百太郎の小屋と久津輪衆の集落に泊まれば、露宿は一日だけだから、とひとりで行きたいと主張した。心配する若菜を諭したのは無坂だった。

「大丈夫だ。あいつの生きる力を信じてやれ」

だが、今後のこともあるからと、詳しい道順を聞き、野麦峠からの道筋には木印を付けておくように命じた。

「お前のいない時に、誰かを走らせるかもしれないからな」

青地に否やはなかった。

「それよりも、土産だ。何かないか」

騒ぐ無坂に座っているように言い、若菜が小屋を回って、巫女の道場から助け出した子供らの小袖を集めてきた。

「これは何だ？」一際小さい小袖があった。

「太郎の赤ちゃんにやるんだよ」

「生まれたのか」

「知っている訳ないじゃない。でも、生まれているかもしれないからね」

その他、米や塩などを入れると、土産は籠の半分を埋めた。

早朝、木暮衆の集落を発った青地は、その日のうちに安達篠原に着き、一泊すると、天龍川を越え、鍋懸峠近くにある久津輪衆の集落に泊まった。叔母の水木と大叔母の美鈴からも、お下がりの小袖をもらったので、いよいよ土産が増えたが、翌日には姥神峠を越え、木曾街道の藪原に出た。藪原宿の外れに草庵を建て、手早く味噌雑炊を作って腹に収め、眠った。

翌朝は笹川沿いに寄合渡まで走り、野麦峠に向かった。出発して三刻（約六時間）足らずで峠を越すと、青地は更に足を速めた。

獣道が続いた。藪が濃い。栃の木肌に木印を刻み付けながら進み、藪を抜けた。小さな女子が、大きな笊を手にしてとことこ歩いている。百合だった。

名を呼んだ。百合は立ち止まると、青地の方を凝っと見てから、兄さだ、と叫んだ。

「大叔父、青地の兄さが来たよ」

木陰から真木備の叔父貴が現れ、節と梅を手招きしている。百合が飛び付いて来た。

遅れて、節と梅も飛び付いて来た。

「よく来てくれたな」真木備が言った。

僅か二年である。真木備はどこも変わっていなかった。叔父貴は老けませんね。

「一度老けると、そこからは急には老けぬのよ」

岩鬼らは畑に行っている。近くだから、呼びにやろう。真木備が三人に呼んで来い、と命じた。

三人が切り開かれた藪に駆け込んで行った。

「もう太郎ではなく岩鬼になったのでしたね」

「すっかり山の者だ。夏には父親になる」

という話を、まさか無坂の孫としようとはな、と言って笑った真木備が真顔になって訊いた。

「《集い》は去年だったな？」

「その知らせも兼ねて来ました」

《集い》の沙汰を話した。そうか。真木備が青地に頭を下げた。

「ありがたいことだ。よくよく礼を言っておいてくれ」

「俺にはそんな力はないですから、長に言っておきます」

戻って来た岩鬼や、野髪や、真弓や、伊吹にも《集い》の沙汰を話した。安堵したのか、皆が涙を浮かべ、青地の手を握った。いや、俺には……。誰も聞いてはくれなかった。

　その夜は、女衆は女子らも含め、土産にもらった小袖に着替えて、宴となった。

　青地という男手が来たので、翌朝から岩鬼とふたりで丸太の伐り出しが始まった。小屋の隣に新たな小屋を建てるためと、薪作りである。

　作業を始めて五日目の夜、青地と岩鬼は、真木備に肩を揺すられて目を覚ました。どうしたのか、訊こうとして青地は口を塞がれた。

「外に誰かいる」

　岩鬼に女衆を隅に集めるように言い、青地とともに手槍を作り、揚げ戸の左右で身構えた。岩鬼が真木備の後ろに付いた。

「あっちの揚げ戸の下に行け。こじ開けたら、何も言わず、手槍で刺せ」

　真木備が小声で言った。風通しと明かり採りのために、小さな戸が設けられていた。

「殺しても……」

「構わん」

　戸口の床に敷かれた丸太を踏む音がした。揚げ戸には太い閂が掛けられている。ひとりの者が身体をぶつけたくらいでは開かない。しかし、ふたりともなると分からない。どう出て来るか。案じていると、丸太を蔓で編んで作った戸の隙間から山刀の切っ先が突き出て来た。閂を持ち上げて外そうとしているらしい。相手は閂の場所を知っている者である。ここに入ったことがあるのだろう。

　山刀の動きを木槍で封じた。山刀が抜かれた。戸の外から、微かな息遣いが聞こえた。山刀を通した隙間から覗き込んでいるらしい。真木備が躊躇いもなく手槍の切っ先を突き立てた。叫び声とともに人が倒れ、駆け寄る足音がした。多勢ではない。ふたりか三人だ。

「岩鬼、誰も中に入れるな。青地、続け」

　真木備は閂を外すと、戸を上げ、倒れている男を飛び越えた。青地も後に続き、真木備と一間離れたところに飛んだ。半月の月明かりを浴びた黒い影は、三人いた。

「勝手に入り込みやがって、誰だ？」ひとりが叫んだ。

「ふざけるな。ここは元々我ら軒山衆の集落だ」

「軒山は死に絶えたはずだぞ」

「ならば、俺は甦った鬼よ。集落を守るためなら、修羅にもなる。おとなしく引き上げた方が身のためだぞ」

「うるせえ。こうなりゃ、皆殺しだ。やれ」

　ひとりが脇から回り込み、戸口に飛び込み、絶叫を上げて、転がり出て来た。

「通さん」と岩鬼が手槍に血振りをくれた。

残ったふたりが、真木備と青地に襲い掛かった。

他にはいないと見極めたのか、岩鬼が戸口から走り出て来て、真木備の相手の後ろに回った。焦った相手が無理矢理真木備に打ち掛かり、腹を突かれて倒れた。

青地も手槍で突きをくれた後、長鉈を投じて敵の膝を砕いた。

「殺すな」真木備が叫び、青地の傍らに駆け寄った。

倒れている男の顔には、耳から耳に掛けて顔を横切る傷があった。《ひとり渡り》である。

掟を破り、集落から追放された者は、どこかに定住することも、山の者と口を利くことも禁じられ、ただひとり死ぬまで山から山を渡らなければならなかった。そのような者を《ひとり渡り》と言った。この男らは、山中で出会い、生き延びるために禁じられていることを承知で、手を組んだのであろう。

「出方次第では見逃してやらぬでもない。杖もくれてやる」

「本当か」

男の顔が俄に弾けた。青地が即座に、岩鬼は僅かに遅れて頷いた。

「尋ねることに答えたらな」

「何でも訊いてくれ」

「他に仲間は？」

「いない。俺たち四人だけだ」

「嘘ではないだろうな？」

「山の掟に背き、あちこちで悪さをしてきたのか」

「……生きるためだ。仕方なかった」

「仕方ない、で済むか」

頭を下げた男の胸に、真木備の手槍の穂先が深々と刺さった。きゃっ、という悲鳴が、小屋の戸口で起こった。百合が口許を押さえている。その後ろに、野髪らがいた。

「見せるな」真木備が野髪に叫んだ。

男が目を剝き、虚空を摑むようにして息絶えた。

青地が素早く駆け寄り、百合を抱き締めた。

「仕方ないんだ。俺たちが生き残るためなんだ。分かってくれ」

百合の貝殻細工のような身体が、腕の中で震えている。

「心配するな。兄さが付いてる」

こくり、と頷いた百合の小さな頭が、青地の胸に埋まった。

　それから二月余が経った。万一にも《ひとり渡り》の者らに仲間がいたら、と案じて、留まっていたのである。その間に、野髪が真木備に、恐かった、と告げたことなど、青地はまったく知らなかった。

　鳥谷衆は、自分たちが生き残るために、他の集落を襲って殺した。それがどんなに勝手な振る舞いだったか、身に染みて分かった。済まなかった、と手を突いたらしい。このことは、帰りが遅いからと案じた無坂が、軒山衆を訪ねて来て真木備から聞き、後で知ったことだった。

　無坂が木暮衆の集落を発った頃、青地は真木備に頼まれて月草の小屋に向かっていた。ひとりで暮らす月草の身を、真木備が案じたのだ。

　見て来てほしい。無事ならば、それでいい。もし死んでいたら、葬ってやってくれ。

　月草の小屋がどこにあるか、真木備が詳しく話した。越後である。遠い。聞きながら、凡その道筋を思い描いた。十日近くは掛かるだろう。木暮衆への戻りが、更に遅くなる。しかし、真木備の頼みである。断れるものではなかった。

　初日は十一里（約四十三キロメートル）走り、松本の手前まで足を延ばした。翌日は更に距離を稼ぎ、千曲川に臨む上田原まで駆けた。青木峠を越えての十三里（約五十一キロメートル）の道程である。いささか飛ばし過ぎている。まだ、先がある。明日は、鳥居峠辺りまでとして身体を休めようと決め、藪陰に小さな草庵を建てた。ひとりである。用心するに越したことはない。

夜明けを待って起き出したが、雲が低い。発つか留まるかで、一瞬迷ったが、万一の時は油紙を仕込んだ引き回しがあるからと、発つことにした。朝餉はしっかりと摂った。昼餉も夕餉も摂れないかもしれない。

千曲川を渡り、上州街道を直走り、鳥居峠を越えた。六里（約二十四キロメートル）の道程である。十分だった。雲が一層重く、低くなっている。急いで草庵を建て、囲炉裏を切り、遅い昼餉の仕度に取り掛かった。千曲川で汲んだ水を沸かし、蕎麦の実と干した茸と味噌を落としたものだった。

食べ始めた時には、草庵の外が雨で白く煙った。蔓で縛ってあったが、風で草庵が持ち上がり、揺れた。梁と背負子を結びつけ重しにした。

雨はそれから一刻近く降り続き、草庵の中を水浸しにした。囲炉裏も水没している。梁に結び付けていた背負子を横に倒し、その上に座って寝た。

朝は快晴だった。外で火を焚き、腹拵えをして発った。沼田までは十九里（約七十五キロメートル）。初めての道である。無理せずに歩き、二日目の夕刻前に、沼田の外れに着いた。ここからは三国街道を行けばいい。順調にゆけば、後三日程で着くだろう。

利根川の畔で露宿し、翌日三国峠を越えた。

二

六日町で魚野川を渡り、上出浦の先にある山口の集落を目指した。

――集落に入る手前で、祓川の支流の雪川を遡る道に入るんだ。

真木備に教えられた通りに進んだ。

――少し行くと急な岩だらけの道になる。雪川の飛沫を浴びるが、我慢して岩を登れ。

岩場を登り切ると、川が消えていた。地下に潜っているのだ。言われた通りだった。やがて、川が細い滝となって現れた。

――滝の脇の道を半刻も行くと下りになり、窪地に出る。月草のいる小屋は窪地に下りる南斜面に作られているから、立ち止まってよく探せ。

目を凝らしたが分からない。どこなんだ、と独り言ちながら草を掻き分けて進むと、木の陰に小屋があった。

ゆっくりと近付き、無坂の孫の青地だと声を掛けた。

「月草の叔父貴、いらっしゃいますか」

返事がない。戸に近付いた。留守にしているのなら、揚げ戸が開かないように、柱との隙間に楔(くさび)を打ち込んでいるはずである。それもない。もう一度声を掛け、戸を押してみた。丸太を組み、隙間を木の皮で埋めていた戸が少し上がった。杖で戸を支え、中を覗いた。糞尿(ふんにょう)のにおいがし、薄暗い小屋の中程辺りに月草らしい塊があった。

青地は、ぐいと戸を上げ、しっかりと杖で支えると、飛び込んだ。

倒れていたのは、月草だった。腰の辺りが黒く濡れており、糞尿のにおいはするが、死臭らしいものはしていない。

「叔父貴」

耳許で叫ぶと、微かに身動きをした。

唇を見ると、乾いて罅割(ひびわ)れている。竹筒を引き寄せ、水を飲ませた。咽喉が縦に動き、飲んでいる。

「だ、れ、だ……」と月草の唇が小さく動いた。

「無坂の孫の、青地です」

「まご、か……。そうか……」

「大丈夫ですか」

「だめだ……」

「分かりました。任せてください」

青地は月草の額に手を当てた。熱はなさそうだった。

次いで、急いで艾に火を点け、囲炉裏に移し、火を焚いた。小屋の中が明るくなった。鍋に水を入れ、自在鉤に吊した。

その一方で、からからに乾いて突っ張っている手拭いを掻き集めて桶に浸し、月草の尻の始末をした。

「済まねえな……」

「何でもないことです。それより」どうして倒れる羽目になったのかを尋ねた。

「熱だ。雨に当たって、熱を出し、水を飲んで凌いでいたんだが、熱がぶり返してな。動けなくなっちまったんだ……」

「それでは、丁度いいところへ来たのですね」

「……無坂が行けと言ったのか」

ここに来た経緯(いきさつ)を話した。

「そうか。真木備は元気にやっているか」

新しい褌と股引きを穿かせ、刺し子も着替えさせると、月草は眠り始めた。寝ている間に、湯が湧き出していると教えられた窪地の底に下り、汚れ物を洗い、水を汲んで戻った。

半刻程眠ると、月草が目を覚ました。

何日食べていなかったか訊いたが、はっきりと覚えていなかった。出た糞の量からして、三日くらいと読み、汁から与えることにした。

鍋に蕎麦の実と米と茸を入れ、味噌で味を調え、少し冷まして飲ませた。

二口程飲んだが、もういい、と口を閉じてしまった。

それでは治りません。薬湯を作るから、眠らずに待っているように、と言った。

「ありがたいが、いらん……」

今なら死ねそうな気がするのだ、と月草が切れ切れに言った。

こう言っては何だが、お前に介抱されていれば、持ち直せるだろう。だが、もういいんだ。榧(かや)が、な。俺の嫁御だ。榧が、何度か迎えに来ているんでな。逝こうと思っている……。

「そんなことをされたら、爺様に殴られます」

「済まんが、それは耐えてくれ」

月草は力なく笑うと、頼みがある、と言った。

俺が死んだら、埋めてほしいところがあるのだ。

この先の崖を下りると森になっている。その森を抜けたところに山桜の木がある。その根元に埋めてくれ。俺の嫁の骨が埋まっているところは、石が積んであり、小指程の大きさの大黒様と布袋様の彫り物を置いてあるから分かるはずだ。その近くに頼む。

森に入る時は、枝を切り落としながら進むか、木印を付けて行かないと迷うからな。多分一度では、草が生い茂っているので行き着けないはずだ。それでは、いざという時に困るのでな。

「詳しく話すから、明日にでも山桜のところへ行ってみてくれるか……」

次の日、青地は教えられた通りに崖下に向かった。月草が十日程前に行っているので、枝や草が払われているところを辿ればよかった。しかし、一町も行かないうちに、風雨で藪が掻き回され、どこが枝を払ったところなのか分からなくなってしまった。話に聞いた道筋を探して歩くことにした。

「窪地を回り込むように進むと、大きな岩がある……」

岩の裏から低地に下りられると言われていたので、行ってみると、足掛かりになるように岩が飛び出していた。下りていると、左手の崖がはっきりと見えた。上からは窪地の縁にしか見えないが、間違って進んだら、転落してしまうだろう。崖の中程から水が滴り落ちていた。聞いていた泉川の源らしい。崖下に着いた。岩と草だらけの台地の先に森があった。枝や蔓を斬り払いながら進む。枝を払った跡があった。進む。下草が息苦しい程に蒸れてにおう。月草から借りて来た山刀に持ち換える。斬る。斬れ味が甦（よみがえ）った。いいぞ。進む。まだか。まだ森は続くのか。枝を払うのに疲れた頃、枝と葉で閉ざされていた森の奥が微かに明るんでいるのが見えた。もう少しだ。山桜の木に着いた。言われていた榧の叔母の骨を埋めたところも分かった。帰りを待っていた月草に話した。

「ありがとよ……」

月草の目尻から光るものが耳に落ちた。

月草が眠っているうちに小屋の前から窪地へ下り、湯に入った。底に落ち葉が溜まっていたのを上がる時に掻き出し、清水を引いている竹の樋（とい）の手入れもした。

小屋に戻ると、月草はまだ寝ていた。

　これで何日食べていないのか、と考えたが、はっきりしないので数えるのを止めた。

　一日が終わり、朝になった。声が聞こえたので目を開けると、月草が水をくれ、と言っている。跳ねるようにして起き上がり、椀の水を口に含ませた。

「美味い……」

　呟いた月草の顔が変わって見えた。肉が落ちたのだろう。

　薬湯を飲むように言うのだが、月草は答えずに、思い出したことをぽつりぽつりと話す。

「俺のいた四三衆は、渡りの衆でな……。六十になると……」

　次の渡りには加われず、一軒だけ残した小屋に置き去りにされるのだ。そろそろ六十を迎えようとした時、お前に見て来てもらった、あの山桜の下に埋めてくれ、という榧との約束を思い出した。それで俺は束ねに申し出て、てめえを《逆渡り》に掛けた。二度と戻らぬ渡りだ。大変な渡りだった……。

「小諸の北からここまで来るのに、一年掛かってしまった……。だが、榧と一緒だったからな……。今となってみると、楽しい渡りだった……」

　それから二日は、寝てばかりいた。小便を漏らすようになったので、布を探し出し腰に巻いた。

三日目に、月草に呼ばれた。

「真木備と無坂に、別れを言って来た……」

「言って来たって……」

「夢枕に立って、世話になったと言ったら、奴ら、慌ておって、無坂は飛び出しおった……」

「……本当なのですか」

無坂から、曾祖父の青地に会った、と聞かされた時も信じられなかった。でも、曾祖父は死んだ者である。そんなこともあるのかもしれない、と思ったものだが、目の前にいる月草はまだ生きているのだ。遠く離れたところにいる無坂の夢枕に立つなんてことが出来るのだろうか。

「分からんが、驚いていた……。今朝、飛驒を発って、こっちに走っている……」

「爺様は飛驒に？」

「お前の帰りが遅いので、見に行ったらしいな……」

月草は微かに笑い、続けた。

「真木備と話していたので立ってやったのだが、間に合わんよ……」

水を少し飲むと、俺の山刀と長鉈を形見にもらってくれ、と言い、また寝てしまった。何か夢を見ているのか、呟き、指を動かしている。青地は暫くの間、月草の寝顔を見ていたが、囲炉裏端に戻って雑炊を作り、音を立てないようにして食べた。

夜中に、誰かと話しているようだったが、相手が誰かは、青地には分からなかった。

朝、囲炉裏の火を熾すと、月草は口を大きく開けて寝ていた。

目を覚ますのを待って、湯を汲み上げて来、月草の身体を拭いた。

気持ちがいい、と呟いてからは、寝たきりで目を覚まさなくなった。一日が過ぎ、二日になり、三日目を迎えた。

蓄えていた食べ物の残りが少なくなったので、月草が寝ている間に、野草を摘みに出た。辺りを一回りして戻ると、月草の枕許に男が座っていた。

「誰だ？」

採って来た野草を戸口に捨て、身構えながら問うた。

「怪しい者ではない。月草とは旧知の者だ」

上杉家の者で名栗だ、と名乗った。其の方は、身内の者か。

身内ではないが、祖父の知り合いなので様子を見に来たことを伝えた。

「祖父とは？」

聞いても知らないだろうと思ったが、言ってみた。

「おうっ」と名栗と名乗った男が声を上げた。「すると、無坂の孫の青地というは其の方か」

「祖父をご存じなのですか」

「ともに《かまきり》と戦った仲だ」と言ってから、真木備はおらぬのか、と訊いた。

飛驒におり、その真木備に頼まれてここに来たことを話した。

「いかぬようだな」名栗が月草に目を落とした。

死ぬのだと言って、薬湯も飲まずにいることを伝えた。

「身共は、月草と真木備に危ういところを助けられ、今こうして生き長らえている」

最期を看取りたいという申し出を受け入れ、青地も枕辺に腰を下ろした。

「虫が知らせたのか、殿が会いたいと仰せになったので、来たのだ」名栗が言った。

「殿、とは？」

「越後の国主様だ。其の方が小田原で会うた景虎様の父上に当たられる」

国主様に会いたいと言われていることにも驚いたが、それ以上に小田原の久野屋敷での会見を知られていることに驚いた。

「どこかでご覧になっていたのですか」

「それは言えぬが、景虎様の警護も我らの役目なのでな。軒猿の名は？」

無坂から聞いたことがあった。上杉の忍びである。返す言葉を探したが見付からない。取り敢えず頷いていると、

「……か……や……」と、月草の口が動いた。

「かや、とは何だ？　人か」

死んだ嫁御だと教えた。

「迎えに来たのか……」

「………」

月草は暫く手と指を動かしていたが、また深い眠りに落ちていった。

しん、とした時が流れた。日が傾き始めている。青地は名栗に湯を浴びるように言い、夕餉の仕度に取り掛かると告げた。

忘れていたわ。名栗が腰に巻き付けていた布を解き、中から米と塩と干した菜と魚を取り出した。

「土産だ」

「助かります」

「そうか」

「湯の場所は？」

ここには何日も居続けたことがあるのだと言って、湯に続く道を下りて行った。

月草が息を引き取ったのは、翌日の早朝だった。

死に水を与え、掌を合わせた。

「これから、どうするのだ？」名栗が訊いた。

月草の指示を話した。

「では、明朝にでも埋めてやるか」

「そうなのですが……」

無坂が飛驒からここに向かっていることを話した。

「落ち合うと決めていたのか」

「それが……」

月草が無坂の夢枕に立ち、自らの死を伝えたことを、どう思うかと顔色を窺いながら告げた。

「出来るのか、そのようなことが」

「手前の方がお訊きしたいくらいです」

無坂がここに着くのは、いつ頃になるのだ、と名栗が訊いた。

「走る速さが手前と同じくらいとすると、恐らく明日の夕刻か明後日の朝には」

「同じくらいなのか」

「もう少し早いかと」

すごい爺様だな、と言った名栗が首を振り、

「もっとすごいのは、死に際してそれを告げに行く。実(まこと)ならば、とてつもない者たちよの、山の者は……」

雨が落ちて来た。風も出て来ている。雨粒が屋根の丸太を叩いた。雨水が棒のように落ちているのだろう。地面を打つ音が聞こえてきた。木の枝が小屋を擦っている。

小屋の中が雨のにおいに満ちた。

「爺様は、どの辺りだ？」

「途中何事もなければ、三国峠を越え、二居(ふたい)辺りには来ているかと思います」

「当たるかどうか、楽しみにしているぞ」

三

無坂の額を雨粒が打った。

無坂は既に二居の先にある三俣を過ぎ、湯沢の手前にまで来ていた。足を止め、籠から引き回しと炙った鹿肉を取り出すと、背負子に括り付けた籠ごと引き回しを巻き付け、紐できつく縛った。鹿肉は懐に収めた。月草の小屋まで、出来る限り歩き通すと決めたのだ。万一足が出なくなった時は杖を地面に刺し、摑まって寝ればいい。鹿肉は、その時のための食糧だった。

湯沢を過ぎた。小屋まで、まだ七里半（約三十キロメートル）はある。雨は強くなっている。無理に走ると、滑って足をくじく恐れがある。我慢だ。早足で街道を急いだ。街道に人影はない。止み間を待っているのだ。

夢枕に立った月草の顔と姿を思い浮かべた。世話になった、と確かに呟いた。叔父貴、世話になったのは俺の方でしょうが。

雨粒の層が白い幕になって、無坂を包み込んだ。視界が閉ざされた。それでも足を踏み出した。大きく、強く、真っ直ぐ、躊躇わず、雨飛沫を踏み付け、ひたすら前に向かった。

一刻が過ぎた。夜が来ようとしていた。雨は小降りになっている。距離を稼ごうと、足の送りを早めた。自分の立てる足音と、雨を飲み込んで水嵩を増した魚野川の川音だけが聞こえた。

半刻が過ぎた。街道が夜の闇に、溶けて沈んだ。雨雲に覆われ、黒い布を被せられたようだった。目を凝らしても、微かに遠い山並みが見えるだけだった。

月草の小屋に行くためには、幾つかの川を渡らなければならない。

だが、松明（たいまつ）の用意はしていなかった。雷雲がありさえすれば、稲光を頼りに歩けるのだが、その兆しもない。夜明けまで待つ。それが唯一の方策だった。

無坂は遠くの山並みを見ながら、ゆっくりと歩いた。木の影が山並みを隠した。街道から下り、木へと向かった。木の下で、引き回しの紐を解き、背負子と籠を外し、籠だけ背負い直し、背負子を地面に置いて座った。膝から下がぐしょ濡（ぬ）れである。杖を支えにして立ったまま寝たのでは、足から疲れが這（は）い上ってきてしまう。

露宿の形は決まった。後は、腹に入れ、眠り、夜が白むのを待てばいい。

無坂は懐から炙った鹿肉を取り出し、小さく囓り取ると、形がなくなるまで嚙み、それを繰り返して、二枚の鹿肉を腹に収めた。そして眠った。笠に落ちる雨垂れで二度程起きたが、夜明け前には目を覚ました。雨は上がっていた。

やがて、山の稜線が明るんできた。街道も、夜から抜け出し始めている。

無坂は残りの鹿肉を取り出し、口に押し込むと、引き回しを畳んで籠に入れ、背負子に括り付け、歩き始めた。

鹿肉を飲み込んだ頃から歩みを走りに変え、関を越え、塩沢を越え、六日町で魚野川を渡り、上出浦を目指した。

雪川の飛沫が、昨日の雨で量を増していたが、無視した。

岩場を抜けた。走った。転びそうになったが、堪えて走った。小屋が見えた。

無坂です、と声を張り上げた。叔父貴、いますか。

小屋の揚げ戸が上がり、青地と名栗が出て来た。

「叔父貴は、無事か」無坂が青地に訊いた。

月草の骸に掌を合わせ、無坂は改めて青地に経緯を尋ねた。青地は、小屋に着いた時からのことを詳しく話した。

「そうか。生き長らえようとはしなかったか……」

「苦しまずに、眠るように逝かれました」青地が言った。

無坂と青地が月草の顔を見ていると、名栗が、山の者は別れを言いに行く法を知っているのか、と訊いた。

里の者と同じです、と無坂が答えた。夢枕に立つとか、虫の知らせとか、あるでしょう。得心したのかどうかは分からなかったが、それで名栗は黙った。

「望み通り埋めてやるか」

だが、月草の身体は、まだ硬さが解けていなかった。昼を過ぎれば、解けるだろう。背負子に座らせないと、山桜の許まで運べない。

三人で朝餉を食べた。日が少し動いた。名栗が無坂と青地に春日山まで来てくれぬか、と言った。

「殿がお待ちなのだ」

無坂が青地に、ひとりで行くように言った。

「其の方は？」

青地が三月に木暮の集落を発ってから戻らぬので、母親がひどく身を案じている。それで様子を見に軒山衆の集落まで出向いたことを話し、青地が無事であることを、早く知らせてやりたいのだ、と告げた。

「それに、飛騨からここまで走り、雨にも打たれました。濡れたものを乾かし、ゆっくり眠りたいのです」

「承知した。威勢のよい若い者でよしとしよう。景虎様も喜ばれよう」

時に、と名栗が無坂の頭髪を見ながら言った。以前と様子が違うが？

無坂は、一度髪を剃ったが、頭が寒いので、また伸ばしているのだと話した。

何ゆえ剃ろうと思ったのだ？　名栗が訊いた。

気持ちがよさそうなので、剃っただけです。

「それだけか」

名栗が呆気に取られ、実か、と二度訊き、益々山の者が分からなくなった、と首を捻った。青地が笑いながら、

「小田原に行ったこと、知っておいでです」と言った。

昼を回った頃、青地が月草を背負子で背負い、窪地を下りた。まだ草や枝を刈ったばかりなので、道筋は見えている。森を抜け、山桜の根許に月草を埋めた。

小屋にいる間は来るが、その先のことは分からない。また来るつもりだが、来られない時はあの世で会おう、と墓前に約し、小屋に戻った。

三日休み、無坂は木暮衆の集落に向かって発った。

その間に、青地は春日山に着いていた。案内されたのは、館ではなく、大手門を抜け、馬場を越した先にある謙信の屋敷であった。一向宗徒の動き如何では出陣もあるからと、城内の屋敷になったらしい。ふたりの養子、景勝、景虎と軒猿の棟梁・一貫斎と使いに来た名栗が控える中に、青地は通された。

「月草が亡くなったか……」

八十二歳とはよう生きたものよな。上杉謙信は目を閉じ、経を唱え終えると近習に、酒を命じた。

「飲みながら聞こう」

謙信、この時四十三歳。信玄の意を受けた本願寺に操られ、強大な勢力と化している一向門徒との戦いの日々を送っていた。余命は、残すところ六年である。

「流石よの」運ばれて来た酒を水のように飲むと、続けた。「『もういい』『死ねそうな気がする』か。言えぬの」

「言えませぬ」

景勝は答えたが、腹の内は違っていた。もうよい。死のう、と口にした時のことをはっきり覚えていた。父の政景が死んだ後、上田長尾家が反旗を翻すのを恐れた謙信によって、春日山に人質として送られた時であった。後日、養子として迎え入れたことで、謙信は何事もなかったように振る舞っているが、忘れられるものではなかった。

「八十二にならないと分かりませんが、今はとても言えません」次いで景虎が答えた。

「確かにの。しかし、身共もそう言いたいものだな」

「殿には、許されぬことかと」一貫斎が言った。

「勿論だ。甲斐の我利我利亡者と尾張のうつけを倒すまでは死ねぬわ」

謙信は呷るようにして杯を干すと、

「その月草が、だ」棟梁に話してやれ、と名栗に命じた。

飛騨にいる仲間の夢枕に立って、別れを告げた話を名栗がした。一貫斎が一番驚き、そのような術があるのか、其の方も出来るのか、と訊いてきたが、青地には答えられないことばかりであった。

「遠く離れた者に、瞬時に命を伝えられるとなれば、戦は変わりましょう」

「おう、おう、おう」

戦と聞いて、謙信の目の色が変わった。思い当たる節はないかと青地に尋ねた。

「もしかすると……」

「早く申せ」謙信が責付いた。

「……死を目前にしておりましたから、魂が離れたのかもしれません」

そう言えば、と青地が、無坂が雨に降り込められた小屋で亡き者たちと会った話をした。

「その者たちと無坂は、話をしたのか」

「と、聞いております。で、気が付いたらいなくなっていたとか」

唸りながら腕を組んだ一貫斎に、身共は信じるぞ、と謙信が言った。

「影を見たからな。命を飲み込む影が山にはいるのだ。魂が飛んでも不思議はあるまい」

まさに。一貫斎が受けた後、話は真木備と鳥谷衆の野髪らと太郎に移り、酒宴は終わった。

「明日は三の丸に参れ」と景虎が言い、名栗に案内を命じた。

景勝は何も言わずに、謙信に続いて座を立った。

翌朝、朝餉の接待を終えると、名栗が迎えに来た。

屋敷を出、ぐるりを見回して、青地は思わず声を上げた。昨日着いたのが日没間際だったので気付かなかったが、春日山の山肌を削り、大小様々な屋敷や、小屋や、納屋が建てられており、それらが道で結ばれていたのだ。天に延びた蟻の巣のようだ、と思ったが、口には出さなかった。

「あそこに行く。三の丸だ」

名栗が指差したのは、谷をふたつ越した先にある屋敷だった。

馬場に背を向け、本丸を仰ぎながら谷を回り込むようにして進み、番所を通り、三の丸に着いた。三の丸には景虎の屋敷と米蔵があった。三の丸と本丸の間に二の丸が見えた。

「御中城様の御屋敷だ」と名栗が言った。景勝のことだった。謙信が御実城様と呼ばれていたのに対し、そのように呼ばれていたらしい。

門を潜り、案内を待っていると、近習が姿を見せ、名栗に頷いた。

名栗が青地に、付いて参れ、と言い、庭へ回った。一足毎に、敷かれている玉砂利が鳴った。

名栗に言われたところで片膝を突いた。春日山を吹き抜けてゆく風音だけが聞こえた。広縁に景虎と近習が現れた。近習のひとりは、先程の者だった。

「よう来た」

青地は低頭して応えた。

「本丸に上がると海がよく見えるのだが、我慢してくれ」

御屋敷の前からも望むことが出来た。海の青が心地よかったと青地が言った。

「其の方らのことは、久野の父上(幻庵)からよう聞いた」

走るのが速い。街道を使わずとも、山を駆け抜け、どこにでも行く。水と食するものがなかろうと、生き抜く術を身に付けているなどなどであった、と景虎が言った。

「実、水がなくとも大事ないのか」近習のひとりが訊いた。

「在り処を知っておりますので。例えば、猿梨の蔓を切れば、咽喉を潤す程の水は出てきますし、白樺の幹に穴を穿てば、やはり水が出ます。木の水を抜くのですから、空けた穴を塞がぬと枯れてしまいますが。食べるものは野山に溢れる程ございます」

「我らが知らないだけか」近習のひとりが言った。

「知ってさえいれば、兵糧がなくとも兵を動かせるかもしれぬな」もうひとりが言った。

「それはご無理かと存じます。兵の方々は数が多うございます。それらの方々の腹を満たすとなると、根こそぎ採らねばなりません。恐らく二度と採れなくなってしまうでしょう」

「成程の」ふたりが声を揃えた。

ひとりが、牛島信八郎と、もうひとりが、野添高之介だと名乗った。

「今後、春日山に参った時は、我らの名を出すがよいぞ」

「上がれ。何ぞ美味いものを運ばせよう」

景虎が名栗にも上がるように言った。密談などないが、軒猿を臨席させておけば、余計な勘繰りを受けずに済む。だが、名栗は武者の控え所に下がってしまった。名栗の姿が消えると、

「ここから見えるのは、海ではない」と景虎が言った。「どこまでも明るく青い相模

の海を、海と言うのだ……」

「その辺りで」牛島信八郎が言った。

「分かっている」さて、と景虎が野添に言った。仕度は調ったか。

「間もなくと存じます」

「父は、梅干しと塩があればいい、という御方だから、昨夜は心許(こころもと)なかったであろう。海のものを食べてくれ。魚は相模に引けを取らぬからな」

景虎の笑い声を、太鼓の音が消した。音は下から上がって来ている。謙信の屋敷ではなく、守護として公務を取り仕切る屋敷からだった。音を聞いた瞬間、物陰に潜んでいた影が動いた。景虎付きとして幻庵が配した風魔であった。

「陣触れにございます」

「一向衆か」

「と存じます」

「済まぬな。宴は日延べだ。名栗に案内させるゆえ、そこで戻りを待っておれ」青地に言うと、牛島と野添に、二の丸に遅れるな。仕度だ、と叫び、奥に入ってしまった。

出陣先が関東ともなれば、糒(ほしいい)を作るなど出立までの手間を見越して、陣触れは一月前にするのだが、相手は国内の宗徒である。知らせを受ければ即刻出陣するのが謙信であった。不意の出陣に備え、常に三日分の糒と味噌と塩は、あらゆる兵が備えておく決まりだった。

「取り敢えず、城を出るぞ」

名栗に従って城を出た。着いたのは、庭に畑のある古い屋敷だった。老いて細作働きが出来なくなった軒猿らの住む忍び屋敷だ、と名栗が言った。

青地はそこで景虎の帰りを四日待ったところで、当分戻れないという知らせを受け、春日山を発ち、木暮衆の集落に向かった。

四

青地は走りながら、集落を出てどれくらいになるのか数えた。

三月か。拙いぞ。当分、外に出してはもらえないな。

やれやれ、ですぜ。てめえが行こうとした訳ではなく、真木備の大叔父と越後の国主様から頼まれての遠駆けなのだから、そこは分かってもらわないと、俺が可哀想ってもんじゃねえっすか。と呟きながら、ひたすら足を前に出し続けた。

足が風を切った。切られた風は脹ら脛の辺りで渦を作ると、振り捨てられ、流れて消えた。もう帰るだけだ。走りを楽しもう。

北国街道を行き、上田に出た。一瞬、青木峠を越えて松本から飛騨へとも考えたが、そのまま進み、海野の手前で長窪へと折れ、中山道に入って、下諏訪に向かった。下諏訪からは、岡谷に抜け、天龍川沿いに下った。雨に遭わなかったことが、青地の心を軽くしていた。五回の露宿も、草庵を建てず引き回しを被っただけで眠れた。距離を稼ぎ、夕刻前に福与に着いた。ここで天龍川と離れ、森に入った。安達篠原に住む水木の叔母の小屋への近道である。落ちる日との駆け比べになった。

斜めに差していた日が、少しずつ樹冠に上がってゆき、足許に闇が漂い始めた。走りながら、ふっ、と命を飲み込む影とはこんなものかと思い、懐を探って赤い小石を握り締めたが、思いは直ぐに途切れた。暮れ掛けた日を受け、ところどころの枝先が淡く光っていたのだ。誰かが邪魔になる枝を払った跡だった。里者とは思えなかった。日高の叔父貴か。青地は更に走る速度を上げた。

闇に落ちそうな木の間から、水木の叔母の小屋が見えた。黒い影が近付いて行く。背格好は日高ではなかった。

戸の前に立った。声を掛けたのだろう。戸が内側から開き、漏れてきた薄明かりの中に男の姿が浮かび上がった。

「二ツの叔父貴だよ」と叫ぶ、千草の声が聞こえた。水木の叔母の娘、青地の従兄弟（いとこ）である。

戸口から零れる明かりが影で揺れた。青地は藪を強引に突き抜け、走った。戸口に入ろうとした二ツが、動きを止め、誰だ、と叫んだ。

「青地です。無坂の孫です」

大声を上げながら戸口に向かった。千草が二ツの脇を擦り抜けるようにして出て来ると二ツと青地に、爺ちゃんが、と言った。死んじゃった。

二ツが戸口の中に消えた。

「何があった？」青地が千草に訊いた。

「気分はいいし、歩かないと足が萎（な）えるからと、兄さと福与の近くまで行ったの」

兄さとは、千草の兄の万太郎のことだった。青地より二歳年上になる。

「機嫌よく帰って来て、少し寝るって言って、起きてこないから母さが見に行ったら、息をしていなかった……」

千草の肩を抱いて、小屋に入った。百太郎が北を枕にして寝かされていた。志げと日高に水木らが並んでいた。枕辺に寄り、掌を合わせた。

「話は聞きました……」

苦しまないで逝けたのが救いだ、と日高が言った。頷いていた水木が、

「今頃、どこから？」

と言って青地を見詰め、ずっと飛騨にいたのか、と訊いた。

「それが……」

真木備に頼まれて月草を訪ねたところから、春日山に行ったことまでを手短に話した。

「叔父貴が逝かれましたか」端に座っていた二ツが、ぽつりと言った。

真木備の叔父貴は元気ですから、訪ねてやってくれるように言い、軒山衆再建の経緯と集落の場所を教えた。

「里は少し離れると、様変わりをしてしまうな……」

ご免、と水木が言って、割り込んで来た。日高と万太郎が乗り出している。

「今、相談していたんだけど、木暮と久津輪へ知らせるの、明日でいいよね」

天龍川を渡るには川猟師に舟を出してもらわなければならない。日が落ちた後では無理だった。

「木暮へは、俺がこれから走るよ」万太郎が言った。

「待ってください」

青地が集落を発って三月になることを話した。無事である姿を、早く母さに見せてやらないと、何を言われるか分からない。

「姉さ、泣くよ。怒るよ」

「だから、と言っては百太郎の大叔父に申し訳ないけど、知らせに行き、そのどさくさに紛れてなし崩しにしようかと……」

「でも、夜だからね」水木が顔を曇らせた。

「私がお供しましょう」二ツが言った。

「俺は？」万太郎が訊いた。

「夜が明けたら、久津輪衆まで走ってください。無坂の叔父貴たちを連れて来ますから、ここで落ち合いましょう」

水木と千草が、水と休んだ時に食べるようにと、大豆と蕎麦の実を炒ったものを袋に入れている。

「万の兄さ」青地が草鞋の紐を結びながら訊いた。「福与に出る道の木を伐ったのは、兄さですか」

「俺も伐ったが、爺さも伐った。それがどうした？」

伐り口が白く見えたお蔭で、走り易かったことを伝えた。

「そう言えば……」と言って、一旦言葉を切り、続けた。「誰か来そうだから伐れ、と言われたんだ」

「青地と二ツの背子が来るのが分かっていたんじゃね」

志げが、ちんまりと座ったまま百太郎に話し掛けた。

青地の目論見は半ば成功したが、野辺の送りに長の千次始め志戸呂ら、まだ走ることの出来る大叔父連が父の玄三と母の若菜とともに来たので、小さくなっているしかなかった。大叔父連は、出たら帰って来ない、曾祖父の青地と似ている、名を変えた方がいい、とか耳が遠くなった分大声で話している。聞こえる度に、妹のサダが振り向いて歯を見せる。

いい加減腐っていると、それを見透かしたように志戸呂の大叔父が、「礼を言うぞ。よく月草の叔父貴を看取ってくれたな」とか「いい足だ。《山彦》を継いだだけのことはあるな」

と言ってくれたので気を取り直したのだが、透かさず、

「当分出さないからね」と若菜が睨む。サダが声には出さず、口を大きく開けて笑う真似をする。

皆に、悲しみはなかった。生き切った百太郎を、気持ちよく送ることしか考えていなかった。

龍五は、倅の萱野と長である美鈴とともに安達篠原の小屋に着いていた。美鈴は無坂の妹で、先代の長の名を継いだ萱野は、万太郎と同じく二十四になる。既に嫁をもらい、二児の父でもある。

百太郎の墓は、小屋の近くの少し高台になっているところに建てられた。木暮衆の居付きとしては初代ではなかったが、この地に小屋を構えたのは初代なので、初めての墓となる。ここに、やがて志げが入り、日高が、水木が入ることになるのだ。皆で掌を合わせ、瞑目した。

小屋に戻ると、水木が千次と美鈴に、万太郎と千草に誰かいないか、と訊いている。日高と水木の時と同じだった。

無坂は二ツに、小田原の幻庵屋敷で聞いたことを話した。やはり、《かまきり》と戦ったのは二ツだった。そして二ツからは丹治の最期と戸狩を助けた話が告げられた。

それからどうしていたのかを訊いた。

「山に入っていました」

「ひとりでか」

「犬と道連れになったのですが、死にました」

トヨスケのことが、無坂の頭をよぎった。

「生き物に死なれるのは、堪えるな」

「お蔭で分かったことがあります」

何か、と訊いた。

「ひとりだと笑わない、ということです」

無坂も、ひとりで露宿を重ねていた時は、笑いとは縁がなかった。だが、迎えてくれる集落があった。

「どうだ。暫くの間、久津輪の手伝いをしてみないか。男手が、まだ少ないらしいのだ」

「私でよければ」

無坂は美鈴と龍五を呼ぶと、二ツを使ってくれるように言った。

「大助かりです。ありがとうございます」

古い小屋を建て替えるのと、見張り小屋を作ろうとしているらしい。美鈴と龍五が頭を下げた。それを見ていた青地が膝で躙り寄って来て、夕暮れ時の闇を影かと思い、思わず赤い小石を握り締めたことを話した。

「持っていれば、本当に効くんですよね」

「分からんが、石にそのような力があるとは思えん。多分、効くとしたら、そうだと思う心なんだと思う」二ツが言った。

「己の思ったことを信じるんだ。赤い石がお守りになると思えば効く。己の心を信じればいい」無坂だった。

「心よ、強くあれってことだな。心さえ強ければ、生きてゆける。どんな逆境でもな」

岩鬼も、大切に持っていました、と言って、青地が小石を懐にしまった。

二ツらとは、日高の小屋の前で別れた。

その二ツらが久津輪衆の集落に向かって天龍川を渡っていた時、伊奈部から一里下った天龍川の畔で、戸狩が透波に追い詰められていた。既に、腕と背に深傷を負っている。足の送りが、鈍くなった。

「これまでか……」

ひとりで生き延びるだけの器量も才覚もなかった。それだけの話だ、と己を笑いたかったが、咽喉が貼り付いて声が出ない。

振り向いた。丹治の配下として、かつてともに山野を駆けていた以蔵が目に入った。手柄をくれてやるわ。斬って出た戸狩の腹を、以蔵の繰り出した刀が貫いた。これでいい。胃の腑の底から、熱いものが込み上げてきた。吐いた。血の塊だった。伸ばした手を以蔵に差し出しながら、戸狩は息絶えた。

「愚か者めが」以蔵が吐き捨てるように言った。

第五章　伊賀の牙牢坊

一

六月末――。

浜松城本丸の庭に設けた四阿に、徳川家康はいた。

家康を前にして、竹の腰掛けに座っているのは、服部半蔵正成。初代半蔵保長の後を継いだ服部家二代当主である。歳は家康と同じく三十一歳。他にいるのは、四阿を背にして立つ鳥居彦右衛門ただひとりであったが、庭の四方には家康警護の忍びが配されていた。

「半蔵」家康が少し前屈みになって言った。「武田が来る」

「はっ」

「敵は三万。こちらは精々一万。勝てぬ」

「…………」

「だが、戦わずして膝を屈したのでは、徳川の家が立ち行かなくなる。それまでの者よ、腰抜けよ、と儂に従っていた者どもは離反するであろうからな」

家康は前年までは、己を指す言葉として身共を多用していたが、この年に入ってからは儂を使うようになっていた。

其の方を呼んだのは他でもない。家康が更に顔を寄せた。

「徳川家の浮沈を、其の方に、其の方の兄に託す。信玄入道を葬れ」

家康の顔が目の前にあった。半蔵は息が掛からぬよう、僅かに身を引き、頭を下げた。

「承知つかまつりましてございます」

「信玄が甲斐を発つのは、九月と思われる。恐らく、杖突峠と青崩峠を越えて来るはずだ」

東海道を通るとすると、掛川城と高天神城があるが、秋葉街道を通り、二俣に抜ければ、主な城はひとつ。二俣城だけである。

「二俣は落ちる。それまでに討て。出来るか」

「申し上げます」

「うむ」

「出来る出来ないではなく、やるのみにございます」

「頼むぞ」

半蔵は四阿を出ると、大手門を通り、武家屋敷小路(こうじ)に折れた。服部の屋敷は、外れにあった。城内に屋敷をもらえる地位にはなかったのである。

服部家は、初代の半蔵保長が家康の祖父・松平清康に仕えた。だが、清康が家臣に殺された森山崩れの頃に一旦禄(ろく)を離れていた。その後、松平家に再仕官したのである。現当主・二代半蔵正成は、服部家の当主として伊賀衆ら忍びを使うが、自身は武将だった。父保長の薫陶(くんとう)を受け、忍びとして《棟梁》の地位を継いだのは、正成（四男）の兄（次男）の牙牢坊正時(がろうぼうまさとき)である。家康が、其の方の兄、と言ったのは、牙牢坊のことであった。

「急ぎ、兄者と父上を」

屋敷に戻るや、半蔵は式台に上がるのももどかし気に家臣に命じた。

居室に入ると、ほぼ同時に父半蔵と牙牢坊が来た。父半蔵は渡り廊下で繋がった離れに、牙牢坊は庭隅の竹林を背にした小屋で、伊賀者らと寝起きしていた。

「如何(いかが)した？」父半蔵が、訊いた。

「されば、でございます」

半蔵が、家康の命(めい)を伝えた。

「殿が、ようやく思い切られたか」父半蔵が牙牢坊に言った。

「遅いわ」牙牢坊だった。

「儂らは、疾うに人選びをしておったのだ」父半蔵が、取りなすように言った。

「誰にしたのです？　このような時に鶴喰がいてくれたら心強いのですが」

鶴喰は、信長の依頼を受け、今川家の軍師・太原雪斎を襲ったのだが、無坂に倒されていた。鶴喰を送ったのは牙牢坊だった。

「言うな。たかが、山の者相手に後れを取るとは、思い出しただけで腸が煮えくり返るわ」

「兄者、此度は《かまきり》ですぞ」

「手の内は知り尽くしておる」

「襲うとすれば躑躅ヶ崎館は守りが固過ぎる。陣中であろう。とすると、《かまきり》と透波だけでは足りぬとみて、《かまりの里》の者を連れて来るかもしれぬ。嘗めて掛かるではないぞ」

父半蔵は牙牢坊に言うと、半蔵に《かまりの里》とは、と話した。透波を育て、送り出す里だ。その中から優れた者を選び《かまきり》と名付けた。だが、技に優れた者が従順とは限らない。どうにも手に余る者もいる。そのような者は、里に送り返し、逃げれば親兄弟を根絶やしにすると脅して、押し込めておく。其奴どもは襟に赤い布を縫い付けた小袖を着ているので、赤襟と呼ばれている。その者どもを使うかもしれぬ、と言ったのだ。

「所詮は《かまきり》でございます」牙牢坊が事も無げに言った。

「確かに、そうだが……」

「ご案じ召されるな。親父殿と選んだ者たちをお信じくだされ」

「兄者」半蔵が言った。

「分かっておる。今、教える」

牙牢坊は立ち上がると、広縁に出、指笛を吹いた。瞬時に七つの影が湧き、膝を突いた。

但馬、鉢八、佑斎、八手、道悦と、小頭の式根と双軒の七人であった。

「この七人衆に下忍を十六名。儂を入れた二十四名で入道殿の首を取って来ようぞ」

「うむっ」半蔵がひとりひとりの顔を見た。

「この者らならば、必ずやしてのけてくれよう」父半蔵が半蔵に言った。

「首尾を果たせなんだ時は、一人たりとて、ここへ戻ることはないと覚悟している」

牙牢坊が言った。

「よい覚悟、と申し上げたいが、また会おうぞ。兄者とも、皆の者とものう」

半蔵が、牙牢坊らに言った。七人が低頭した。

「では、これにてご免」

牙牢坊の歩みに合わせて、七人が消えた。


躑躅ヶ崎館の中曲輪にある透波の詰所へ、男が駆け付けた。遠江に送っていた透波の伴内であった。伴内は、詰めていた透波頭の儀助と日番の《かまきり》長九郎に、牙牢坊と何人かの伊賀者の姿が浜松より消えたことを告げた。

「いつ頃からか、分かるか」儀助が伴内に訊いた。

「五日程前からと存じます」

「近江か」長九郎だった。

織田信長が、北近江の浅井長政を攻めようとしていた。

「甲斐と思われます。忍び小屋の者が、北に向かう見慣れぬ者を何人か見掛けておりましたゆえ、先ず間違いございません」

甲斐と各地を結ぶ街道や脇街道には、土地の者のように暮らしながら、透波働きをする機を待っている者らの住む忍び小屋があった。その者らが甲斐方向に行く正体の定かならぬ者どもを見たのである。

長九郎が儀助に、急ぎ水雲寺に透波を走らせるよう命じた。水雲寺は《かまきり》の詰所であり隠れ家で、棟梁の五明がいた。五明は直ちに中曲輪に向かい、《かまきり》と透波の支配である春日弾正忠に事の次第を伝えた。

「奴原の狙いは何だと思う?」弾正忠が五明に訊いた。

「総勢が何人か分かりませぬので、確かなことは申し上げられませんが、十名を超えていれば、狙いは御館様かと」

「儀助はどうだ?」

「棟梁の仰せの通りと存じます」

「身共が思うところも同じだ。家康め、正面から戦うても勝てぬと見て、姑息な手に出おったか」

伊賀者の動きを封じるは其の方らの役目、任せるが、よいな。弾正忠が言った。

「承知いたしました。御館様の近くに六人の《かまきり》を配し、内四人が常に東西南北を守るようにいたしましょう。我らは、伊賀者が陣中に忍び込まぬよう四囲に目を光らせます。しかし、それは出陣してからでございます。本日より、館の警備を一層厳重なものにするとともに、府中の見回りに付き、伊賀者を捕らえてくれましょう」

「分かった。御館様にお伝えしておく」

「ふたつ、お願いしたき儀がございますが、よろしいでしょうか」

「何なりと申せ」

「《かまりの里》から手練れを呼び寄せる許しをいただけましょうか」

出奔した上杉謙信を闇に葬ろうと、四方津、仟吉、日疋の三人を召し出したのは十六年前のことになる。

「何人要る？」弾正忠が訊いた。

「赤襟を三人。そして、出来ますれば、里の束ねの千々石も」

「歳ではないのか」

「まだまだ、技では引けを取らぬと聞いております」

「許す。もうひとつは？」

「御館様のお顔、立ち振る舞いを仁右衛門に見せたいのでございますが」

仁右衛門は変装を得意技とする《かまきり》であった。

「影武者か」

「ご明察恐れ入ります」

「影武者なら既におるではないか、それでもか」

「万一の備えでございます」

弾正忠の許を下がり、詰所に戻ると、小頭の日疋と一色が控えていた。

「戦いだ。相手は牙牢坊率いる伊賀者だ」と五明が言った。


五明は館の警備の者を除いた《かまきり》と透波を詰所に集め、家康が信玄を暗殺せんと伊賀者を放ったことを話した。

「この館は忍び殺しと言われている程、忍び込むことは難しい。前に一度だけ忍び込まれたことがあったが、御隠居曲輪であった」

三十年前になる。南稜七ツ家が禰々御料人の依頼を受け、嫡男の寅王を躑躅ヶ崎館から奪取したのだ。

「だが、それは御館様がおわす中曲輪ではない。中曲輪は、まだ一度も他国の間者に忍び込まれたことのないところだ。それは牙牢坊も知っているはず。無理に忍び込もうとはせぬであろう。これまでも御館様の動きを知ろうとする間者は、重臣の方々の御屋敷に潜み、探っていた。軒猿がそうであった」

軒猿の名栗が《かまきり》に追われ、月草と真木備に助けられた一件も、館の堀外にある民部少輔信房と名乗っていた馬場美濃守信春の屋敷から抜け出すところを気付かれたがためであった。

「此度も、いずれかの屋敷に潜んでいると？」日疋が訊いた。

「そうだ。其奴を捕らえ、知っていることを吐かせてくれようぞ」

「馬場様、秋山様、内藤様、山県様。どなたの御屋敷から始めましょうか」

馬場信春、秋山信友、内藤昌豊、山県昌景。武田の重臣衆である。山県昌景は、山県姓を継ぐ前は飯富源四郎と言った。川中島で鳥谷衆の女たちに、甲斐府中に訪ねて来るように言った武者である。

「美濃守様（馬場信春）からにいたそう」

五明は、一色と長九郎と源作に透波を二十人付け、馬場信春の屋敷に送った。

「我らは館の警備に付く。油断するな」

五明は、《かまきり》と透波が曲輪に散るのを見届けると日疋に、《かまりの里》まで走るように命じた。

「赤襟から三人。それと千々石を連れて来るのだ」

二

屋敷から馬場信春とともに表に出て来た一色が、右手を上げた。透波十名が屋敷を囲む土塀に上った。これで屋敷から逃げ出そうとしても見逃すものではない。透波が五名ずつ床下と天井裏に潜り込んだ。長九郎と源作は、馬場家の家臣団に指図しながら屋敷内を見回っている。

「いるかの？」と馬場信春が一色に訊いた。

馬場信春。旧姓は教来石（きょうらいし）。馬場の姓を継いで、馬場民部少輔信房。そして、原美濃守虎胤（とらたね）が没すると守名乗りを継ぎ、馬場美濃守信春となった譜代（ふだい）の忠臣である。一色が立ち並んで口を利ける相手ではなかったが、気にする素振りも見せず、透波や家臣の動きを見ている。じり、とした刻が流れた。

「前にも潜んでいられたのでな……」と、馬場信春が言った。「此度もとなると、ちと困るのだが、どうせならここで見付けてくれぬかの。どこにどのように潜んでいられたか、知りたいでな」

返答に困っていた一色の耳に指笛が聞こえた。短く、立て続けに鳴っている。

「いたようでございます」

「どこだ？」

「床下のようでございますな。庭へ追い立てておりますので、間もなく現れましょう」

一色が庭に行こうとすると、馬場信春も付いて来ながら、

「あればかりの合図で分かるのか」と訊く。

「指笛の長短の組み合わせで、知らせ合うのでございます」

成程、と馬場信春が感心しているうちに、床下から小者姿の忍びが飛び出して来た。見咎められた時に、言い逃れるための変装である。

おっ、と呟き追おうとした馬場信春を、一色が制した。お任せを。

忍びが庭の植え込み目指して踏み出したのと同時に、植え込みの枝と葉を掠め、地を這うような低い軌道で飛んできた矢が忍びの腿に刺さった。ぐっ、と堪えている間に、今度は植え込みを跨ぐように弧を描いてきた矢が、もう片方の腿に刺さった。

これまでか。咽喉に刃を突き立てようとした忍びの身体を、影が包んだ。振り仰いだ時は遅かった。屋根から飛び降りてきた男の斧に手首を打ち据えられ、次の瞬間

鳩尾に斧の柄が食い込んでいた。

忍びは、気付いた時には、縛られ、一室に転がされていた。自害しようにも、口には猿轡が嚙まされている。聞き耳を立て、屋敷の音を拾った。気忙しく足音が行き交っている。そのうちに静かになり、やがて足音がひとつ聞こえて来た。

「こちらです」

板戸が開き、案内の武家が下がり、四人の男が入って来た。足音がしない。四人は《かまきり》と思えた。

屋根から飛び降りてきた男が背後に回り、忍びの身体を起こした。次いで髪を摑み、顔を上げさせた。忍びは、男のなすに任せた。

《かまきり》のひとりが、伊賀者かと訊いた。一色である。忍びは答えなかった。

死にたいであろうな。また訊かれたが、答えなかった。

「よい心掛けだ、と褒めてやりたいが、そうもいかぬのだ」

一色が懐から取り出したものを、ひょいと放り上げた。

それは中空で四肢を広げると、滑空し、忍びの胸に止まった。忍びが思わず一色を見た。一色の目と絡んだ。目を見交わしたまま、忍びが固まっている。

一色がちっ、と舌を鳴らした。忍びの胸に止まっていた野衾（むささび）は肩から頭の上に駆け上ると、歩み寄る一色目掛けて飛んで戻り、懐に隠れた。

「猿轡を外しても大丈夫です」と一色が、五明に言った。「何でもお訊きください。答えましょう」

「《野衾の術》、いつ見ても見事だな」

五明が忍びの前に片膝を突いた。

「伊賀者だな？」五明が忍びに訊いた。

「……そうだ」黒目が泳いでいる。

「名は？」

「竹蔵……」

「其の方の他に誰が甲斐に入った？」

「牙牢坊様、七人衆の方々、そして我らが十六人……」

竹蔵は問われるままに七人衆の名を言った。

「狙いは？」

「信玄様の御命……」

「申し付けたのは、家康か」

「そうだ……」

他に武田の重臣の屋敷に潜り込んでいる者の有無を訊くと、山県昌景の屋敷にも伊賀者が忍んでいることが分かった。

「甲斐は他国。どこぞに塒を設けているであろう。どこだ？」

竹蔵が口にしたのは、躑躅ヶ崎館から巽（東南）に一里の地にある百姓家であった。

「殺しますか」一色が五明に訊いた。

「竹蔵は歩けるか」一色に訊いた。

「術が解けぬ間は、痛みを感じませぬゆえ」

「ならば、まだ使い道はある」

「山県様の御屋敷はいかがなさいますか」源作が武器の半弓の弦を引きながら言った。

「後だ。先ずは塒を襲うてくれるぞ」

五明は、竹蔵を駕籠に押し込めると、透波を詰所に走らせ、中曲輪に《かまきり》と透波を集めた。それらの者を率い、五明は直ちに百姓家に向かった。

百姓家からは、薄い煙が上っていた。五明は取り囲むように命じ、伊賀者の出入りを窺った。

煙に濃淡があるところから中に誰かがいることは分かるが、出入りがないので人数までは分からない。ゆっくりと日が傾いてゆく。

竹蔵に、この刻限ならば中に集まっているか、と訊くように、一色に言った。

「いるそうでございます」

「よし。日が落ちる前に勝負に出るぞ」

五明が唇を震わせ、地虫の鳴き声を発した。命令一下、斬り込めという合図である。

「行け」竹蔵に言った。

小者姿の竹蔵が、両腿の傷の痛みも忘れて、百姓家の板戸の前に立った。

竹蔵だ、と言っているらしい。

板戸が内側から開き、竹蔵が入った。途端に男の絶叫が起こった。板戸に体当たりするようにして、竹蔵が転がり出て来た。腹と肩に矢を受けている。

「源作、射込め」

二本、三本と、放った矢が戸口に吸い込まれたが、手応えがない。

「構わん。火を掛けろ」

源作が、火種を入れた竹筒に針を刺し、焼けるのを待って、鏃に火薬を仕込んだ矢に取り付けて射込んだ。物に当たった瞬間、焼けた針が火薬に刺さる仕掛けになっている。百姓家の奥で破裂音が起こり、板戸と揚げ戸が弾け飛び、黒煙の中から矢が飛び出した。床に張り巡らされた糸が切れると、矢を射るような仕掛けが施されていたのだろう。

「気付かれていたようだな」

五明の声が、横の土壁が吹き飛ぶ音で遮られた。もうもうとした土煙が上がり、その中から伊賀者が走り出て来た。透波のひとりが斬られ、包囲陣が崩れた。逃がすな。透波三人と源作が追った。

伊賀者の足が速い。焦った透波らは、時折垣間見える伊賀者の背を目印に藪を分けた。

藪が薄くなった。枝が、葉が減ったのだ。どこだ。見回している三人の頰に風が当たった。何かが風に乗って流れて来る。笹の葉だった。

「何だ、笹か……」と呟いたひとりの首筋を笹が掠めた。ひとりが血を噴いて倒れた。それに気付いたふたり目の手首が斬れた。

「逃げろ。笹の外に出ろ」

叫んだ源作の弓の弦が笹に触れて斬れた。

「《笹小舟（ささおぶね）》という技だ」と五明が、源作らに言った。「伊賀者に笹を得意とする者がいると聞いたことがある。其奴かもしれぬ」

「申し訳ございません。ひとり、死なせました」

透波のひとりは手首を斬っている。

「なかなかに手応えがありそうですな」一色が言った。

「御館様を狙うのだ。それくらいの者を送り込んで来るであろうよ」

「山県様の屋敷は、いかがいたしましょうか」

竹蔵が吐いたことは知られている。となれば、隠れ続けているとは思えなかったが、人数を割いて透波を送ってみた。

我らは引き上げるぞ、と五明が言った。

「そろそろ《かまりの里》から戻って来るはずだ」

日足らは既に水雲寺に着いていた。千々石を前に、後ろに三人の赤襟が座っていた。宗助（そうすけ）、木魂（こだま）、水鬼（すいき）。五明にとっては懐かしい顔であった。宗助は鎖と鉄片で編んだ鎖帷子（くさりかたびら）を着込み、猿（ましら）のように素早く動き、木魂は強靱な足腰で人と思えぬ動きを見せ、水鬼は水中を魚のように自在に動くだけでなく、水を操り、水に身を隠す術を身に付けていた。それぞれ掛け替えのない術者であったが、宗助は無謀な策を取って透波八人を見殺しにした廉で、木魂と水鬼は信玄の策に異を唱えた廉で、赤襟となっていた。

「合力の見返りは、我らの時と同じだと伝えました」日疋が言った。

赤襟を解き、里の出入りも許す、というものだった。

「まさか、儂にまで声が掛かろうとは、驚きました」千々石が言った。

「束ねの技は、未だ《かまきり》随一、学ばせていただきますぞ」

「世辞を言われても、歳ですからな。昔のようには動けぬでしょう」

無造作に束ねた白髪頭の下で、鋭い眼差しが光った。千々石がいれば、宗助らも逆らうものではない、という含みもあったが、数多の戦いを経てきた千々石には長年見聞きした技の蓄積があった。

「相手は、牙牢坊だそうですな」千々石が言った。

「先程、《笹小舟》で透波がひとり殺られた」五明が答えた。

「あの技を使うというと、倅の鉢八か。親父の鉢八とは戦ったことがありました」

「勝ったのですか」長九郎が訊いた。

「儂は生きているだろうが。それが答えだ」

教えてやろう。千々石が言った。

「《笹小舟》は笹を風に乗せて飛ばし、肌を斬り裂く技だ。だから、無風の時と風上にいる時は殺られる恐れはない。それと、雨の中や水の中、火の中では技は使えん。それだけ知っていれば、倒せる」

おうっ、と叫んだ源作に合わせ長九郎も吠えた。

「此度のことでは、四方津と仟吉を倒した者どもとは戦わぬのですか」

日疋とともに、謙信暗殺のために駆り出されたふたりだったが、南稜七ツ家と無坂ら山の者と軒猿の手に掛かり果てていた。

「相手は伊賀者だ。山の者も軒猿も、絡まぬだろう」

「軒猿なんぞどうでもよいのです。手の内は分かっておりますから。分からぬのが、槐堂を倒したという山の者、何と言うたかな？」

長九郎に訊いた。槐堂は、《かまきり》の先代の棟梁である。長九郎が、無坂だと答えている。

「其奴です。其奴とは戦うてみとうてなりません」

山県屋敷から透波が戻って来たが、やはり伊賀者は逃げた後であった。

翌日千々石は、伊賀者の探索に出た五明らと離れ、躑躅ヶ崎館の堀の畔を歩いていた。本曲輪の北方にある味噌曲輪を囲む堀の畔である。

《かまりの里》の束ねになって二十年。その間、何度か館に来たことがあり、その折には気が向くとこの道を歩くことにしていた。この堀沿いの道を歩いていると、己が生まれ育った土地など覚えてもいないが、懐かしさを感じるのだ。殺伐として生きることを強いてきた己の中に、まだそのような心が残っていることは、千々石には喜びでもあった。

行く手に、群生している酢漿草(かたばみ)があった。五弁の黄色い花が、風に小さく震えている。屈み込もうとして、千々石の五感が、ざわと騒いだ。

誰かが潜んでいる気配がした。潜み、殺気を孕(はら)んだ目で、千々石を見詰めている。

伊賀者か。

身構えたまま、相手の出方を待った。

少しの刻が流れた。そよとした風が吹いただけで、何事も起こらない。

更に少しの刻が流れたが、何かが起こるような気配は届いて来ない。

身動きが取れないのか、相手は動こうとしないままでいる。

千々石は待った。雨、風、雪にも騒がぬ岩の心で、無心になって待った。刻は十二分にあった。焦る必要はない。

雲が切れ、日が射し、また日が雲に隠れた。

やがて痺れが解けるように、殺気が消え果てるのを待って、殺気が消えて行った。

千々石は、殺気が消え果てるのを待って、堀の畔を歩き始めた。

千々石の姿が遠退き、小さな点になった。

藪が割れ、股引きに野良着を纏い、頬被りをした百姓風体の男が、千々石のいた辺りの道に現れた。

男の名は式根。伊賀者の小頭であった。男は頬被りを取ると、左右の藪に言った。

「あれが、《かまきり》一の凄腕と言われた男だそうだ」

千々石が水雲寺に入るところを牙牢坊と見ていて教えられたことだった。

下忍なのだろう。百姓の身形をした者がふたり、藪から滲むように出て来て点となった千々石を見詰めた。それに合わせて堀の水面に波紋が立った。式根と下忍らが、地を掠めて吹いて来た風に眉根を寄せた。

「彼奴に勝たねば、我らの明日はないのだ。目に焼き付けておけ」

勝てるのか、と自らに問おうとして、式根は口を閉ざし、改めて言った。

「帰るぞ。物見は仕舞いだ」

第六章　武田出陣

一

八月下旬――。

万太郎が日高の使いで木暮衆の集落に来た。万太郎は一月前に、志戸呂の孫のトネを嫁にもらったばかりだった。妹の千草は、トネの兄の勝呂に嫁いで来ていた。志戸呂が目聡く駆け寄ろうとしたが、後で、と言われ膨れている。千次が小頭衆を集めるようにと若い衆に命じている。

「トネが心配か」

冷やかした無坂に、志戸呂が真面目に頷いている。

「こんな時は、倅が生きていれば、と思うよ」

志戸呂の倅は若くして病没していた。生きていれば、龍五より三つ上だった。無坂は、志戸呂の肩を叩き、斧と鎌の刃を研ぐ作業を続けた。

小頭衆が集まったのだろう、千次の小屋の戸が閉められた。

万太郎の知らせは、武田が陣触れを発したことだった。

「出陣は十月一日。兵の数は、凡そ三万かと」

おうっ、と小頭衆が声を上げた。すごい数だ。

「恐らく、秋葉街道を下り、地蔵峠、青崩峠を越え、二俣に出るだろう、と日高は言っています」

「そうだろうな」千次が答えた。「何かあっても面倒だ。九月の中頃になったら、火を焚かず、煙を出さぬようにしてやり過ごすしかあるまい」

「もうひとつ、久津輪衆のことで、知らせがあります」

「どうした？」小頭のひとり、玄三が訊いた。

「六人の者が《戦働き》に出ているのです」

「武田方か」千次が言った。

「それが、徳川方の二俣城に入っているとか」

二俣城は、西を天龍川に、東南を二俣川に囲まれた堅牢な山城だった。信濃から遠江に侵攻する甲斐勢にとっては、何としても落とさねばならぬ城でもあった。

「いつ発った？」

「十日程前になります」

「大長も遠江は戦場になるから《戦働き》は断れ、と仰っていたではないか」

「そうなのですが……」

久津輪の男衆は、雪が道を閉ざしている間、糸魚川と塩尻を結ぶ千国街道で歩荷稼ぎをしている。その歩荷仲間の集落から、助けてくれ、と頼まれ、断れなかったそうなのです。

「籠城すれば、二俣は保つか」

「難しい、と親父（日高）は見ています。何しろ城攻めに金山衆を使うなど、新しい戦をしますので」千次の問いに、万太郎が即答した。

「龍五と萱野は？」

「龍五の叔父貴は行きましたが、萱野は二ツの叔父貴に残れ、と言われて、残ったとか。代わりに二ツの叔父貴が行ったそうです」

「二ツは久津輪衆にいたのか」

「そうです。無坂の叔父貴が、屋根の葺き替えとか手伝えと言って、久津輪に」

「龍五に二ツか」と千次が言った。「教えれば、行くと言うだろうが、教えぬ訳にはいくまい」

千次が玄三に、父さを呼んで来るように言った。

無坂は直ぐに来た。千次は万太郎が話したことを、順を追って無坂に伝え、どうするか、訊いた。

「二俣城に行っても、入ることはおろか、近付くことも出来ないでしょうが……」

「行くのですね」千次が言った。

「勝手ばかり言って申し訳ないが、二ツと龍五を里の争いで死なす訳にはいかんでな。行って、脱せるものなら抜け出させたいのだが」

「分かりました」但し、と千次がひとり若い者を連れて行くように言った。

死地に飛び込むことがあるかもしれない。青地を連れて行っていいか。玄三に言おうとすると、玄三の方から申し出てくれた。

「済まんな。必ず生きて帰すからな」

「あいつは簡単には死なんでしょう。問題は若菜ですが、龍五兄さの様子を見に行く、と言えば誤魔化せるかもしれません。お任せください」

若菜は翌朝まで、また遠くに行くのか、と不機嫌だったが、青地は浮き立つ心を懸命に抑えているようだった。血だな、と志戸呂がこっそり耳打ちした。

無坂は、万太郎と青地とともに、日高の小屋に向かった。武田の動きに変わりがないか、知らなければならない。

日高からは殊更新しい話は聞けなかった。無坂は万太郎と別れ、青地と久津輪衆の集落を訪ねた。

長の美鈴の話だと、荷駄隊のような仕事ではなく、木を伐り出すために集められたらしい。

「終わり次第帰って来る、という話だったんだけど、そうじゃなかったのかしら」

訊かれても、答えようがない。

「様子を見て来る。事によっては連れ帰ってくるつもりだから待ってろ」

一晩泊まり、翌朝水筒にと瓢箪をひとつずつもらい、集落を発った。

宮田、上穂、飯島と伊奈街道を通り、飯田まで十三里（約五十一キロメートル）の道程を駆け抜けた。まだ日があった。急いで飯田の宿を越え、人気のない藪に草庵を建て、筏作りに移った。

「筏、ですか」

「明日は、筏で天龍を下るんだ」

今後、川を下って逃げることが起こるかもしれないからな。何でも覚えておけ。覚えておいて損なものはない。

青地に蔓を集めさせている間に、立ち木を伐り、枝を払った。太さ五寸（約十五センチメートル）、長さ一間半（約二・七メートル）の木を八本揃えていると、夕刻になった。

夕餉の雑炊を食べながら、木には持ち主がいることがある、と青地に話した。少しだからと文句を言わない者もいれば、少しでもうるさい者もいる。関わると面倒になりそうな時は、こうして人気のないところで伐るのだ。

朝になった。日が昇る前に起き出し、昨日の夕餉の残りを温め直して腹に収め、丸太を岸辺に移した。

六本を縦に並べ、蔓で縛る。次いで、上の方と下の方に横木を渡し、きつく縛る。真ん中に籠を置き、身に付けていたものと長鉈を入れ、油紙で包み、丸太に縛り付けた。無坂と青地は褌一丁に山刀と杖を手にしているだけだった。杖は筏の舵(かじ)であり竿(さお)であり、山刀は筏を捨てる時に、籠を切り離すためのものであった。

「瓢箪の水を落とせ」

空になった瓢箪を蔓で縛り、腰に括(くく)り付けた。浮きである。

「行くぞ」

無坂は筏に両の掌二杯分の小石を乗せると、筏を天龍に押し出した。水に乗ると、筏が頼りなく揺れた。無坂と青地は籠を挟んで、舳先(へさき)と艫(とも)に分かれて座った。ふたりの重さで、筏が沈み、丸太の上を川の水が洗ってゆく。尻を水が撫(な)でる度に青地が奇声を発した。

「川下りするにはちと遅かったが、陸を行くより早いからな」

「気持ちがいいです」

「それは筏を下りた時に聞こう」

日が昇り始めるとともに、川縁に人影が見えるようになった。気付いた者が、筏を指さしている。追い掛けようとしている子供もいた。それらの者たちが水面の上になり、下になり、やがて視界から消えた。

早い。流れに乗り、ぐいぐいと距離を稼いだ。

岸辺の藪が、民家が、緑の山が、後ろにすっ飛んで行く。

「爺ちゃん」

首をもたげていた青地が、前方を指した。天龍が大きく蛇行していた。このまま流れに乗って進んで行くと、川岸から張り出している大岩に当たりそうであった。

「騒ぐな」

無坂は立ち上がって踏ん張ると、杖を振り上げ、岩を突き、筏を巧みに操った。筏は再び流れに乗って、川の半ばに出た。

川岸の風景が変わってきた。前に続いているのは、岩の崖と崖上を覆う木立の森である。

「流れが速くなるぞ。しっかり摑まれ」

　川が縦にうねった。筏の両脇の流れが盛り上がり、筏を見下ろすように流れている
かと思えば、ふいに沈み込み、川底を滑るように流れている。

　舳先近くで水が跳ねた。何かが落ちて来たのだ。籠の脇がこつんと鳴った。

「青地、気を付けろ。石を投げてきている奴がいるぞ」

　左右の岸辺を見回した。岩の崖に続く傾斜に、子供らに混じって若い男衆がいた。

あいつどもか。

　男のひとりが、何かを放り投げた。筏の近くで、水が立ち、同時に子供らの歓声が
上がった。

「青地、石を投げ返せ」

「子供に当たるかもしれないじゃないですか」

「当たらないように、崖の上を狙え」

「このためだったんですか」青地が筏の上にあった小石を拾った。

「そうだ。前にもやられたことがあったんでな」

　ふたりで崖目掛けて石を投げ付けた。慌てて避けようとした子供が足を滑らせて、

川に落ちた。男衆らが川に飛び込み、引き上げている様が瞬く間に小さくなり、見えなくなった。

川は岩を嚙み、吠え、迸り、逆巻き、山峡を流れ下っている。筏も、流れに翻弄され、ぎしぎしと鳴っている。どこか一か所でも切れれば、ばらばらになってしまうだろう。青地に、気を付けるように言っているうちに、流れが穏やかになった。

「今、どの辺りなんですか」

青地に訊かれたが、分からなかった。

「もう少し待て」

川が蛇行を繰り返している。船足が鈍った。川に被さるようにして、目の前にこんもりと木々の茂った山が立ち塞がった。

「分かったぞ」

筏が蛇行する流れに乗り、東に向いた。

「天龍に流れ込む川があるだろう」指さして教えた。「遠山川だ。遡って行けば、秋葉街道に出る」

青地が、あっ、と声を上げた。分かります。

武田信虎の庶子・太郎を拐かした鍬柄衆が追っ手から逃れようと移った先が、こんもりと木々が茂っている焼尾峠の近くだった。そこからは、去年の春に《集い》が開かれた堂林衆の集落に行くために通った道が続いている。

また流れが速くなった。

「爺ちゃん」

艫の横木を縛っていた蔓が切れ掛けているらしい。

「よし。今日はここまでだ」

筏を着けられる岸辺を探していると、流れの中程は速いが岸辺は緩やかになっていそうなところが見えた。船着き場もあった。無坂は青地に伏せるように言った。声も立てるなよ。

そこは、太郎を連れて逃げた野髪たちが、荷舟の船頭らを殺した淵だった。奥に建て替えられた番屋もあった。人影は見えないが、干し物などがある。誰かいるのは間違いない。知られずに通り過ぎた方が無難である。

無坂は、そこから一里程先の浅瀬に筏を着けた。無坂が草庵を建てている間に、青地が蔓を取って来て繕った。身体が冷えている。焚き火を盛大に焚き、熱い味噌雑炊を腹に収めて眠った。

翌朝、飯を炊き、握り飯にして食い、昼餉の分も作り、笹の葉で包んだ。空の色が鈍い。雨になるかもしれない。急ぐぞ。青地に言った。

筏を流れに押し出すと、天龍は直ぐに蛇行の繰り返しに入った。

両の崖は狭まり、崖の上からと、岩の隙間から流れ落ちる湧き水が滝となって筏を打った。

昨日よりも、丸太を括った蔓の数が多い。筏は軋みもせずに流れに乗り、川面を嚙み千切り、船足を速めている。

景色が生まれては飛び、振り捨てられ、置き去りにされ、消える。

崖に挟まれ縦長に広がる空の先が、微かに明るんで来た。信濃の空の下から抜けるのだ。明るいのは、遠江の空だ。二俣城は山峡の地を抜けた、光に満ちた遠江にあった。

川の西岸を見渡した。木々に覆われた山の間から、低い岩山が覗いた。頭形兜(ずなりかぶと)のような形をしていたので、兜山(かぶとやま)と呼んでいた。

「覚えておけ。兜山と天龍を結んだ先にあるのが秋葉山だ」

そろそろ岸に着けるぞ。二俣城に近付き過ぎると危ないからな。無坂が杖を棹(さお)にして、筏を岸に近付けた。

飛沫を浴びて濡れた褌を乾かしながら焚き火で暖を取り、食いそびれていた握り飯を頬張った。

「城まで、後四里（約十六キロメートル）ばかりだ。今夜はここで寝て、明日近付いてみよう」

となれば、草庵を建てなければならない。

身軽に立ち上がった青地の目の前に、藪を飛び越えて、裁着袴に筒袖の小袖を纏った男が降って来た。男は、飛び退り、身構えた無坂と転げて逃げた青地に、俺だ、と言った。風魔の余ノ目だった。

「こんなところで、何をしているのだ？」

二俣城の様子を見に行こうとしていることを話した。

「止めろ。《かまきり》がひどく殺気立っている。怒らせたのは、我々だがな」

「何をされたのです？」

「奴どもの目を掠めて二俣城に潜り込んだのだが、中では伊賀者に、抜け出して来た後は《かまきり》に見付かって、追われたのだ」

中に、と無坂が言おうとすると、いたぞ、と余ノ目が言った。

「二ツには驚いたが、其の方の倅もいた」

「忍び込めますか」

「無理だ。もう我らでも入れぬ」

「倅どもは、何をしていたので？」

木を伐り出すだけならば、もう帰されてもいいのだが、龍五らは水の手櫓の補修など水回りの諸事に駆り出されているらしい。

「二俣城は堅牢な城だ。たとえ三万の兵で攻めようと、落ちぬ。されど、弱点がある。水だ。天龍川に櫓を建て、水を汲み上げ、樋で城全体に流しているのだが、水の手奉行の下に配され、こき使われておったぞ」

「まだ掛かりそうですか」

「当分はな」

藪が鳴り、石動木と兵庫が現れ、《かまきり》が近付いていることを告げた。

「逃げるぞ。死にたくなければ、逃げろ」

と言って余ノ目が駆け出した。無坂は青地に急ぐように言った。

二

九月の末が近付いてきた。龍五らは二俣城から戻っているのか、いないのか。久津輪衆からの知らせはない。

無坂は長の許しを得て、孫娘のトネが万太郎に嫁いだ志戸呂と、日高の小屋を経て、久津輪衆の集落まで出向いたが、案じた通り、龍五らは戻っていなかった。

日高の小屋に帰り、どうしたものか、と思いを巡らせているところに、武具に使う毛皮を卸しに甲斐府中に出向いていた万太郎から知らせが入った。知らせを運んで来たのは、日頃から付き合いのある他の集落の居付きだった。急場の時は、互いに足りぬ人手を融通し合うのである。

万太郎の知らせは、武田勢が信玄率いる本隊と東美濃隊と奥三河隊に分かれて出陣するというものだった。

東美濃は秋山信友が兵三千を率い、奥三河は山県昌景が兵五千を率いて、点在する土豪を武田方に帰属せしめながら進軍し、遠江、三河を席巻（せっけん）しようというのだ。

「東美濃隊は二十六日。奥三河隊は二十九日。本隊は十月一日に出陣するらしい」日高が言った。

武田は出陣に際して、若神子館、上原館と泊まり継いで足慣らしをすることを、よくした。躑躅ヶ崎館から若神子館までが六里十三町（約二十五キロメートル）。若神子館から上原館までが十里（約三十九キロメートル）。足慣らしには丁度よい距離である。そこから東美濃隊は伊奈口を通って木曾に抜け、奥三河隊は伊奈街道を下るのだろう。

日高に、叔父貴たちはどうするのか、と訊かれた。来た目的は龍五らの戻りを見届けることだったから、果たしていないことになる。

信玄の本隊が来るまでに龍五らが戻らない時は、本隊の後から二俣城までゆくことにした。

「長（千次）には？」

「途中で俺たちが知らせる」

「もし、戻れ、と言われたら？」日高が訊いた。

「無事を確かめるまでは、戻らねえよな」志戸呂が言った。

「とは言え、しょっちゅう出ているしな、これ以上我が儘は言えん」

「何、構うものか。万太郎を走らせ、爺さんたちは戦見物に行った、で何とかなる」

「二ツの叔父貴が一緒だから、先ず心配は要りませんが、二俣は荒れると思います。龍五の兄さたちの無事を確かめるか、出来たら城から抜け出させるべきです」

日高の後ろで水木とトネが頷いている。

「我が儘させてもらうか。勿論、許しを得ての上だが」

「ならば、武田の動きを知らねえとな」

伊奈部の川縁で武田勢を見張ることにした。

東美濃隊は二十八日の昼前に伊奈口に消え、奥三河隊は一日の昼前に飯田の方へと下って行った。

「一日だ」と志戸呂が言った。「本隊が若神子に向かっている頃だな」

「上原館から二俣と言うと、高遠城に入り、秋葉街道か」

「それ以外にねえべ」

日高の小屋で待っていると、万太郎の使いが、出陣は三日に日延べになった、と知らせて来た。

そして四日の夕刻、信玄の出陣を見定め、万太郎が甲斐府中から帰って来た。

この間信玄は、上杉謙信の南下に備えて兵を送り込んでいた海津城（かいづ）や戸石城に文を送り、油断のないよう引き締めを図った上で、越中の一向衆に謙信の足止めを依頼したのである。また、朝倉義景と浅井長政には出陣を伝える文を書き、織田信長を討つためともに戦うべく申し送ったのだった。

これらのことは、信玄が血気盛んな頃ならば、出陣するという時になど決して行わなかったことだろう。己の読みにも、結果にも確信が持てなくなり、ただ不安だけが募るのだ。それが老いなのだが、それに気付かないのである。

だが、そのようなことは、無坂らは知らない。

「ようやく、か」と日高が言った。「出陣の日取りは、暦を読み、念入りに決めたもの。それを二日も日延べするとは……」

「何があったのだ？」無坂が訊いた。

「俺の聞き回れるところでは、何も」

万太郎の顔が利くのは、武具屋とか薬草を扱う生薬の問屋である。館の内部のことが、そこまで落ちてくるのには早くて半月は掛かる。

「まあ、いい。くっ付いて行くに変わりはねえ」

日高が万太郎に、ここまでの経過を木暮衆に知らせるように命じた。

信玄の本隊二万と北条の援軍二千、計二万二千は、若神子館、上原館を経由して高遠城に向かった。

上原村を出、安国寺の近くで宮川を渡り、うねるように曲がる坂道を上り切ると、杖突峠の頂に着く。そこからは藤沢川沿いに走る杖突街道を下れば、高遠に出る。残すところ、凡そ四里半（約十八キロメートル）である。

本隊は一里半（約六キロメートル）程先の藤沢で休みを取った。兵と足軽、小者たちが藤沢川の水を飲み、握り飯を食っている。

遠く、高遠の空の下に黒い雲があった。まだ小さな雲だが、谷沿いに杖突峠へと抜けてゆく、この地に夏場現れる足の速い雨雲だった。長く休んでいる場合ではない。

「先に回るか」志戸呂が言った。

前軍より前に出ていれば、武田の出陣を知らないで秋葉街道を使っている山の衆をいざこざから守ることが出来るし、雨からも逃げられるかもしれない。

「《かまきり》に出会さねえように、遠回りするか」

志戸呂に続いて、東の藪に潜り込んだ。

その頃――。

本隊から藪を二町程分け入った地で、透波と伊賀の下忍が息を詰め、対峙していた。

五明は、本隊の警護のため、《かまきり》と《かまりの里》の者と透波を隊列の左右に配した。東側に前後二組、西側に前後二組の計四組である。呼び名は、東側の前の組は東ノ一、後ろは東ノ二。西側の前は西ノ一、後ろは西ノ二とした。それぞれが受け持った地を中心に巡回警備をするのである。勿論、信玄と勝頼の側近くにも忍ばせていることは、言うまでもない。

五明は、《かまりの里》から来た水鬼と透波四人で東ノ二の警備に当たっていた。水鬼に透波ひとり、それと透波ふたりの二組が見回りに出ていた。伊賀者らも武田勢に合わせて動き、信玄の動向や忍び込む隙を窺っているはずである。油断なく見回らなければならない。しかし、見回りに出た二組の帰りが遅かった。水鬼は名が示すように水中を得意とする者で、陸の戦いでは水中の半分の力しか望めない。

「放ってはおけぬな」

五明が残るひとりの透波を連れて藪を出た時、水鬼らは先に伊賀の下忍と対峙していた透波らの組とともにいた。敵にも援軍が付いたらしい。殺気が膨らんでいる。水鬼が読んだ通り、敵方には佑斎と八手が加わっていた。つまり、水鬼と透波三人と、佑斎と八手と下忍四人が藪に潜み、探り合いをしていたのである。

「いいか」と水鬼が、透波らに言った。「ここは奴らには敵地だ。向こうが先に動く。動きに合わせ、俺が飛び出したら、直ちに指笛を吹け。思いっ切りだぞ」

五明のいるところまでは、音は届かないだろう。だが、東ノ一を警備している日足らが、折よく近くにいるかもしれない。いるのが味方ならば、向こうの命が消え、敵方ならばこちらの命が消える。それだけのことだった。

木陰から黒い物が飛び出した。囮(おとり)にされた下忍だった。水鬼は下忍を追うと見せ、木陰に棒手裏剣を投げ付けた。背後から指笛が聞こえた。

走る水鬼の足許に縄が飛んだ。八手が投じた縄だった。縄は生き物のように、水鬼を追い、足に絡もうとする。地を蹴り、跳ね、水鬼の身体が宙に浮いた。狙い澄ましたかのように、佑斎が走り出し、水鬼目掛けて長さ一尺(約三十センチメートル)余の棒を突き立てた。棒の先には太く長い鉄針が付いていた。錐(きり)である。

水鬼と佑斎は地に下りると左右に飛んで離れた。横の藪の奥から人の来る気配がした。藪が割れ、男が三人現れた。水鬼の目が尖った。牙牢坊と下忍らだった。

「よいところに来たようだな」佑斎に言った。「其奴どもを血祭りに上げい」

水鬼に、佑斎の錐と八手の縄と、牙牢坊とともに来た下忍のひとりが襲い掛かった。

水鬼の傍らに回り込もうとした透波らの行く手を、下忍らが塞いだ。

八手の縄が蛇のように、くねりながら水鬼の足許に近付いている。佑斎が執拗に突きを繰り出した。飛び退ろうとして木の根に足を取られた水鬼の腕を、錐が刺し貫いた。倒れることで二の突きを躱した水鬼を見下ろし、

「殺れ」と八手が下忍に言った。「手柄にしろ」

勇んで水鬼に躍り掛かった下忍が、額と胸に棒手裏剣を受けて崩れ落ちた。

飛び退いた佑斎らの前に、五明が進み出た。ともに来た透波が水鬼の前に出、身構えた。

「これは、これは。五明殿ではないか」

牙牢坊の両脇に佑斎と八手が立った。後、下忍が五人いる。相手は、五明と手負いの水鬼に透波が四人である。

勝てる。牙牢坊が吠えた。

「ここで五明を葬れば、《かまきり》を倒したも同じぞ」

己と八手と下忍ふたりの四人で向かえば、取り逃がすことはない。佑斎に三人の下

忍を預けた。

「儂らは五明を倒す」

言った時には乱戦が始まっていた。

八手の手から四本の縄がするすると伸び、五明の手に足に絡もうとする。縄を払い、躱しているところを、牙牢坊が剣を翻して襲う。攻撃の隙を突いて、下忍が斬り掛かる。体勢が崩れた五明の足に、八手の縄が巻き付いた。縄を斬ろうとした透波が首に縄を受け、木から吊された。

縄が引かれた。踏ん張り、刃を叩き付けるが切れない。中に髪の毛を入れて編んでいるのだ。五明の足に絡んだ縄が、ぐいっと引かれ、倒れたところを、牙牢坊が刀を振り下ろした。危うく躱しているのを見た水鬼が叫んでいる。水鬼の腕から血が滴り落ちているのが見えた。佑斎が錐を、透波が剣を構えている。足許に透波の死体が転がっていた。首を刺されたのだろう。血が噴いている。

尚も縄が引かれた。五明は左手で木の幹を握り、身体を支えた。引かれ、片足が伸びた。伸びた足目掛けて、下忍が刀を振り下ろした。と同時に鈍い音がして、下忍の額に礫（つぶて）が当たり、一間先に撥ね飛んだ。

誰だ。叫ぼうとした牙牢坊の目に、藪から走り出て来る男が見えた。ふたりとも、筒袖の刺し子を纏い、股引きに脚絆を付けている。山の者であることは一目で分かった。

男らの動きは素早かった。

邪魔立てするな、と牙牢坊が叫ぼうとした時には、礫を投げた方の男が八手の縄に鉈を振り下ろしていた。並の鉈ではなかった。刃渡りだけでも一尺はあり、柄を含めれば一尺七寸にもなる長鉈であった。肉厚の刃は、切っ先に向けて、ゆったりと逆くの字型に曲がっていた。

長鉈は縄と同時に石を砕いたのだろう、火花を上げて縄を断ち切った。

跳ね起きた五明が、山の者を見て、無坂ではないか、と言った。

「どうして、俺を？」

危なかったもので、と言う男の返事を聞きながら、牙牢坊は無坂と呼ばれた男に足を踏み出した。

「その名に、覚えがある……」

無坂が牙牢坊を見た。

「鶴喰を倒したというは、其の方か」

「伊賀者か」

「汝(うぬ)を殺す」

言った時には、間合が消えていた。牙牢坊の剣を長鉈と手槍で受けて躱し、体が入れ替わった。額に礫を浴びた下忍が、背後から斬り掛かって来た。刀を長鉈で受け、手槍で下忍の腿を裂いた。忍び袴(ばかま)が、腿がぱくりと口を開け、鮮血が奔った。牙牢坊が倒れた下忍を飛び越え、宙に浮いた。

五明は八手の繰り出す縄を避けながら間合を詰めている。

志戸呂は、水鬼に詰め寄っていた佑斎と下忍の間に手槍を振り回しながら割り込んでいる。

牙牢坊の身体が小刻みに左右に揺れた。揺れが少し大きくなった。牙牢坊の剣が煌(きら)めいた。正面から打ち掛かって来た。長鉈で受けようとしたが、手応えがない。剣が長鉈を擦り抜け、牙牢坊の身体も無坂を擦り抜けて流れていったのだ。

「…………」

殺られた、と思った時、五明の声がした。

「後ろだ」

何かを考えた訳ではなかった。後ろ、と言われたので、前に転がっただけだった。

それと同時に、背を鋭い殺気が奔り抜けた。後ろ、と言われなければ、刺し殺されていただろう。五明が駆け付けて来た隙に、無坂は跳ねるようにして起き上がった。

「奴が消えたか」

「手前の身体を擦り抜けてゆきました」

「《空ろ身(うつみ)》だ。牙牢坊の技だ」

「よくご存じで」

「背を刺されたことがある。死に損なったのだ」

「案ずるな」牙牢坊が言った。「ふたりとも、冥土(めいど)に送ってやる」

先ずは汝だ。牙牢坊の刀が手槍に飛んだ。火花が赤い。日が俄(にわか)に陰って来たらしい。黒い雲が空を覆っていた。五明が八手と、志戸呂が佑斎と争っている。雨が落ちてきた。葉を落とし、枝を揺すり、白い幕になっている。

「退け」牙牢坊が叫んだ。「八手、佑斎。退くのだ」

牙牢坊に続いて、八手と下忍らが藪に駆け込んだ。佑斎と、無坂に腿を斬られた下忍が遅れた。

水鬼が滝のように降る雨に打たれながら、佑斎らに歩み寄ってゆく。

「危ない」

止めようとした無坂と志戸呂が息を呑んだ。

水鬼の姿が、佑斎らを前にして、雨水に溶けるようにして消えたのだ。佑斎と下忍が四囲を見回している。

突然水鬼の身体が、透き通った水の袋のようになって佑斎らの目の前に現れた。佑斎が錐で刺し、下忍が刀を振り下ろした。水の袋が裂け、地に落ちて、水音とともに砕けた。

驚き、身を固めている佑斎と下忍の前で、再び水の袋がゆっくりと像を結び始めた。錐を突き立てようとしていた佑斎が、突然口から血を噴き上げ、次いで下忍が腹を抱えて膝から崩れ落ちた。ふたりの足許に血が広がった。

「水鬼の秘術だ。牙牢坊め、我らのこと、よう知っているわ。水気を得た時の水鬼は手が付けられぬとな」

呆然（ぼうぜん）と見ていた無坂と志戸呂に、どうしてここに来合わせたのか、と五明が訊いた。

二俣城に、山の者が何人か入っている。その者たちが心配なので見に来たことを話した。

「助け出したいのか」

出来れば、と答え、今の忍びは伊賀者なのかと問うた。

「そうだ」

「雇い主は、織田ですか」

「雪斎禅師の時は、織田に雇われていたが、此度は請負ではなく、どうやら徳川の命で動いていると見た。徳川の家臣に伊賀の服部家の当主がいる。今いた牙牢坊は、その当主・半蔵の兄だ」

「徳川が刺客を？」

野の草の薬効を聞き、目を輝かせていた竹千代が、急に遠退いて行った。

「どの家でも雇っている。驚くことか。飛び加当の薬を捨てた者には分からぬだろうがな」

これから二俣に行くのか、と五明が訊いた。

「そのつもりですが」

「城には近付くな、と言っても無駄か」

無坂は頷いて見せた。

「武田は二俣城を攻めるため、城の四囲に透波を配している。この本隊の周りにも、警備の我らと御館様のお命を狙う他国の間者がひしめいている。その中に入って行こうと言うておるのだぞ」

「分かっております」

「いいや。分かっておらぬ」

其の方は、と五明が言った。《かまきり》にも、《かまりの里》の者にも、伊賀者にも嫌われている。

「それでも二俣に行くか」

「参ります」

「誰がいるのだ？」

「……倅です」

「そうか……」五明は呟くように言うと、「危ういところを助けてもらった。借りが出来てしもうたな」頭を下げた。

「手前こそ、危ないところでした。貸し借りはなし、かと」

「違う。俺が殺られていれば、それまでだったのだ」

志戸呂が、行くか、と無坂に言った。

「では」と無坂が、五明に言った。「手前どもは、これで」

「派手に動き回らぬようにな。我らには、其の方らの相手をしている余裕はないでな」

五明は、透波を呼びながら、志戸呂に名を尋ねた。

「無坂の長鉈の師・志戸呂様だ」

「…………」

五明が無坂を見た。無坂は黙って頷いた。志戸呂も頷いている。

透波が来た。才賀(さいが)だと名乗った。五明は、高遠の先まで送るよう、才賀に命じた。

見張りの透波に見咎められるといかんからな。

程なくして、雨が上がった。枝や葉先に結んだ露が日の光を孕み、輝いている。武田勢は高遠城に向けて出立した。無坂と志戸呂は、才賀とともにその地を離れた。

三

無坂と志戸呂は高遠を過ぎたところで才賀と別れ、木暮衆の集落に向かった。中沢峠で見張りに出ていた久六と新左に呼び止められた。万太郎の知らせを受け、二日前から張り番をしているらしい。

「他には？」

「いませんが」

見張りの場所を変えるように言った。《かまきり》らと伊賀者が、武田信玄の命を巡り、進軍する武田勢の周りで火花を散らしていることを話した。

「巻き込まれたら、逃れられんぞ」それにな、と言い足した。「本隊は二万余の兵だ。見張らなくとも、動きは地響きで分かる」

久六らを連れ、集落に戻った。千次らが万太郎の報を受けていたので、龍五らが二俣城から戻っていないことも知っていた。

「反対しても、叔父貴は行かれるでしょうから、止めません。ですが、行ったきり、梨(なし)の礫は困ります」

そこで、火虫の大叔父たちと相談したところ、

「斧研(よきとぎ)の石、ご存じですよね？」千次が言った。

二俣の北東一里のところに鉈付(なたづき)という村があり、斧研の石はその裏山にあった。人の腰程の大きさの石で、それを砥石代わりにして斧を研いで山に入ると怪我をしない、と言い伝えられていた。

「石の後ろの木に木印を付け、常に居所をはっきりさせる、と約してください」

承知した。

「若いのを付けますか」

断り、伊賀者と《かまきり》のことを話した。

笹市、勘左、山左、玄三ら小頭衆が、顔を見合わせた。

「巻き添えには、出来ん」

「そうさせていただきます」千次が頭を下げた。「場数は踏ませたいのですが、相手が悪過ぎますので」

里の争いに巻き込まれることはない。長として当然だ、と言い、己らを行かせてもらえる礼を述べた。

若菜や玄三らに見送られ、翌六日早朝、無坂と志戸呂は集落を発った。

高遠城で二泊した武田勢二万二千は、七日、市野瀬峠を越え、鹿塩川と小渋川が落ち合う原で、翌八日は地蔵峠を越えた程野で野営をした。

《かまきり》らが陣の内外に目を光らせている頃――。

無坂と志戸呂は、藪の下草を掻き分けて大手口越しに二俣城を見上げていた。頭の上を風が渦を巻いて吹き抜けている。

搦手口のある北から天龍川に沿って、北曲輪、本丸、二の丸、蔵屋敷、南曲輪と続き、その先は二俣川へと落ちていた。二俣川は、無坂らの背後をぐるりと回り込み、天龍川へと注ぎ込んでいる。つまり、二俣城は天龍川と二俣川の合流点に作られた城なのである。流れの速い天龍からの城攻めは不可能だった。攻め手は二俣川を背にして、大手口か搦手口から攻めるしかない。それ以外は、切り立った崖に囲まれているのである。

「こりゃあ簡単には落ちねえ。えれえ戦になるぞ」志戸呂が唸った。

「水の手櫓を見ておくか」

二俣城には、水場がなかった。にも拘わらず、城として機能しているのは、水の手櫓があったからだった。本丸から西曲輪を経て天龍川に迫り出した台地の先端に、河床まで伸びた櫓を建て、これを水汲み小屋にして、釣瓶を使って川の水を汲み上げているのだ。しかも、それが城の弱点にもなっていない。櫓を壊す術がないからである。まだ大筒はなく、天龍の荒波が破壊を企む敵兵を寄せ付けなかったのである。

無坂と志戸呂は尻から藪の中に下がると、大きく迂回して北に回り、搦手口の先に出た。見回りの兵の数はいたが、警戒の目は忍び込もうとする者に向けられていた。

無坂らは、木立に潜り込み、天龍川を臨む崖上で腹這いになった。

蛇行を繰り返してきた天龍川が白い波を立てて、目の下を流れている。

白い波は本丸下から迫り出した台地に当たって大きくうねり、急流となって下っていた。そのうねりの先が、迫り出した台地の先であり、水の手櫓が設けられているところだった。

台地の先に、櫓を横に倒したような頑丈な板塀を巡らせた建物が延びており、先端部の床下から河床へと太い支柱が走り、櫓を支えていた。床下から釣瓶を落とし、川の水を汲み上げるのだ。

汲み上げられた水は樋を伝って西曲輪に送られる。本丸は崖の上である。崖に設けられた櫓でまた水を汲み上げて、本丸に水を送り、そこから高低差を利用して、樋で二の丸方向と北曲輪方向に流されるのである。

「どうだ？」と志戸呂が河床の辺りを見ながら訊いた。「壊せるか」

舟を漕ぎ寄せ、櫓を壊すには、川の流れが激し過ぎるし、崖上から攻撃されたら身を隠す術がない。鉄砲で撃ち壊そうとしても、櫓も支柱も頑丈である。

「無理だな」

「大手口から金山衆に崩させるってのは、どうだ？」

二俣城は、岩の多い山城である。掘り抜いて崩すとなると、年が明けるくらいでは覚束（おぼつか）ないだろう。ムカデでも無理だ、と答えた。

「籠城すれば、二俣城は持ち堪えられると見た」

「ならば、一安心か」

領こうとした無坂の腕を、志戸呂がそっと叩いた。志戸呂が目を西曲輪の前に広がる崖上に投げた。天龍の荒い流れが岩に砕け、そこから垂直に延びた崖上に数人の武者の姿が見えた。

ひとりが手に鞭を持ち、何やら対岸を指している。この男、老けて見えるが、近付いて見れば、若い。十八歳である。名は松平善四郎。十八松平のひとつ大草松平の七代当主である。大草松平家は、一向衆に味方するなど、代々主家に逆らっていたため追放されていたのだが、七代善四郎が家康の嫡男・信康の旗本に就いて、復帰したところであった。二俣城にあっては、城を守る副将に就いていた。善四郎は弓矢に抜きん出た才があった。

「今、風は天龍の流れに逆ろうて吹いている」

善四郎は崖下から吹き上げてくる風に髪を逆立てながら言った。

「見ておれ」

善四郎が弓を引き絞り、虚空に矢を放った。矢は風を斬り裂いて飛んでいたが、天龍の水面の上空に達したところで力をなくし、風に攫われるようにして見えなくなった。

「すげえ風だな……」志戸呂が呻くように言った。

「これは、朝昼晩の風の向きを知っておいた方がよさそうだな」

「おっかないのが来ないところでな」志戸呂が言った。

探しながら帰るか。龍五らが城のどこにいるかを調べるのは、明日からでいい。今日は、伊賀者とも《かまきり》とも出会わずに城の縄張りを見て回れたことでよしとすべきだろう。

無坂らが崖上から目を離し、藪に下がったと同時に、崖の上に立ち上がる影があった。久津輪衆の龍五と涌井谷衆の多十らであった。

善四郎が、龍五と多十と言葉を交わしたのは、昨日のことになる。

本丸から西曲輪へと従者とともに見回りをしていた時のことであった。

本丸へと水を上げる櫓の修復を終えた山の者らが、頭から水を被り、騒いでいるところに行き合わせたのだ。中から、二十五間（約四十五メートル）飛ばして的に当てた、と言う声が聞こえてきた。龍五、木槍、とも切れ切れに聞こえてくる。

水の手奉行が善四郎に気付き、山の者を静めた。山の者らが水に濡れた床板に膝を突いた。善四郎が、二十五間先の的に何を投げたのか、と訊いた。

「咎めているのではない。ふと、耳に入ったのだ」

六十になろうかという年嵩の男が、顔を起こし、

「紫波衆の早瀬と申します。ここには三つの集落の者が集うておりますので、手前が仮の束ねをさせていただいております」と言い、申し越しの事柄に答えた。

「投げたものは、木槍でございます」

木の枝を伐り出し、小枝を払い、先を削って作る、投げるために拵えた槍だと話した。松本と糸魚川を結ぶ千国街道の西に犬吠森と呼ばれる深い森がある。その森に集落を構える早瀬に助けを頼まれて、龍五ら久津輪衆はこの戦働きに加わったのである。

「追い風でか」

「凪なしと聞いております」

「無風で二十五間も投げられるのか」

「もっと遠くまで投げる者はおりますが、的に当てるとなると、この辺りではないかと」

「龍五というのか」

「……左様でございます」

「ここにいるのか」

おりますでございます。早瀬が振り向き、頷いて見せた。

「龍五と申します」

「強い風に乗ったら、どれ程飛ぶ？」

「恐らく、倍近くは」

「見たいものだな。見せてくれ」

手持ちの木槍がなかったので作ることになった。「他にも、腕自慢の者は」という善四郎の言葉に、涌井谷衆の与市から声が上がった。

「多十も飛ばしますでございます」おいっ、と窘めようとした七平の手を、与市が振り解いた。「あいつなら出来るさ」

「申し上げます」小頭の大松が言った。

大松は、十年前、野伏せりの手に掛かって果てた、小松の兄さの兄に当たった。

「急ぐでな。後で聞く」

善四郎は水の手櫓から戻るまでの半刻のうちに仕度をしておくよう、龍五と多十に命じ、背を向けた。

善四郎の姿が曲輪から遠退くのを待ち、大松が与市に言った。何のつもりだ？

「見たこと、あります。奴は投げられます」

「本当か」多十に訊いた。

「投げたことがありません。況してや、的に当てるなんぞ」

多十が言下に否定した。いつ、どこで見た？　大松に問い詰められた与市が、顔を背けている。てめえ。大松が与市の胸倉に手を伸ばそうとした時、

「どうした？」早瀬だった。

「こいつが」と大松が与市を睨んで、「いい加減なことを言いやがって」行け、と強い口調で与市に言い、「どういたしましょう？」早瀬に訊いた。

「困ったが、もう言ってしまったことだ。投げるしかねえだろう。さもねえと、嘘を吐いたことになる」

「野郎」後ろ姿を見せている与市に摑み掛かろうとした大松を止め、七平が多十に言った。

「竹を使ったらどうだ？」

おうっ、と多十と大松が同時に声を上げた。

「それだ」

多十は伐り出した竹に工夫を加え、狩りの得物にしていた。

「恐れ入ります」多十が水の手奉行に、この近くに竹林があるか、尋ねた。

あるぞ。二の丸の南にある蔵屋敷を東に抜けた大手門に至る片隅に、小さな竹林がある、と言う。

「採りに行ってもよろしいでしょうか」多十が訊いた。

水の手奉行は瞬間迷ったが、話の起こりが誰であったかに気付いたらしい。配下の者をふたり呼び、竹林まで案内し、誰ぞに問われたら、松平様の名を出すように言った。

序でに、枝の伐り出しを申し出た龍五とともに二の丸を駆け上って行った。二の丸から蔵屋敷へ下りるのだ。

「御奉行様」二ツが櫓の傍らに引き抜かれていた棒杭(ぼうぐい)を指した。長さは六尺(約百八十二センチメートル)程で、太さは女の手首くらいあった。「あれを頂戴してもよろしいでしょうか」

「何にするのだ?」

「木槍を作ろうと思いまして」

「其の方も投げるのか」

「手前にはとても。ただ、手伝えたらと存じまして」

「構わぬぞ」

二ツは丁寧に礼を言い、長鉈で杭を削り始めた。

「長さはよいのか」

「削りますので、これくらいが丁度よろしかろうかと」

「其の方、武家のような物言いをするのだな」

「長く《戦働き》に出ていたもので……」

長鉈が杭を小気味よく削ってゆく。削っては、手に持ち、肩の上で担ぐように構え、また長鉈で削る。本来木槍は、手近にある枝の先を尖らせただけのものである。二ツがしている削りの作業は希なことになる。だが、削り、手に馴染ませれば、それだけ応えてくれることは確かだった。

二ツが削り終えた頃、龍五と多十らが戻って来た。それぞれ、枝と竹を小脇に抱えている。

「刻がない。急げ」早瀬がふたりに言った。

龍五には久津輪衆が、多十には大松と七平が手を貸した。枝が払われ、手槍としての形が整ってゆく。善四郎が西曲輪に姿を見せた。

「投げてみよ」

龍五から投じた。木槍は虚空に飛び上がり、二十五間程先に落ちた。見守っていた山の者から歓声が上がった。善四郎が多十に目を遣った。

「手前は竹を使います」

斜めに切った先に小石と土を詰め、投げ上げた。竹は二十間程飛び、失速して地に落ちた。微かに溜め息が漏れた。

「お殿様」と龍五が善四郎に言った。「面白い工夫を凝らした竹がございます」

龍五が、多十に投げるように言った。

竹は、多十の手を離れたところから鳴り始め、空の高みで鳴り渡り、落ちるに従って鳴き音を強くした。

「いかがでございます？」龍五が善四郎に訊いた。

「気に入った。使えるぞ」

「そいつは、ようございました。では最後に、丁寧に作った木槍の飛ぶ様を見ていただきましょう」

龍五は、二ツが削った木槍を手にすると十歩程の助走を付けて、木槍を放った。木槍はぐんぐんと飛び、三十八間（約六十九メートル）程先の木の幹に刺さって止まった。

　喝采の中、善四郎が龍五と多十に、見せたいものがある、と言った。

「明日、この者らを借りるぞ」

　これは水の手奉行に言ったことだった。

「槍に関わることでございましょうか」龍五が訊いた。

「そうだが」

　木槍を削った二ツも同道させたいが、と申し出た。多十も七平の名を出した。

　善四郎の放った矢が風に揉まれて天龍の流れに落ちた。

「遣れ」

　数歩の助走を付け、龍五が放り上げた。風を斬り裂いたが、長くは続かなかった。やはり川に落ちた。多十の竹は、木槍より軽い分、手を離れると直ぐに風に攫われてしまった。

「間もなくだ」と善四郎が言った。「風向きが変わる」

　四半刻が過ぎた頃、頬に当たる風が弱まり、更に四半刻が経つと風が逆の方から吹いて来た。

「これが、今の時期の吹き方だ。得物を風に乗せてみろ」

龍五が先に投げた。崖下から吹き上げて来た風に煽られ、木槍が宙に浮いた。川面を吹き下りて来た風に押され、距離を延ばした。しかし、川幅の広い天龍の流れを越えられるはずもなく、川に落ちた。多十の竹は風に上手く乗り、龍五の木槍と同じ程に飛んだ。

「信玄入道は」と善四郎が言った。「必ずこちら、天龍側からも攻めて来る……」

大勢は攻め手のない天龍側ではなく、大手口か搦手口からの攻めを唱えていたが、善四郎は裏の天龍側からも来る、と考えていた。

「勿論、端からは来ぬ。大手口から攻め、手詰まりになり天龍から来る、という読みだ。それがいかにして来るかは分からぬ。ここからは身共の勘だ。身共の弓と其の方らの木槍と竹が、武田の攻めに一泡吹かせられるような気がするのだ。力を貸せ。よいな」

この松平善四郎は諱を康安と言い、二俣、三方ヶ原を生き抜き、後年小田原城攻めにも出陣し、家康の陣から遥か彼方に見える城目掛けて矢を射るように家康に命じられたという逸話を残している弓の達人であった。

「どのみち、其の方どもは櫓の修復という務めがあるのだ。戦が終わるまでは城から出られぬ。腹を括っておるがよいわ」
善四郎の笑い声が風に千切れて飛んだ。

第七章　二俣城の戦い

一　信玄襲撃

一

十月九日。武田の本隊は信濃と遠江を結ぶ青崩峠を越え、水窪の南にある高根城に入った。

青崩峠の名は、峠付近の山肌が青い岩盤で出来ていることに由来している。その青い峠道が狭い。人馬ともに横に並んでは通れない。このような、足場の悪い狭隘の地で襲われることだけは、避けなければならない。

《かまきり》と透波が総動員され、峠道を固め、信玄は影武者を立て、兵卒の中に身を隠して峠越えをした。

「これでは手を出せぬ」

歯噛みする牙牢坊らを尻目に、翌十日には城主・天野景貫自らの先導を受け、信玄は遠州犬居城に移った。高根城から秋葉神社の東南にある犬居城まで十一里半（約四十五キロメートル）、六刻（約十二時間）の行程であった。

刻限は酉ノ中刻（午後六時）に達しようとしていた。山中である。篝火と松明の明かりを受け、城門が踊り騒いでいる。

遠く見詰めている男の目に、赤い火が映っていた。牙牢坊である。

「いよいよだ」と、牙牢坊が言った。「これから奴どもは、小城を潰しながら二俣に向かう。この大軍は幾つかに分かれ、信玄の守りにも隙が生まれるはずだ」

狙うは、その時だ、と言った。

「期限は二俣が落ちるまでだ」

「我ら、初手から命は捨てておりまする」小頭の式根の言に、伊賀者らが低く声を合わせた。

「よう言うてくれた。伊賀の名を高めてくれようぞ」

牙牢坊に続いて、伊賀者が背から藪に消えた。

信玄は翌十一、十二日を犬居城で軍議を開いて過ごし、十三日、二俣城を攻める勝頼を残し、馬場信春と城を発った。馬場信春に只来（ただらい）城攻めを任せ、他の二俣周辺の小城は己が落とそうと言うのである。しかし、甲斐の虎が大軍を率いて進軍して来るのである。刃向かう城はなく、天方（あまがた）城、一宮城、飯田城、向笠（むかさ）城などが武田に帰属した。これで信玄は二俣城を、掛川城、高天神城、そして家康のいる浜松城から分断したのである。信玄は、浜松から僅か四里半（約十八キロメートル）の地にある袋井（ふくろい）の木原に陣を張った。

翌十四日、勝頼が兵三千を率いて、二俣城攻めに発った。

同日信玄は、一言坂の戦いで家康隊を追った後、見付に陣を布き、十五日に二俣城から一里十三町（約五・三キロメートル）の合代島にある亀井戸城に陣を移した。見付から三里十一町（約十三キロメートル）の道程を、途次にある匂坂城を落とし、睨みを利かせながら進んだのである。約二万の兵は、亀井戸城の他、社山城、仲明城、神田山砦に分散され、時を待った。

十六日。勝頼が二俣城の大手口から搦手口を塞いだ。天龍川の川面を滑るように吹いてきた風が、二俣城の崖に当たり、天空へと駆け上がった。

「落とせるか。落とせるものなら、落として見せい」

二俣城城将・中根平左衛門正照が副将を務める青木又四郎貞治と松平善四郎康安に言った。中根の腹にも、青木の腹にも、善四郎の腹にも、家康と信長の後詰が来るとの確かな思いがあった。それまで耐えればよいのだ。中根と青木は腕組みをして、善四郎は弓を手にして、眼下に広がる武田菱の旗を見下ろした。

その時――。

搦手口の北、武田菱の波を脇腹や背から見る位置に、無坂と志戸呂はいた。外れである。しかし、無坂らには、そこしか潜り込める場所がなかった。

「詰まらぬところにいるものだな。才知の欠片も感じられぬわ」五明が言った。

藪を這うように進む無坂らの姿を透波が見付け、五明に知らせたのだった。「山の者の相手が出来るのは、今のうちだ」脅かしてやるか、と五明は、千々石を誘い、無坂らの目の前に降って湧いたのである。

「どうだ？」と無坂に訊いた。「倅を助ける算段は付いたか」

「忍び込めそうにないので、まだ……」

「無理をせんでも、この城は落ちんぞ。御館様の兵が来てもな」

「五明様がそのようなことを言って、よろしいのですか」

「よくないだろうな」五明とともに来た男が言った。

「覚えておけ。《かまりの里》の束ね・千々石殿だ」

長尾景虎、今の上杉謙信を守るために、《かまりの里》の者と戦ったことがあった。

「では……」

「そうだ。四方津と仟吉を里から送り出した者だ。ようも殺してくれたな」

「それを言われましても……」

「此奴と戦わせてくれませんか」千々石が無坂を顎で指した。

「伊賀者を倒した後ならば、好きにするがいい」五明が答えた。

「聞いたな」

逃げるなよ。千々石は無坂に言うと、山の者は何をもって動くのか、と訊いた。

「謙信を助け、此度は危ないからと因縁のある《かまきり》を、それも棟梁を助けた、と聞く。どうしてだ？」

「手前どもに大層な考えはございません……」

「続けろ」千々石が言った。

「ただ、多勢に無勢だったので、としか申し上げられません」

「我ら、忍び、細作（さいさく）、三つ者、と呼ばれる者には縁のない言い種（いいぐさ）だな」面白い。だが、と千々石は言った。それまでだ。「四方津らの弔いに、其の方と戦う。忘れるな」

「伊賀者を始末するが、先だぞ」五明が千々石に言った。

「この辺りに？」志戸呂が訊いた。

「いる。必ずいる」

五明は、四囲をゆっくりと見遣（みや）ると、よいか、と無坂に言った。

「我らの戦いに首を突っ込むな。突っ込めば、巻き添えになる。既に巻き込まれたようだが、倅を助けたかったら、おとなしくしておれ。さすれば、暫しの間は見逃しておいてやる」

五明は言い終えると千々石を促し、藪から去った。四囲の藪が微かに騒いだ。透波が忍んでいたらしい。志戸呂がふっ、と息を吐いたと同時に、押し太鼓がなり、喊声が上がり、勝頼を主将とする兵三千の城攻めが始まった。這っている無坂と志戸呂の腹が、地とともに微かに揺れた。

城から撃ち下ろされ、射掛けられた矢弾が宙を黒く染めている。武田勢からの矢弾が崖を利して作られた城壁を這い登り、宙に躍り出ている。矢弾の下を掻い潜り、武田の兵が大手門に躙り寄っているらしいが、無坂らが潜んでいるところからは見えない。

「もういい。引き返すか」志戸呂が言った。

城には潜り込めそうにない。草庵に戻り、日を改めた方がいいだろう。

草庵に戻るには、戦場から身を退き、ぐるりと遠回りしなければならない。ふたりは戦場に背を向け、腰を折って走った。鉄砲の音や喊声が小さくなっていった。

「あの兵では落ちぬな」

牙牢坊が小頭の双軒に言った。牙牢坊らは二俣川を挟んで、二俣城の大手門を正面から望む高台にいた。城の大手門から高台まで僅かに三町（約三百三十メートル）。この高台を月見台と言った。月見台からは城の攻防がよく見えた。勝頼の兵は三千である。三千でどうにかなる、という城でないことは分かり切っていた。城を攻めるには、城兵の十倍の兵が要る。恐らく、数万の兵をもってしても、落とすには日数が掛かるだろう。勝頼は尖兵に過ぎない。

「落ちませぬな」双軒が答えた。

「となれば、徳川と織田の後詰めが気になるところだ。先ずは、見に来る。戦局を己の目で見ようとしてな」牙牢坊が言った。

「それが、本物か影武者か、でございますな」双軒が言った。

信玄は月見台から一里十町の地・亀井戸城に布陣しているのである。必ず戦況を見に来る。己の目しか信じぬのが、信玄である。来る。

亀井戸城から月見台までを信玄暗殺の地と決めてからは、道筋のどこに何があるか、詳細に調べてある。信玄が来れば、襲うのみである。死ぬ覚悟は出来ている。手足が、胴が、首がもげようと、最後まで生き残った者が、信玄を殺す。そう決めてあるのだが、気掛かりは、双軒が言った、月見台に来た信玄が本物であるか否かであった。

信玄には片手の指では収まらぬ影武者がいた。影武者を殺(あや)めても何にもならぬ。
だが、牙牢坊ら伊賀者には頼みの綱があった。もうひとりの小頭・式根が、一度ならず二度までも信玄を見ているのである。一度目は永禄十三年（一五七〇）一月、焼津の花沢城攻めの折であり、二度目は翌元亀二年（一五七一）の三河遠江侵攻の時であった。二度とも同じ顔であったところから、影武者ではなく本物に相違ない、とは思うものの、影武者かもしれぬという疑念は拭い切れずにいた。それを、払拭させたのは牙牢坊だった。既に二度見ており、此度同じ顔であったとなれば、三度目となる訳だ。三度同じ顔を見て、それが影武者であるならば、我らに運無し、と思うしかあるまい。同じ顔をしていれば、本物だ。そう信じるのだ。

殺害の方法は練ってある。

亀井戸城を出た信玄が本物であるかを式根が見定め、合図の烏(からす)を放つ。烏は信玄らを追い越し、牙牢坊らに行き着く。牙牢坊らは罠(わな)を張り、月見台に向かう信玄を待ち構えて襲い掛かり、小鹿川か小鹿川を渡った蛇石(へびいし)で息の根を止める。

信玄は四囲に警護の兵と《かまきり》を配しているだろう。だが、城内に比べればいないも同然である。

「仕留めるのだ。何が起ころうとな」

頭を下げた双軒が顔を起こしながら、戻りました、と言って振り向いた。式根が道悦らと月見台に現れた。鳥の鍛錬をして来たのである。

「どうであった？」牙牢坊が訊いた。

「万全でございます」式根が答えた。

牙牢坊は頷くと、見ろ、と言って二俣城を指した。

二俣川を挟んだ向こうは武田菱の旗がはためき、その向こうは土煙が棚引いていた。武田の兵は土煙の中にいた。土煙目掛けて、城から矢が飛んでいる。空高く射上げられ、雲を背景にした時だけ、矢が棘（とげ）のように見えた。

「城の方々には、精々堪えてもらおうか」と牙牢坊が言った。

「半月堪えてくれれば、必ず様子を見に来るでしょう」双軒が言った。

「その日を命日としてくれようぞ」

牙牢坊は気持ちよさそうに笑うと、月見台を後にした。式根と双軒らが続いた。

この日の城攻めは、申（さる）ノ中刻（午後四時）で終わった。城の損害は軽微であった。

龍五ら山の者は、戦が始まると同時に水の手奉行の指示を受け、水の手櫓にある水汲み小屋から西曲輪にある櫓までの樋に張り付いた。櫓から本丸に上げた水は城の兵によって、北と南の曲輪に流されている。山の者が本丸に上がるのは、壊れ、修理が要る時だけで、櫓や樋が滞りなく役目を果たしている限りは、西曲輪で作業をし、寝る時は二の丸と蔵屋敷の崖下を通り、南曲輪隅に設けられた飼葉小屋脇の小屋に押し込められることになる。

戦が始まると矢弾を受けた者の手当てで水が要る。天龍川から汲み上げる水が増えれば、西曲輪から本丸に上げる水の量も増える。樋を下る水が勢いを増し、飛沫を上げる。桶に溜めた水を雑兵が配る。千二百の城兵が、柄杓を持つ手ももどかしげに水を飲む。噎せ、口から吹き出された水に傾いた日が当たり、輝く。

「追い返したぞ」どこかで誰かが叫ぶ。

「武田なんぞ、大したことはないぞ」誰かが応える。

湧き起こる歓声を中根正照が鎮め、「ようやった」と褒め、煽り、明日もあるぞ、と締める。

龍五らも頭から水浸しになったまま寝小屋に戻る。乾いた物に着替え、熱い雑炊を食いたい。思うことはそれだけだった。

勝頼率いる武田軍は、十月十七、十八日と攻め、十九日は日柄が悪いからと攻城を中止した。

二

その朝勝頼は、供の者数騎を従えて亀井戸城の信玄の許へと向かった。戦況を知らせるためである。と言っても、まだ知らせる何程のこともない。半刻（一時間）も経たずに二俣の陣に駆け戻った。信玄に動く気配はなかった。式根は勝頼を追って順に走り継いで来た下忍を帰し、そのまま地に伏せ、信玄が亀井戸城を離れるのを待った。

二十日。勝頼軍の二俣城攻めが再開された。この日は搦手口を中心とした攻城戦を試みたが、城から撃ち下ろされる矢弾に阻まれ、夕刻前に兵を退いた。

無坂らも草庵に引き上げる頃合だった。龍五らはどこにいるのか分からないのだ。城に潜り込めたとしても、居所を探っている間に見付かれば、間者かと見咎められてしまう。龍五らの姿を見付け出し、合図を送って会える算段を付けるしかない。

「仕方ないな」

志戸呂を促し草庵に戻ると、久六と青地が草庵の前に座って待っていた。千次に言われていたように、斧研の石の後ろの木肌に彫り付けておいた木印を見たのだろう。

「若菜の叔母からの預かり物です」

味噌と塩に蕎麦の実と燻した鹿肉と木の実であった。ありがたかったが、まだ木暮衆の集落を出て半月である。残りはあった。

「様子を見て来い、と煩くて。長も若菜の叔母には負けました」

「済まなかったな」

集落を出てからのことを、伊賀者と《かまきり》らが争ったところを省いて話した。

「こんなことを言ったら、叔父貴に失礼ですが……」

「何だ。はっきり言え」

「何か隠してはおられませんか」

「何を隠すと言うんだ」

荒い声を上げた志戸呂を制して、どうしてそう思ったのか、訊いた。

「俺たちも二俣の城を見てやろうと思い、行こうとしたんですが、何だか嫌な気配がして、近付けなかったんです。あれは何だったんです？」

「《かまきり》は分かるな。それか、伊賀者がいたのだろう」

「俺たち、危ないところだったんですか」青地が訊いた。

「気配が濃いだけで、何も起きませんでしたが」久六が言った。

「ということだったのだろうよ」

「分かりませんが」

「俺たちにも分からんのだが、恐らく《かまきり》も伊賀者も、今は俺たちと、ことを構えたくないのだ」

「済みません。まだ、分かりません」

「二俣の城を武田が攻めている。家康のいる浜松城から僅かに五里（約二十キロメートル）にある城だ。奴らにとって大事なのは、城の攻防であり、信玄の命であり、我らではないということだ」

「面白いところにいるのですね」青地が言った。

「確かにそうだが、一寸先はどう転ぶか分からない闇だ。面白いという奴をここに置いておく訳にはいかんな。明日、夜の明ける前にともに帰れ」

「そんな……」

「駄目だ。いずれこの辺りには血の雨が降ることになるだろう。お前らがいたのでは、俺たちも巻き込まれてしまう」

「叔父貴たちは逃げられるので」久六が訊いた。

「俺たちが何ゆえこの年まで生き残れたか分かるか。逃げる術をよく心得ているからだ」志戸呂が真顔で答えた。

「何が起こるのです？」

「分からない。起こるかもしれないし、起こらないかもしれない」

「分かりました。長と若菜の叔母に伝えておきます」

「何と言うのだ？」志戸呂が訊いた。

「無茶をせず、根気よく龍五の叔父貴たちを探すと言っていた、でいいでしょうか」

頷いた志戸呂が青地に「余計なことは言うなよ」と釘を刺したが、若菜に問い詰められたら、《かまきり》のことも伊賀者のことも話してしまうだろう。それもこれも、志戸呂にしろ、久六にしろ、千次にしろ、皆分かっていることなのだ。それでいい。

その夜は四人で蕎麦雑炊を食べ、翌朝久六と青地は帰って行った。

二十二日の城攻めを見て、無坂と志戸呂は信玄の本隊が来るまでは本格的な攻めはないと踏み、翌二十三日は戦場をぐるりと回って天龍川の上流部に出、そこから川沿いに下って、天龍川に突き出した水の手櫓の様子を見に行った。近付くに従い、鉄砲の音や喊声が聞こえてきた。

川岸の大岩に隠れて見ていると、勝頼軍の一部が回され、水の手櫓の先端にある水汲み小屋に攻撃を仕掛けていた。鉄砲隊は、小屋から川に下がっている釣瓶を狙い撃ちし、釣瓶の縄か釣瓶そのものを撃ち壊そうとし、弓隊は櫓を焼いてしまおうと火矢を射掛けていた。

「そうだ、そうだ。賢く攻めてるでねえか」志戸呂が矢弾に、声低く声援を送った。

弾丸が櫓の板塀に食い込み、火矢が板塀や川からすっくと延びている柱に刺さった。鏃(やじり)に巻いた布から火が上がっている。油を染み込ませてあるのだ。

すると、水汲み小屋の底から先に重しを付けた縄が振り子のように揺れながら下りて来、柱に刺さった火矢を叩(はた)き落としてしまった。

「上手(うめ)え、上手え」今度は、城の徳川方に声援を送っている。

「どっちの味方なんだ？」

「龍五たちが無事に出られれば、どっちでもいいんだ」言ってから、やはり徳川か、と志戸呂が言った。

　家康が竹千代と呼ばれ、今川の人質であった時代から薬草を教えていたことを、志戸呂は知っている。

「あの御方は、もう昔の竹千代様ではない。名乗りを変える度に遠くなられてしまわれた」

「信玄に伊賀者を差し向けたことを言うているのか。正面から戦ったら勝てないんだ。仕方ないだろうが」

「敵わんのなら、死ぬか、膝を屈して許しを乞えばいい」

「そうはいくか。てめえひとりじゃねえんだ」

「謙信様は、戦で決しようとされた」

「俺から見ると、義のお殿様はぶきっちょに見えるがな。武田が用いた調略を俺は認めるぞ」

「俺も認めない訳ではない。血を流さずに済むからな」

「その寛大さで竹千代を見てやればいいのだ。俺たちが小頭の時と今では違うように、人質の時と三河遠江のお殿様では立場が違うのだからな」

「もの分かりがよくなり過ぎているぞ」

へへっ、と言って作った笑みを飲み込み、志戸呂が宙を指した。

水の手櫓の先の虚空に黒い物が浮いていた。それは、杖のようにも槍のようにも見えた。

「木槍……か」

そう思って見ると、確かに木槍だった。木槍は空を斬り裂き、距離と高さを得ると、穂先を下げ、獲物を見付けたノスリのように突っ込んで行った。天龍の流れを遮るように突き出した崖のために、流れが強引にねじ曲げられており、ために上流から運ばれて来た岩や砂が堆積し、小さな洲を作っていた。獲物は、崖上の水汲み小屋に矢弾を浴びせようと、楯で頭上からの攻撃を防ぎ、洲まで出て来た鉄砲隊と弓隊であった。崖上から獲物までの距離は、五十間（約九十一メートル）。木槍は風にのって飛び、楯に刺さり、ふたつに割った。続いて崖上から笛の音が聞こえた。竹に細工笛を仕込んだ多十が投じた、竹槍だった。竹槍も風にのり、木槍近くまで飛んだ。

「随分と飛んだな」無坂が思わず志戸呂に言った。

「あそこまで飛ばすのは、龍五だぜ」

「間違いない。見付けたな」

「だが、当分出て来そうもねえぞ」

また崖上から木槍が、次いで竹槍が放たれた。竹槍の笛が悲鳴のように鳴く中を、落ちどころを探っていた木槍が降下を始めた。洲にいた武田の兵が、砂に足を取られ逃げ惑っている。兵らの直中に落ち、砂に刺さった。

「俺たちがここにいる、と指笛で知らせてやるか」

「そうしよう」

無坂が親指と人差し指を輪にして口に銜え、息を吹き出した。指の間を吹き抜けた風がぴりぴりと震え、高い音を発した。音は、長短を重ね、山の者の符丁となって、崖を駆け上った。

――ここにいる。大丈夫か。

最後に短く三つ音を重ねた。木暮衆と久津輪衆だけに通じる、無坂だという合図である。

待ったが返事は下りてこなかった。吹けない訳があるのだろう。いい。俺がいることは伝わったはずだ。

「引き返すか」志戸呂が言った。

無坂は崖上を仰いだまま頷いた。

翌二十四日。辰ノ中刻（午前八時）。

伊賀七人衆の小頭・式根は、亀井戸城から月見台に通じている道の木陰に潜んでいた。そこからは、大手門の様子も窺えた。大手門とは名ばかりで、丸太で作られた柵である。供は鳥籠を携えた七人衆のひとり道悦と下忍がふたり。四人で信玄が月見台に出向くのを待ち構えていたのである。

突如大手門の奥が騒がしくなった。甲冑の擦れるような音と馬の嘶きが聞こえて来た。もしやすると、と式根が身を乗り出そうとした途端、大手門が開き、槍を手にした兵卒を従えた甲冑姿の侍が奥から走り出して来、左右に分かれて門前に並んだ。馬の嘶きと蹄の音が大きくなった。鎧に身を固めた武将を、十一騎の近習と馬廻り衆が取り囲むようにして現れたと思う間もなく、《かまきり》と透波十名程を従えて、居並んだ兵卒の間を駆け抜けて行った。

式根の役目は、信玄が本物であるか影武者であるかを見抜くことである。呼気を、吸気を止め、食い入るようにして武将を見詰めたが、相手は疾駆する馬の背にあり、瞬く間に式根の目の前を通り過ぎて行ってしまった。顔は兜と供の武者の陰に隠れ、十全に見えた訳ではない。信玄の顔を、これまでに二度見ているとは言え、はっきりとは見えなかったので、馬上の信玄が本物なのか影武者なのか見定めることは出来なかった。しかし、それでは役目は果たせない。直ちに決を下し、信玄を暗殺せんと待ち構えている牙牢坊らに、襲うか否かを知らせなければならない。

あの信玄は本物か。

式根は影武者と見た。確信があった訳ではない。ただ、馬上にあった信玄が、心なしか小さく見えたからに過ぎなかった。

「影武者だ。襲わぬよう知らせい」下忍に命じた。

式根は、道悦の顔に瞬間不安のようなものがよぎるのを見逃さなかった。しかし、無視した。式根自身の胸にもよぎっていたからであった。

下忍は鳥籠から鳥を取り出すと、脚に小さな赤い布を縛り付け、放った。鳥は木立の間を擦（す）り抜けると、勢いよく羽ばたき、一里先で待つ牙牢坊らの許に礫のように飛び去った。

鳥を見送った式根に出来ることは、祈ることだけだった。

牙牢坊の許に、知らせは直ぐに届いた。

「影武者だ」

程なくして馬蹄（ばてい）の響きが押し寄せてきた。散開して、影武者を芯に据えた一群を待ち構えた。前後を《かまきり》に、四囲を近習と馬廻り衆に守られながら、馬群が土（つち）

埃を舞い上げ、通り過ぎて行った。

「追ってみろ」

双軒と鉢八に命じた。ふたりは下忍ひとりを供に馬群を追った。

「某には影武者とは分かりませんでした」但馬が牙牢坊に言った。

「儂もだ」牙牢坊が言った。

それから一刻余の後、信玄の馬群が引き返して来、牙牢坊らの前を通り過ぎた。追うように双軒と鉢八が帰って来た。

「どうであった？」

信玄らは二俣城の攻防を見渡せる月見台で轡を並べると、戦況を見詰めながら城の大手口を中心に搦手口から南曲輪までを眺め回し、話し合っていたらしい。その間に、信玄だと気付いた勝頼が馬を飛ばして、二俣川の浅瀬を渡り、月見台に駆け付けたという。顔を見合わせている八手と但馬に、式根の眼力を疑うな、と牙牢坊が言った。

「彼奴が影武者と言ったのだから、信じろ。それにな。直ぐに影武者と割れるようなことをするはずもなかろう。焦らずに待つのだ」

その頃、月見台に駆けた信玄らの馬群が亀井戸城に着いた。脚並みが緩やかになり、馬群が解けた。信玄の顔が斜めに見えた。似ている。が、違う。目、眉、髭。詳細には分からないが、何かが違った。何かが、どこかが違う。式根には、それで十分だった。奴は影武者よ。胸のつかえが下りた。

その三日後の二十七日。金山衆が大手門の地下まで掘り進めた穴で火薬を爆発させたが、強固な岩盤を崩すには至らなかった。

翌二十八日早朝。亀井戸城の大手門奥から馬の嘶きが聞こえて来た。甲冑姿の侍に率いられた兵卒が走り出して来て、大手門の左右に並んだ。奥から、《かまきり》らを先導に、信玄と思われる武将を中にして十二騎の武者と《かまきり》らが駆け出して来た。

木の陰から凝視していた式根の双眸が、兜の中に食い込んだ。その時だった。信玄がふっ、と空を見上げたのだ。ために、眼差しと髭がはっきりと見えた。信玄入道だった。間違いなかった。焼津の花沢城攻めと武田の三河遠江侵攻の時に見た顔と同じだった。

土埃に霞んでいた見送りの兵卒らの姿が、見え始めた。中程にいるのは近習頭の板倉七郎兵衛だった。三日前にはなかった姿である。

「信玄だ。知らせい」咽喉から言葉を押し出すようにして、下忍に命じた。

白い布を脚に付けた鳥が、鳥籠から放たれた。道悦が拳を握り絞めて見送った。

三

木の間を、鳥が礫のように飛んで来た。式根からの知らせである。脚が見えた。白い布片が結ばれていた。信玄が来るのだ。

瞬間、四囲の枝葉が、牙牢坊らの殺気で震えた。

牙牢坊が右の拳を左掌に打ち付けた。合図だった。持ち場に就け。

吠えようとする思いを呑み込み、双軒、鉢八、八手、但馬、そして下忍らは地を蹴り、道の両脇に広がる藪に、木立の上に隠れた。既に命は捨てていた。生きて再び伊賀の里に帰ろうなどという思いは、誰の胸にも、微塵もなかった。見知らぬ土地の土になる。それが定めだ、と疑いもなく思っていた。

暫しの時が流れ、日が僅かに動いた。

騎馬の立てる蹄の音が、秋津野の方から重く響きながら近付いて来た。先頭に騎馬の者三騎が並び、左脇前方を《かまきり》の棟梁の五明が駆けていた。信玄らしき武将を囲み、近習と馬廻り衆が八騎おり、その前後に《かまきり》と透波が合わせて十一名いた。

狙うは、信玄の命ひとつ。掛かれ。

喬木(きょうぼく)の上から見下ろしていた牙牢坊の眼下の木が倒れ、道の行く手を塞いだ。騎馬と《かまきり》らが駆け抜けた後ろでも木が倒れている。退路も閉ざした。

慌てて手綱を引いた騎馬武者どもが、馬首を巡らせている間に、逃げ道を作ろうと透波が地を蹴り、宙を飛んだ。弦の弾ける音が立て続けに起こり、四囲の藪から矢が放たれた。透波ふたりが射貫かれ、鎧を着込んだ騎馬武者三人が胸と背と腕に矢を受けて馬から落ち、動かなくなった。騎馬群がひとりを軸に渦を巻いた。軸が信玄であることは間違いない。

襲え。

牙牢坊が木立の上にいる下忍三人に指で命じた。下忍らは枝に絡ませていた縄を握り締めると、宙を滑り、刃を翳(かざ)して騎馬群の中心目掛けて飛び降りた。ひとりが、騎馬武者が咄嗟に立てた槍に田楽刺しになり、もうひとりは棒手裏剣の餌食になったが、三人目の刃が武者の胸から腹を裂き、馬の背に刺さった。三人目の下忍は一騎倒したところで、背後の馬上から振るわれた太刀で首をなくした。下忍の血が噴き上がり、辺りを赤く染めている。信玄の馬が騎馬群の中央から動いた。轡を手にした者に引かれている。

信玄が牙牢坊の真下に来た。太刀を抜いた。牙牢坊の身体が前に倒れた。

風が頬を切った。牙牢坊は、雷となって落下した。信玄の兜が、袖が眼下にあった。太刀を錣に突き立てた。錣は兜の後ろに垂れている頸を覆い守るものである。その錣に五寸（約十五センチメートル）程食い込んだところで太刀が折れた。半分になった太刀は、信玄の腿と馬の腹を斬り裂き、牙牢坊とともに止まった。左手に摑んでいた縄が、牙牢坊の身体を地上二尺（約六十一センチメートル）で止めたのである。馬の腹が裂け、腸が弾け飛んだ。信玄が肩口辺りと腿から血を噴き出しながら、その上に落ちた。

殺ったのか。

確かめる暇はなかった。黒い影が、地を掠めるようにして襲い掛かって来た。影の繰り出した忍び刀を躱し、苦無を構えた。

「牙牢坊、生きて帰さぬ」影が言った。五明だった。

おうっ。牙牢坊が叫んだのと同時に、火薬の噴き出す音がし、数瞬の後、頭上で炸裂音が起こった。透波が上げた、本陣のある亀井戸城に異変を知らせる狼煙だった。

五明の刃を躱しながら、駆け寄って来た下忍に、倒したのは信玄か、影武者か、見るように叫んだ。援軍が来る前に、知っておかねばならない。

急げ。怒鳴り、命じた。下忍らが血の海に沈んでいる信玄の許に駆けた。囲んでいた武者が抜刀して、下忍に立ち向かっている。

辺り一帯が、刃と刃が嚙み合う音で溢れた。行く手と退路を倒木に挟まれた狭隘の地に、既に動けない者もいるが、信玄ら甲斐勢が、牙牢坊ら伊賀勢が剣を振るい、手裏剣を投げ、矢を射ているのである。目の前を矢が飛び、首筋を棒手裏剣が掠め、腕に、腿に思わぬ方からの攻撃を受けそうになる。

「続け」

大声を上げているのは《かまりの里》から来た宗助だった。鎖と鉄片で編んだ鎖帷子を着込んでいる宗助は、手裏剣や矢をものともせずに動いている。透波らを使い、道を塞いでいる倒木を、騎馬一騎が通れる分、払い取ろうとしているらしい。飛び来る矢や手裏剣を刀で叩き落とすか己の身体で受け、その間に源作や水鬼、長九郎らに、あの弓を潰せなどと指示をくれている。

五明の忍び刀が牙牢坊の右腕を掠めた。血の筋が、つつ、と流れた。牙牢坊の目が、信玄と思われる亡骸をちら、と見た。下忍と武者らが転げ回りながら戦っている。

閉ざされ、煮詰まりそうになっていた修羅の地に流れが生まれた。前にと動いている。

「木を払った。進めるぞ。馬に乗られい」宗助が騎馬武者に叫んだ。

馬群を輪にして壁を作り、《かまきり》と透波に守らせていた武者らが一騎ずつ倒木の隙間を擦り抜け、小鹿川に向かって走り出した。その先には月見台があり、勝頼の兵がいる。

逸早(いちはや)く抜け出した水鬼が先に立ち、次いで宗助が騎馬を誘導して駆け出した。亡骸を守っていた武者らも下忍の手を逃れ、馬の腹を蹴っている。一色と源作、長九郎の姿が見えた。馬群を守り付いて行こうとしている。

倒したは、信玄ではなかったか。牙牢坊が歯噛みをした時、八手が下忍を率いて現れた。本陣に逃げ帰ろうとする甲斐勢を阻止するために、背後からの攻めを任されていたのだ。牙牢坊に気付いた八手が、騎馬を追うように言った。

「あの中に、本物の信玄がいると見ました」

「儂も、そう見た」

五明は手前にください。今度こそ仕留めてご覧に入れます。五明の前に回り込み、間合に縄を投げ広げ、背帯に差していた忍び刀を牙牢坊に投げた。

「お使いください」

「借りるぞ」

牙牢坊は倒木を飛び越えると、騎馬を追った。

「巻き添えを食いたくなくば、汝(うぬ)らも行け」下忍どもに言いながら、八手が鎌の柄を口に銜え、縄を揺すった。縄が生き物のようにうねり、鎌首を擡(もた)げた。下忍どもは飛び退くようにして牙牢坊の後を追った。

八手の手の動きに合わせ、縄が地を走り、五明の足許に伸びた。五明の身体が、ふっ、と浮いて下がった。五明を追って、縄が飛び付いた。縄の先端が断ち切られ、地に落ちた。八手の操る縄の数が増えた。五明を狙って真っ直ぐに奔る縄と、弧を描いて飛ぶ縄が、触手のように襲った。

手に、足に、肩口に、縄は隙を見付けては、這い、奔り、宙を飛んだ。五明の足が縄に押され、じりと下がった。

「大蛇(おろち)っ」八手の手から縄が放たれた。

縄が八つの頭となって、五明目掛けて奔った。

五明が、縄を見据えながら下がり、倒木の枝を刀で払った。縄が斬り落とされた枝に絡んでいる。

「ぬっ」八手が縄を手繰り寄せるのに合わせ、五明が棒手裏剣を投じた。縄の間を縫うように飛んだ棒手裏剣の後を追い、五明が駆けた。八手の縄が一斉に向きを変え、五明の腕に、足に、首に、巻き付いた。五明の身体が縄に巻かれ、厚ぼったく膨らんだ。死ねっ。八手の鎌が縄を突いた。刀が落ち、鎌に縄と五明の忍び装束が絡んで落ちた。だが、五明の姿がない。

「何っ？」

叫んで飛び退いた先に、縄抜けをしていた五明が待ち構えていた。五明の苦無が八手の胸を突いた。

八手が己の血溜(ちだ)まりに浸かり始めている。五明は、苦無に血振りをくれると、忍び装束を纏い、刀を拾い、騎馬群と伊賀者を追った。

木立の向こうで人が駆け、草を踏み、土を蹴る音がした。争っていることは分かったが、五明には誰が戦っているのか分からなかった。唯一分かっているのは、騎馬武者ではないことだった。騎馬武者ならば、一騎のみ木立に引き摺り込まれることはない。五明は迷わず騎馬武者を追って先を急いだ。

木立の中で戦っていたのは、牙牢坊と源作だった。信玄を追って駆け出した牙牢坊に気付いた源作が、透波を配して半弓で襲い掛かったのだ。牙牢坊を追って来た下忍は、ふたりとも半弓の餌食になっていた。

「先を急がねば……」

透波を斬り払おうとするのだが、一合二合斬り結んでは間合の外に出てしまう。このままでは信玄には追い付けぬ。

「行くぞ」

強引に透波どもに斬り掛かった。今度は逃げずに斬り結んでいる。よい覚悟だ。牙牢坊が刀を振り翳した。目の前にいた透波が、ふいに屈んだ。何？　同時に横に飛び退いた牙牢坊を掠めて、矢が飛来し、行き過ぎた。

驚いて牙牢坊を見上げた透波の咽喉を斬り裂き、胸を蹴り飛ばした。

透波が屈む前に、短く鋭い怪鳥（けちよう）のような鳴き声がした。あれが合図だったのか。源作と標的の間に立ち、鳴き声が聞こえたら、即座に身を躱す。敵が矢に気付いた時には、既に刺さっている。そういうことか。

残るもうひとりの透波が打ち掛かって来た。まだ通用するとでも思っているのか。短い鳴き声が聞こえた。横に飛んだ透波に合わせて飛び、腹を斬り裂き、矢を番（つが）えている源作目掛けて駆けた。
矢が来た。同時に二本射たらしい。一の矢は真っ直ぐに、二の矢は山形になってい
る。掠めるようにして躱すと、次の矢が来た。身体に吸い付くように寄って来たが、
間合の内から繰り出した一刀で矢を斬り落とし、飛び込んで源作の首筋を斬り捨て
た。血達磨になって地に転がっている源作と透波ふたりを打ち捨て、牙牢坊は騎馬を
追って走り出した。途中、朱に染まっている騎馬武者の脇を走り抜けた。

牙牢坊の行く手にある木立では、別の戦いが始まっていた。
七人衆の小頭・双軒と《かまきり》の長九郎に、それぞれ下忍と透波がひとりずつ
付き、相手の呼吸を読み合っていたのだ。双軒の得意技は左右両手で投ずる十字手裏
剣で、長九郎は余人には扱えぬ重さの斧を、自在に振うことだった。徳川と甲斐の忍
びとして、二度顔を合わせたことがあった。双方とも手の内は知っていた。今日でど
ちらかが死ぬ。分かっているのは、互いの潜んでいる場所とそれだけだった。
「行け」長九郎が透波に命じた。囮である。
双軒も下忍を放ち、手裏剣を構えた。下忍を襲わせ、その隙を狙うのである。
透波と下忍が、藪の下草を這い進み、木立を背にして立ち上がっている。透波が懐

から紐を取り出した。両端に重しが付いている。透波が木立目掛けて投じた。紐が木立をぐるりと回った。手応えがあった。透波が勇んで躍り出た瞬間、額に手裏剣を受け、背から地に落ちた。

紐を切った下忍が木立から、遅れて双軒が藪陰から飛び出し、長九郎が潜んでいる藪に手裏剣を打ち込んだ。

殺ったか。

下忍の耳が、羽虫の羽ばたくような音を聞いた。何だ、と思った時は遅かった。右の足首が、飛び来た斧に断ち切られて跳ね飛んだ。双軒は既のところで飛び退って躱した。斧はそのまま飛び、木立の幹に刺さって止まった。

残すは一本か。双軒は藪を透かし見た。長九郎は手にしている斧の他に、背に一本担いでいた。

「長九郎」双軒が言った。「決着を付けてくれようぞ。出て来い」

「どうした？　威勢がよいではないか」

双軒の右手の藪が騒ぎ、長九郎が姿を現した。双軒の手から手裏剣が飛んだ。斧に当たり、撥ねて落ちた。

「俺に手裏剣が届くかな」長九郎が言った。

「案ずるな……」

双軒が答えた時には、長九郎が駆け始めていた。一足毎に間合が詰まっている。手裏剣が飛んだ。十字手裏剣は棒手裏剣と違い、反りを入れることで意のままに曲げて投げることが出来た。双軒の手を離れた手裏剣が、中空を滑り、長九郎目掛けて飛んだ。

斧が閃き、手裏剣を撥ね落とした。

斧を掻い潜った手裏剣が長九郎の肩口に刺さった。それをものともせずに長九郎が斧を振り上げた。

斧が唸りを上げる寸前、藪が捲れ上がり、放たれた棒手裏剣が長九郎の足に刺さった。

誰だっ。睨んだ長九郎の目に牙牢坊の姿が映った。

「棟梁」

双軒が叫び、十字手裏剣を構える隙に、長九郎は藪に転がり込み、斧を投げ捨てた。斧が木立の幹を、枝を伐り倒して音を立て、長九郎の気配を消した。

藪を見渡していた牙牢坊が目の動きを止めた。あそこだ。窪みを凝っと見据えると、仕留めるぞ、と言った。双軒が十字手裏剣を投じるのに合わせ、牙牢坊が棒手裏剣を三本投げた。立ち木の葉が飛び、落ちていた枯れ葉が舞い上がった。血潮がにおった。双軒が藪に分け入り、窪みを探った。腹を裂かれた鼠が枝に繋がれていた。

「逃げられたようです」

「命冥加な奴よ。追うぞ」牙牢坊が双軒に言った。足首をなくした下忍には目もくれなかった。

木立を抜け、小鹿川に向けて走り出した。道が大きく左に曲がり始め、その先から濃密な人の気配が立ち上ってきた。

走る足を緩めた。騎馬武者がひとり、首筋を掻き斬られ、道を塞ぐように倒れていた。その先で、七人衆のひとり・但馬と配下の下忍が槍と刀を手に向かい合っている。双方の刃が、但馬の槍の穂先が、下忍の刀の切っ先が、相手の腹に刺さっていた。

《かまきり》の一色の口許が動いた。

「もっとだ。もっと深く刺すのだ」

騎馬武者が牙牢坊と双軒に気付いた。一色に教えた。

牙牢坊の苦無が一色と武者に飛んだ。一色は躱したが、武者は膝上に受け、倒れた。

間髪を入れず、双軒の十字手裏剣が続いた。武者が額と咽喉に受け、血を吐いて事切れた。一色も躱し切れず、腕と足に十字手裏剣を受けた。それで術が解けたのだろう。但馬と下忍が、互いの腹を見ながら腰から崩れ落ちた。

「おのれ」

一色が右腕を高く上げると、懐から這い出した二匹の野衾（むささび）が、するすると腕を上り、牙牢坊と双軒目指して掌を蹴った。

牙牢坊と双軒が、野衾を目で追っている。

いいぞ。それで催眠の術に半分掛かったも同じだ。

牙牢坊と双軒の身体に着いた時には、ふたりとも意のままに操ることが出来る。殺し合いをさせてくれるわ。飛べ。一色は、叫び掛けた声を、思わず呑み込んだ。飛膜を広げている野衾を前にして、牙牢坊と双軒の手が動いたのだ。それぞれが手にしている苦無が縦に光り、野衾の身体がふたつに千切れて地に落ちた。と同時に、苦無が飛び、一色の胸と眉間に刺さった。

一色が倒れた時には、牙牢坊と双軒は走り出していた。

牙牢坊らが一色に出会した頃――。

一町余先で、《かまりの里》の宗助と七人衆の鉢八が刃を交えていた。鎖と鉄片で編んだ鎖帷子を着込んでいる宗助と、笹を風にのせて飛ばし、肌を斬り裂く《笹小舟》を決め技にしている鉢八の戦いである。宗助は己が勝つことを毫も疑っていなかった。

「笹で鎖が切れるか」

間合に飛び込み、宗助が刀を鉢八に打ち付けた。鉢八は巧みに躱しながら風上に回り込み、樹上に跳ね上がり、笹を飛ばした。笹は風にのって宗助に纏わり付いた。

「切れぬと言うたであろうが」

笹は、鎖と鉄片で覆われた腕や足を掠めて落ちた。

「敵わぬまでも、挑まねば勝てぬ」

「よい心掛けだが、それまでだ」

宗助が樹上の鉢八を見上げた。鉢八の身体を包むように、何かが光った。何か、と見ている間に、右の目に激痛が奔った。咄嗟に左目を庇い、真横に駆けた。棒手裏剣を続けざまに打たれた。胸に腰に当たって跳ね返っていたが、一本が左目を庇っていた手の甲に刺さった。

くそっ。甲に刺さった棒手裏剣を抜いていると、背後の藪の奥で物音がした。慌てて振り向いたのと同時に、左目に激痛が奔った。視界が閉ざされ、真っ暗になった。草を踏む足音が近付いて来た。宗助は腰を屈め、身構えた。足音は止まらずに近付いて来る。止まれ。宗助が叫んだ。尚も近付いて来る。宗助が刀を縦横に振るった。首筋に風のようなものが当たった。皮膚が裂け、血が噴き出すのが分かった。

笹か。笹で斬られたのか。これが笹で斬られた時の痛みなのか。

その時になって、視界を閉ざしたものが、笹を干して細かく碾いたものであることに思いが至った。

「負けた……」

地に付いている宗助の耳が足音を拾った。ふたりの足音だった。敵か、味方か。どっちなのだ？　足音が一旦止まり、ひとりが近付いて来た。何も言わない。敵か。そこで、宗助は事切れた。

宗助が聞いた足音は、牙牢坊と双軒のものだった。

「信玄は？」牙牢坊が鉢八に訊いた。

「通り過ぎたばかりです」

よし、と牙牢坊が言った。

「双軒、鉢八。ここで儂ら三人とは、上手く運んでくれたものよ」

加勢が来る前に、入道の首を取ってくれようぞ。牙牢坊を先頭に、双軒と鉢八が地を蹴った。

くねとした道が続いた先から馬蹄が聞こえた。牙牢坊らの足が更に速度を増した。

騎馬武者の背が見えた。

牙牢坊の手から棒手裏剣が放たれ、最後尾の武者の背に刺さり、鞍(くら)から落ちた。

五明と透波が馬群の両脇を擦り抜け、後尾に回って来た。

馬群の行く手が白く光った。小鹿川である。

「御館様」と叫ぶ五明の声が、牙牢坊らに微かに聞こえた。「川をお渡りください。我らは、何としてもここで食い止めますゆえ」

馬群の中央にいる武者が、何か答えている。

「彼奴が信玄入道だ。逃すでないぞ」

牙牢坊と双軒と鉢八が横に並び、得物を抜き払った。

川に着いた馬群が一斉に飛沫(しぶき)を上げ、流れに踏み込んだ。深い川ではない。渡河しているのは、最深部でも一尺（約三十センチメートル）の浅瀬である。しかし、馬の脚並みを遅らせるには十分だった。

牙牢坊と双軒が手裏剣を手にした。鉢八の顔を風がなぶった。風下である。笹は使えない。懐から手裏剣を取り出した。

五明らと牙牢坊らが手裏剣を投じ合っている間に、馬群は川の半ばに達した。五明が馬群に戻り、轡を取って引いた。残されていた透波が双軒の十字手裏剣の餌食になって倒れ、川下に流されて行く。

「追え」

牙牢坊が叫んだ。双軒と鉢八が流れを蹴立て、手裏剣を投げ続けた。騎馬武者のひとりが、手綱を握り絞めたまま、手裏剣を満身に受けている。

双軒の手から飛んだ十字手裏剣が、弧を描いて馬群を回り込み、先を行く武者に刺さった。

手応えがあった。残る騎馬は一騎だった。彼奴を殺れば、誰が信玄であろうと、殺したことになる。逃して堪るか。双軒が両の手に十字手裏剣を持って構えた時、川面をうねるようにして流れて来た瓢簞が爆発した。水飛沫を雨のように降らせ、霧のように棚引かせた。瓢簞は五つあった。それが順に爆発し、川の中から男が立ち上がった。水鬼だった。棒手裏剣と十字手裏剣が、透き通り、水の塊になった水鬼の身体を貫いた。水の塊が壊れて、川に落ちた。川縁に伏せた五明の脇に、鞍から飛び降りた騎馬武者が屈み込んだ。信玄入道の動きではない。忍びの鍛錬を受けた者の身のこなしであった。

「引け。罠だ」牙牢坊が叫んだ。「川から出ろ」

牙牢坊の後に鉢八が続いた。双軒は、まだ十字手裏剣を手にして川の中にいる。水鬼と決着を付けるつもりなのだ。

「戻れ」牙牢坊が怒鳴った。

牙牢坊の声に被さるようにして、背後から馬蹄の音が重なり響いて来た。援軍が来たのだ。

「これまでだな」

双軒を再び呼び戻そうとしたが、動かない。身動きが取れなくなっているかに見えた。

水の中の至る処で水鬼の気配がするのだが、見てもどこにもいない。

どこだ？　出て来い。黒いものが水底を掠めるように動いた。そこか。刀を銛のように使い、刺した。二度三度と刺していると、川面が持ち上がって鋭く尖り、双軒の腹を抉った。双軒は川面を朱に染める己の血を踏み越え、岸に上がり、信玄に斬り掛かった。信玄の手が翻り、棒手裏剣が双軒の額に飛んだ。

信玄が兜を脱いだ。《かまきり》の仁右衛門が、そこにいた。

「棟梁、彼奴(あやつ)は影武者……」

鉢八の呟きを、本陣から駆け付けた馬蹄の音が掻き消した。

四

その頃――。

亀井戸城大手門近くの藪では、もうひとりの小頭の式根が、道悦と下忍のふたりに、しくじったかもしれぬ、と告げていた。

しくじった、には、ふたつの意味があった。

ひとつは、牙牢坊らの襲撃が不発に終わったことを意味し、もうひとつは月見台に向かった信玄を本物と見たのは己のしくじりであったかもしれぬ、であった。

ひとつ目は、為し遂げた暁にはあるはずの知らせがないことから、そう思われた。

ふたつ目は、襲撃の報を受け加勢に出た兵の中に、透波らしき姿はあったが《かまきり》の姿がなかったことと、近習頭・板倉七郎兵衛が本陣である城に残ったことであった。ともに守るべき者と従うべき者が陣にいたことになる。

いずれにせよ、信玄が生きていることを指していた。

「斯くなる上は、我ら四人で信玄公のお命を頂戴するぞ」

道悦らが頷いた。

「我らの企てがなるかならぬかは、これより僅かの間で決まる。強運であることを祈ろうぞ」

式根は懐から革の袋を取り出した。楕円形の紫黒色をした木の実と、その木の実と同じ大きさに丸めた練香が入っていた。それらを掌にあけると、立ち上がり、藪から出た。

二万の兵は亀井戸城など四つの城に分散しているのだが、それでも城中には収まり切れない。門や堀の外で野営する兵もいる。それらの兵と兵に紛れて忍び込もうとする敵方の忍びを見張るために、常に兵が見回っている。式根らが立てた枝と葉を擦る音に気付き、「何者か」と声を荒げ、駆け足で寄って来たのは、そのような見回りの兵であった。

「我らは近習頭・板倉家の者。怪しい者ではござらぬ」主命により、これを探していたのだ、と式根が木の実を見せた。

実の色と形が鼠の糞に、葉が黐の木の葉にそっくりなところからネズミモチと呼ばれる木の実だった。

「実は煮詰めて丸薬にし、葉は干して煎じると、身体によいのだ。においもよいぞ」

式根は嗅いで見せると、見回りの兵らに実をのせた掌を差し出した。幾つもの木の根を干して碾いて作った香料を練り固めたもので、花のような甘い香りがした。

「よい香ですな」

思わずうっとりとして式根の目を見た時には、兵は《花信》の術に掛かっていた。

配下の兵にもにおいを嗅がせてから、城門の中に入れるよう告げろ、と命じた。見回りの兵が板倉様の御家中の方だと言い、門を開けさせた。大手門の脇に、急拵えの門番の詰所があった。本陣になったので置かれたのだろう。城番方物頭の小平数右衛門と配下の者にも術を掛け、我らの姿を見たら即座に門を開けるように、と暗示を掛けた。

式根は大手門から本丸に延びる幅三間（約五・五メートル）の大手道を見上げた。

多人数の兵が留まっていたことがないらしく、小屋などは数える程しかなかったが、大手道の両側が雛壇になっており、そこに屋根が葺かれ、兵が野営していた。

　どうやって通り抜けるか。思案をしていると、城をぐるりと取り巻いている土塁を見回って来たのか、詰所の裏から延びている土塁下の小道から人の来る気配がした。供の者三名を従えた武将だった。

「どなただ？」式根が物頭に訊いた。

「右衛門尉様です」

　土屋右衛門尉昌次。騎馬百騎を預かる侍隊将である。板倉七郎兵衛の許への案内のみならず、城中を攪乱させるのに打って付けの武将であった。式根は物頭ら門番と見回りの兵らとともに隅に身を引いた。

「しっかりと見張れよ」

　行き過ぎようとした右衛門尉を式根が呼び止め、掌を差し出した。これをご覧ください。

「んっ？」

　右衛門尉らも、《花信》の術に落ちた。

　式根は右衛門尉らそれぞれの襟許に練香を貼り付け、暗示を掛けた。

「命尽きるまで、我が命に従え」

　見回りの兵と大手門の門番らを残し、右衛門尉の先導で大手道を上った。板倉七郎兵衛が詰めているのは、本丸にある館の一室である。まだ、上りは続いている。

　式根は右衛門尉らに足を急がせるように命じた。

虎口を抜けた。本丸に出た。振り返ったが、式根らを怪しんで追って来る者はいなかった。ここまでは、上手くことが運んでいた。よしっ。自らに言いながら本丸の奥を見た。一角が板塀で囲まれていた。山頂に建てられた館を風から守っているのである。

　屋根の上に物見櫓が設けられていた。

「板倉七郎兵衛に取次がせるのが、一番面倒がない。急ぐぞ」

　右衛門尉を急き立てるようにして本丸に足を踏み出すと、館から出て来る者がいた。

「誰だ？」

「板倉殿だ」

「近習頭のか」

「そうだ」

　おうっ。思わず咽喉を鳴らし、式根が言った。

「御館様に知らせたき儀があると言うのだ」

右衛門尉が七郎兵衛を呼び止めた。

「今は差し控えるべきかと心得ます」七郎兵衛が、重臣方ではいけませぬか、と訊いた。

「これをご覧ください」

式根が掌の木の実を見せ、においを嗅がせた。七郎兵衛と供の者が術に落ちた。式根は七郎兵衛らの襟許にも練香を貼り付けると、何ゆえ今は会えぬのか、問い質した。

「今朝方血を吐かれ、伏せっておられるからです」七郎兵衛が抑揚のない棒のような声で言った。

「お具合は、悪いのか」

「薬師は、『ひどく悪い。直ちに甲斐府中に戻らぬと、御命を縮めることになる』と」

薬師の名は、半井寿元。信玄を、多年に亘って診ている薬師であった。

「戻らぬと、余命は？」

「恐らく半年程か、と」

式根は道悦と下忍らの顔を見てから、信玄の余命を知っているのは誰なのかを訊いた。まだ僅かの者しか知らなかった。

「板倉殿は、どうして知っておられるのか」

「御館様と薬師の話を聞いてしまったのです」

それは重畳。式根は信玄が何と言ったか、甲斐に戻るのか否かを問うた。

「織田のうつけの首を掻き斬るまでは戻らぬ、と仰せにございます」

となると、信玄の命は保って半年余である。どうするか。瞬時迷ったが、二俣城が落ちれば浜松城は目の前だ。殺すに如くは無い。

七郎兵衛に信玄への取次を命じるとともに、

「急ぎ殿に知らせよ」

ふたり連れて来ていた下忍のひとり、墨丸に浜松まで走るように命じた。敵陣の中を走らせるのである。亀井戸城を出、合代島を抜けるまでは土屋右衛門尉の供侍に先導させることにした。ここまで、と見切りを付けたところで、供侍は殺せ。

墨丸が供侍とともに大手道を下って行くのを目の隅で見、式根らは館に向かった。

「右衛門尉様は、我らを止め立てしようとする者の排除をお願いいたします」

「承知した」

右衛門尉を後尾に配した。式根が道悦と下忍を見た。ふたりが頷いた。館に着いた。板倉七郎兵衛が火急の用だと告げ、ひとりで奥に向かった。待つ間もなく式根らと土屋右衛門尉も奥に通された。

式根は右衛門尉に廊下を見張るように言い、道悦と下忍を供に信玄を待った。病が重く謁見の場に出て来れない時は、七郎兵衛が御座所近くに通すはずである。事はなったも同然。式根は綻（ほころ）びそうになる口許を引き締めた。

《かまりの里》の千々石と木魂と、今は《かまきり》の小頭になっている日疋は、透波らを率いて城中を見回っていた。

信玄の影武者を囮として月見台に送り、牙牢坊ら七人衆を誘い出すという五明の罠は成功したらしいが、その後の知らせがまだなかった。どうしたのか。《かまりの里》からともに来た水鬼と宗助が囮隊に加わっていた。

敵であれ味方であれ、しくじれば、待っているのは死のみである。それが、忍びや細作と呼ばれる者の定めだった。

無事でいてくれればよいが、と木魂に言おうとして、そのにおいに気が付いた。大手門の脇にある門番の詰所から、微かだが花のような甘い香りがしている。木魂と日疋も気が付いたらしい。

「妙だな」

千々石が詰所の中にいた物頭らを外に出し、中を調べた。何もにおいを発するようなものはない。見回していると、日疋に呼ばれた。襟許を指差し、練香だと言った。

「催眠の術のようだな」

伊賀に花の香りで眠らせ、意のままに操る者がいると聞いたことがある。千々石が言った。

「其奴の仕業だろう」

「その者だとすると、なぜこの者どもに術を?」日疋が物頭らを見た。

本陣に現れたのだ。狙いはひとつしかあるまい。

「然為れば……」

と呟くや否や、千々石が背帯に差した脇差を、練香を貼り付けられた者らの腹に、次々と突き立てた。

「此奴らは、伊賀者にどのような術を掛けられているか分からぬからな」

騒ぎになるといかん。戻るまで、見ておれ。千々石は透波を見張りに残すと、本丸に向かって大手道を駆け上がった。日疋らが続いた。

千々石に木魂に日疋、それに透波がふたり。計五人の忍びが風となって走った。落ち葉が揺れ、騒ぎ、五人の後を追った。

廊下に足音が響いた。近習の者が低頭したのを見て、式根らも頭を下げた。

「面を上げい」

顔を起こすと、髭を蓄えた入道頭の武将がいた。少し離れたところに板倉七郎兵衛が着座している。入道頭の武将は、花沢城攻めと三河遠江侵攻の折に二度見た信玄と同じ顔であり、身体付きであった。

だが、この信玄は馬を駆り、月見台に出向き、棟梁らに襲われていたはずではないか。どうしてまったく同じ顔形の者がここにいるのだ。月見台に駆けたと見た信玄は、見誤りであったのか。

ここにいるのが、本物だ。そう考えよう。だが、本物だとすると、血を吐いたという話はどうなるのだ？　ここにいる信玄は、あれは近習頭・板倉七郎兵衛の聞き違いであったのか。薬師・半井寿元の見立ては何と考えればよいのだ。

「火急の知らせとは何か」信玄が、七郎兵衛に言った。

「申し上げよ」七郎兵衛が式根に言った。

「はっ」

式根は混乱する頭で、決を下した。殺そう。目の前にいるのが信玄ならば、殺すことで片が付く。偽者ならば、血を吐いたのが本当であり、余命は僅かしかないことになる。

式根は道悦に頷いて見せた。殺れ、の合図である。道悦が腰帯に差していた吹き矢に手を掛けた。短く切り詰めた吹き矢は直ぐ抜けた。

表の方で声がした。右衛門尉らが迎え撃とうと駆け出した。

道悦が矢を詰めると同時に吹き放った。毒を塗った矢は真っ直ぐに飛び、信玄の咽喉に刺さった。次いで二本目の矢が右目を射貫いた。咽喉をやられ、叫び声を封じられた信玄が横様（よこざま）に倒れた。駆け寄ろうとした近習の背に、下忍が棒手裏剣を投じた。止（とど）めを刺そうと、式根が刀を抜き払った。

音高く襖が開き、千々石らが躍り込んで来た。下忍ひとりの額が割られ、返す刀で首が皮一枚を残して断ち斬られた。

矢を番え、構えた吹き矢を木魂の刀が横に払った。道悦の五本の指が落ち、血を噴いた。次いで木魂の刀が道悦の頭の上半分を薙（な）いだ。脳漿（のうしょう）が弾けて板床に散った。

どうと倒れた道悦の脇を、日疋の投げた棒手裏剣が飛び、信玄に詰め寄ろうとしていた式根の両足を捕らえた。倒れた式根目掛け、日疋が宙を蹴って飛び、背に刀を突き立てた。切っ先が身体を貫き、板床に刺さった。

式根の目の前で、藻掻いていた信玄の動きが止まった。

血に染まった口を開け、式根が笑った。殺りましたぞ。叫ぼうとして、式根の顔が凍り付いた。

のそりと奥から出て来た入道頭が、

「ここまで入られるとは何事か」

と言って血の海を見渡した。

「儂らが囮を走らせたように、牙牢坊め、己を囮にしおったか」

「…………」

殺ったのは、信玄の影武者であったのか。胃の腑の底から熱く、生臭いものが込み上げてきた。これまでか。思った時には、式根の耳から音が消え、視界が黒く閉ざされた。

この時、下忍の墨丸は――。

亀井戸城を出てはいたが、まだ合代島にあった。土屋右衛門尉の供侍に先導させていたとは言え、見咎められるのは避けなければならない。逸る心を抑え、歩きに徹していたのだが、先を行く供侍が、突然足を止め、頭を抱えたのだ。

聞いていた。《花信》の術が解けた時は、頭を抱え、暫し動きを止める、と。そして、その時は、術者である式根が息絶えた時だ、とも。

供侍は術を掛けられてからのことは何も覚えていないはずであったが、墨丸は頭を抱えて立ち尽くしている供侍の脇を擦り抜けると、天龍へと足を急がせた。


一方、牙牢坊は――。

振り返ると、追って来るぞ、と鉢八に言った。

「頭数は十四、五。五明らに援軍が加わったか」

左手の藪の奥から、人の近付いて来る気配がしている。

「別口もいるようです」

鉢八が風上に回りながら身構えた。

枝を払い、男が藪を抜け出して来た。手に斧を持っている。鼠を使い、窮地を脱していた長九郎だった。

「ようやく見付けたわ」

長九郎が言った。肩先と足が血潮に濡れていた。足の傷は、牙牢坊の投じた棒手裏剣が付けたものである。

「汝の腕では儂に勝てぬ。無駄死にするな」牙牢坊が言った。

「《かまきり》を嘗めるでないわ」斧を軽々と振り回し、叫んだ。「素っ首を叩き落としてくれる」

やれるかな。踏み出そうとした鉢八を、牙牢坊が制した。

「任せろ」

言った時には、身体を小刻みに揺らしながら間合に踏み込んでいた。

「馬鹿めが」

長九郎の斧が唸りを上げて打ち下ろされた。二度程体を入れ替えた後、斧が牙牢坊の首筋に飛んだ。首を刎ねたかに見えたが、斧は空を斬り裂いて流れた。水を斬るように、牙牢坊の首を素通りしただけだった。次の瞬間、長九郎は背から刃を突き立てられていた。

「逃げるぞ」

牙牢坊と鉢八が藪に飛び込むのとほぼ同時に、五明らが反対側の藪から飛び出して来た。

「そこだ」

五明が、牙牢坊らが入った藪を指差し、矢を射るように弓隊に命じた。射手は、《かまきり》により、忍び封じの射方を仕込まれている者たちであった。十人の射手が、水平に矢を放った。矢が黒い筋になって藪に吸い込まれた。

「回り込んだぞ」

五明が指差す方向を移しながら、六間（約十一メートル）先に射込むように言った。再び矢が飛んだ。

「躱されたわ」

五明が、新たに指差し、十一間（約二十メートル）先に狙いを付けるよう命じた。射手は僅かに弓の向きを変えると、一斉に矢を放った。葉が舞い、枝が跳ね、矢が飛んだ。もう一度だ、急げ。矢が木の間に吸い込まれて消えた。

当たったぞ。五明が言った。

足の運びに乱れが生じました。水鬼が五明に言った。

止めを刺すぞ。五明が藪に走り込んだ。水鬼が続き、透波五人が後を追った。射手らは近習ら武者と《かまきり》の手当てに回った。

藪を透かして五明の姿が見えた。牙牢坊と鉢八は五間（約九メートル）程離れた高台にいた。

鉢八の流した笹が漂い、五明に纏わり付こうとしていた。激しく動けば起こした風が笹を引き寄せ、動きを抑えれば、風が消え、笹は行き場をなくして落ちるが、牙牢坊の標的になってしまう。

「お任せを」

水鬼の忍び声が、五明の耳に微かに聞こえた。それとともに身体がひやりとした。水鬼が瓢簞の水を口に含んで噴き出し、霧を起こしているのだ。霧は生き物のように五明に近付いていた笹に絡まり付き、結んで滴となり、笹は己の重さを支え切れずにぽたりぽたりと落ち始めた。牙牢坊の手から棒手裏剣が飛んだ。五明と水鬼の身体が宙を舞い、跳ねて、棒手裏剣を躱した。牙牢坊と鉢八が藪の奥へと駆け込んだ。五明と水鬼が追い、透波が後に続いた。

藪が一際濃くなった。五明と水鬼は左右に分かれ、藪を回り込んだ。透波も二手に分かれた。

突然、反対側の藪で刀を激しく打ち付け合う音がした。急いで駆け付けようとした水鬼と透波三人の目の前に黒い物が立ちはだかった。黒い物が刃を振るった。牙牢坊だと気が付いた時は一瞬遅く、水鬼の腰の瓢箪が真っぷたつに斬り落とされていた。

「水気がなければ、汝など唯の雑魚よ」

牙牢坊が続けざまに刃を繰り出した。二合、三合と斬り結んでいた水鬼が、攻めると見せて身を引き、その隙間に飛び込んだ透波三人が刃を連ねて牙牢坊に打ち込んだ。刃が三段になって、牙牢坊を襲った。寸で躱した牙牢坊が三人の間を擦り抜け、水鬼に迫った。透波らが血を噴いて倒れてゆくのが、牙牢坊の背後にちらと見えた。

水鬼の背筋に冷たいものが奔った。

水鬼は刀を牙牢坊に叩き付けようと前に出た。

牙牢坊は躊躇いもなく突き進んで来る。

水鬼の剣が牙牢坊の肩から胸に閃き飛んだ。鮮血が迸り出るはずだった。

だが、剣が斬り裂いたのは虚空であった。

しまった、と思った時、窪みに足を取られ、半身がぐらりと揺れ、次いで激しい痛みが水鬼の左腕を襲った。血が噴き上がり、水鬼の顔を赤く染めた。左腕が肘の下で断ち斬られていた。窪みに足を取られなければ、腹を斬り裂かれていたのだろう。片膝を突き、構えた。動き回ったのでは血を失うだけである。

「そこまでだ」牙牢坊は言い放つと、水鬼に刃を叩き付けた。

刃が嚙み合い、火花を散らした。水鬼が食い縛った歯の間から息と唾を吐き出した。牙牢坊の剣がぐいと押した。柄を握っている水鬼の右腕が下がった。

水鬼の額から玉の汗が噴き出し、流れて落ちた。

牙牢坊が更に腕に力を込めようとした時、藪の中を駆け寄って来る足音がした。

誰だ？　鉢八か。

牙牢坊の目が、男ふたりの影を捕らえた。

右側の男が、手にしていた二本の杖の一方を投げようと、中空に跳ね上がりながら身を撓わせた。

無坂の投じた手槍が、木立の隙間を九間（約十六メートル）擦り抜けて、牙牢坊に飛んだ。

身を翻して躱した牙牢坊が無坂を見詰め、汝か、と叫んだ。一度ならず二度までも、ようも邪魔してくれたな。

志戸呂が水鬼に駆け寄り、左手をきつく縛り上げ、木立の陰にと移している。無坂は手槍を構え、ゆっくりと志戸呂らから離れた。無坂と志戸呂は、いつものように二俣城の様子を探りに行った帰りであった。いつもと違っていたのは、米を買おうと草庵に戻らず、天龍沿いに下って来たことだった。ために、この戦いに出会してしまったのである。

「丁度よいわ」

牙牢坊が間合を詰めて来た。何をしようとしているのかは分かった。前に戦った時の、あの形に持ち込もうとしているのだろう。

「背後を取られそうになったら、叫んでくれ」志戸呂に言った。

「任せろ」志戸呂が、即座に叫んだ。「こんなものか」

「上出来だ」

「ほざけ」

それで勝てるか。牙牢坊が地を滑るように走り出した。身体が細かく左右に揺れている。初めて戦った時も、この走りをしていた。これか。この走り方に技が秘められているのか。訳は分からなかったが、無坂も駆け出し、間合を詰めた。三合斬り結んだ後、後方に跳ねた牙牢坊が再び向かって来た。

身体の揺れが大きくなっている。手槍を繰り出した。牙牢坊を斬ったかに見えたが、牙牢坊は既に無坂の脇を行き過ぎていた。志戸呂の叫び声が聞こえた。背を取られ掛けていた。無坂は手槍で背後を突きながら前に飛んだ。牙牢坊が突いて来た切っ先は躱したらしい。

「まだ逃れられたと思うなよ」

牙牢坊が再び刃を構えていると、藪の向こうから指笛が聞こえ、次いで枝を払う音と駆け来る足音が聞こえて来た。五明だった。枝葉を透かし、姿が仄見えている。

牙牢坊は五明をちら、と見ながら指笛を吹き返すと、

「いずれ決着を付けてくれる」

無坂に吐き捨て、背から藪に溶け込んだ。五明は牙牢坊が消えた藪から無坂に目を移し、どうしてここにいるのか問おうとして、水鬼が見えないことに気付いた。どこにいるかと訊いた。

志戸呂が木陰から顔を出して答え、水鬼が声を上げた。五明が水鬼の血を滴らせた左手首に目を留めた。

水鬼が無坂らに助けられ、手当てを受けたことを告げ、首尾を問うた。

「逃げられた」

五明が歯噛みをした。細かく碾いた笹の目潰しを撒かれ、追えなかったらしい。

藪を出ることにした。

藪を抜け、水鬼が改めて腕の手当てを受けているのを見ながら五明が無坂に、どうして藪の中にいたのか訊いた。其の方らの塒とは方向が違うであろう。知られていたのだ。正直に米のことを話した。

「礼だ。望むだけやるぞ」

「遠慮しておきます。出来れば、貸しにしておきたいので」

五明は一瞬無坂を見詰めると、我らの御館様はな、と言った。

「昨日酒を酌み交わした者と、今日は殺し合い、明日は花婿花嫁の親として同席することなど意にも介さぬぞ。其の方も、それくらいの腹を持て」

「里の者と山の者は違いますので」

「そうであったな……」

藪を出たところで、五明と水鬼と別れた。無坂と志戸呂は駆け付けた透波を付けられ、本陣から離れた集落に行き、米などを購った。

陣に戻る透波を見送った志戸呂が、ちと勿体なかったな、と呟いた。米のことである。

「相手は《かまきり》だ。貸しを作っておいた方がよいのだ」

第八章　二俣城の戦い　二　開城

一

十月二十九日。

浜松城本丸の大広間は重苦しい空気に包まれていた。

徳川家康の御前に集まったのは、小笠原長忠、本多忠勝、榊原康政、大久保忠世、酒井忠次ら重臣たちであった。軍評定が開かれ、岡崎城に後退する案と野戦に持ち込む案が退けられ、籠城して戦うことになったのである。

二俣城はやがて落ちる。浜松城を始めとして、掛川城、高天神城などからの援軍も武田軍に阻まれ、二俣城は孤立無援であった。落城は目に見えていた。織田の援軍がなければ、浜松城も二俣城と同じ運命を辿ることになるはずである。とは言え、織田に多勢の兵は望めなかった。織田は将軍足利義昭から信長打倒の命を受けた、北近江の浅井長政、越前の朝倉義景、そして石山本願寺に伊勢長島などなど、敵対する勢力への対応を迫られており、とても遠江の家康まで兵を送る余裕はなかったのだ。

だが、籠城している城を攻めて落とすには刻が要る。

もし武田軍が二俣城のみならず浜松城をも落とそうとするならば、戦は更に長引くだろう。その間に織田の援軍が来てくれれば、或いは戦いは好転するかもしれないが、来られない時は、総勢討死するか、降伏し開城するしかない。

その時はいずれを取るかを問われ、家康は降伏開城を告げた。

今川家の従属を離れ、元康(もとやす)から家康に名を変えて九年余。まさか三十一になって、武田家の前に膝を屈することを案じようとは思いもせなんだわ。家康が、食い縛った歯の間から息を吐いていると、

「殿っ」と涙に潤んだ声が上がった。

声の主は誰だ？　本多平八(忠勝)か。汝の取り柄は覇気であろうが。徒(いたずら)に弾ける闘争心であろうが。

「其の方ともあろう者が、何だ？」

家康は大声で笑うと、案ずるな、と言った。

「援軍は必ず来る。だがな、万々が一来なんだとしても、少しの我慢だ。三河先方衆として、山家三方衆(やまがさんぽうしゅう)どもと轡を並べるのは癪(しゃく)だが、長いことではあるまい。信玄入道の寿命は、後五年。長くても十年であろう。それまで耐えておれば、何とかなるわ。今川家の許での苦労に耐え、織田家の同盟とは名ばかりの扱いにも耐えて来たのだか

らな、我らは。我らの強さを、三河者の粘り強さを信じるのだ。よいな」

おうっ、と声を上げる者もいれば、拳で板床を叩く者もおり、大広間は歓声に包まれた。

軍評定は終わった。

居室に引き返し、白湯を立て続けに三杯飲み干している家康に、鳥居彦右衛門が膝を躙らせて来た。

「殿にお伺いいたします」

「何だ？」言いはしたが、彦右衛門が何を訊こうとしているかは、分かった。

「殿は実に、織田様は兵をお送りくださる、と思われますか」

「来る」家康は即答すると、ゆるりと説いた。「我らを見殺しにすれば、織田を見限る者が続出するであろうからな。数は少なくとも、必ず来る」

「では、兵の数は何名とお考えでございますか」

「……そうよの」

千か二千であろう。それ以上は無理であろうな。家康が爪を噛んだ。少ない。足らぬ。

「その者らは、我らの降伏を認めるでございましょうか」

「何が言いたいのだ?」家康が苛立った声を上げた。

「援軍の首を刎ね、差し出す。織田との手切れを見せ付けることになるのでは、と思うたのですが……」

「我らは八千だ。援軍が千なら殺せるが、二千となると苦しくなろう。況してや三千、四千、五千であったとしたら、とても殺せぬぞ」

「では、援軍を断っては如何でしょうか。我らだけで籠城して戦うと心意気を見せるのです」

「信じぬ。裏切ると思う。それが、あの男だ」家康が言い放った。「殺すなら、援軍を迎え入れ、一斉に毒を盛る。それしかあるまい」

「千か二千。いや三千人分の毒薬というと、おいそれとは揃えられませんが」

「其の方は快く思うておらなんだが、山の者のありがたみが分かったであろう。あの者らに言っておけば、揃えてくれたであろうよ」

「では」

「いや。頼まん。山の者と言えど、大量の毒を右から左に集めることは出来ないであろうし」あの者らを我らの争いに巻き込んではならぬからだ、と家康は言い、続けた。「無坂は其の方に、風と思え、と言ったそうだな。ならば、風のままにいさせてやろうではないか」
羨ましき奴らよ。家康が小さな笑い声を上げた。
「はっ」思わず低頭した彦右衛門の耳が、廊下を急ぎ来る足音を捕らえた。
襖を細く開け、取次の者の知らせを聞いた。服部半蔵が火急の用向きで控えている
とのことだった。家康に告げた。
「直ぐに通せ」

「牙牢坊からの知らせか」家康が半蔵に問うた。

「申し訳ございません。牙牢坊からは、まだございません」

しかし、と半蔵がぐいと面を上げて続けた。

「墨丸なる下忍が、吉報を持ち帰りましてございます」

「何だ？　早う中せ」

半蔵は真一文字に結んでいた唇を開くと、信玄入道の、と言った。

「寿命が尽きようとしております」

「詳しく申せ」

「陣中で血を吐き、急ぎ甲斐府中に戻り養生せぬと、余命は半年、と薬師が見立てた

そうにございます」

「…………」

目を見開いたまま、唖然としている家康と鳥居彦右衛門に、半蔵が知らせを受けた経緯を話した。

「その者は？」彦右衛門が言った。

「ここに」

「会おう」家康が言った。

半蔵に続き、墨丸が居室の敷居の内側に入って平伏し、半蔵に促されて詳細を述べた。

「近習頭の板倉七郎兵衛が、小頭の術に掛かり、口にしたことゆえ、間違いなきかと存じます」

「相分かった」

彦右衛門は頷くと、家康を見た。家康は小指の先を唇に当て、暫し一点を見詰めていたが、目だけをひょいと上げ、墨丸に天龍川の様子を尋ねた。

「武田の見張りは厳しいか」

篝火を焚き、見回りの兵が夜も日も行き交っている、と墨丸が言った。

「よう天龍を渡れたの」

「畏れながら申し上げます。百名の兵が渡るのではなく、己ひとりのみでございます。夜陰に紛れれば造作もないことにございます」

「控えよ」

思わず声を荒げた彦右衛門を制して家康が、よい、と言った。

「其の方の知らせは、徳川の家を救うてくれたかもしれぬのだ。疎かには思わぬぞ」

流石、服部一族が鍛えた伊賀者よ。頼もしいの。大儀であった。半蔵に、信玄の動向から目を離さぬように命じ、居室を下がらせた時には、家康の頭の中は、これからの武田勢との戦いに埋め尽くされていた。

助かったぞ、と家康は自らに言った。徳川は生き延びられるぞ。

武田は美濃に向かっている。当然、織田と同盟を結んでいる徳川は滅ぼさねばならん。挟み撃ちにされるからだ。そうさせないために、まず二俣を落とし、次いで浜松城を落とそうと策を練っていたはずだ。だが、余命にゆとりがなくなった。最早籠城した城を攻める余裕はない。

二俣城を落としたら、先を急ぐはずだ。浜松城を始め、遠江の城は二俣から睨みを利かせればいい。

「浜松城は、安泰であろう。その分二俣への攻めは激しくなるであろうがな」

「余命が間違いということは？」彦右衛門が言った。

「ない、と思うが知る術はある。二俣を落とした武田が、浜松に目もくれなければ先を急いでいる証。浜松を攻めて来た時は、嘘であったと言うことだな」

「さすれば、織田の援軍は何といたしましょう？」

「受け入れておけばよいであろう。織田方へ籠城の言い訳の証人になるか、武田方への忠誠の証として殺されるかは、その者らの運よ。そして、援軍が殺せる人数で来てくれるか否かは、我らの運よの」

これでも運は、と言って家康は瞬時躊躇った。祖父・清康も父・広忠も家臣に殺され、己が身は織田に売られ、今川に質に取られ、と苦難の連続であったが、その先の見えない袋小路を切り拓いてきたのは己だという自負もあった。我が手で摑み取る運は強い方なのだ。家康は、思いの丈を込めて言った。

「よいか。案ずるな。儂は運が強い方だからな」

「承知いたしております。幾度も悔し涙を流しましたが、それらを乗り越えられたのは、偏に殿の御運の強さによるものと存じます」彦右衛門が目許を潤ませた。

「我が運はどこまで続くのか、とよう思うたものであった……」

「此度もそうだ。武田に来られ、ここが運の尽きかと腹を括り、三河先方衆などと言うてしまったが、舌の根も乾かぬうちに、尽きぬかもしれぬ目が出て来たではないか。ここは、我が運に導かれてみようではないか。どうだ?」

「仰せの通りでございます。もしやすると、いや我らは、あの武田に勝つかもしれませぬぞ」

目を見開き、意気込んで言い放った彦右衛門をしげしげと見詰め、ここは桶狭間ではない、と家康が言った。

「人には分がある。望み過ぎてはならぬ」

「はっ……」

同十月二十九日。

北条幻庵は、小田原の久野屋敷にいた。

信玄の二十八歳年上で八十を数えているにも拘わらず、この男は矍鑠としていた。

顔にも身体にも張りがあり、色艶もよかった。

薬草のお蔭よ。

暴飲暴食を避け、薬草を欠かさずに飲む。さすれば、病を得ることなく、戦に駆り出され矢弾に当たらねば、寿命までは生きられるものよ。寿命が幾つであるかは知らぬがな。

幻庵は含んだような笑い声を漏らしながら、日干しした滑莧の葉と茎と鳴子百合の根茎を煎じ始めた。身体を強く保つ薬効があった。

幻庵の享年は、九十七歳。余命はまだ十七年残されていた。

この時代にあって十七年は長い。九十七年は、もっと長い。気の遠くなるような歳月である。この間、この男に雌伏の時はない。家督を譲った子らに先立たれるなど逆縁の悲嘆に暮れたことはあったが、北条早雲の四男として、常に人の上に立つことを約束されてきていたのである。命ずれば、ほぼあらゆる願いは叶った。だが、人に命じず、己が一から行うことがあった。それが薬草を碾き、煎じ、飲むことであった。手間を惜しまず、己のために草を摘み、干し、伐り、碾き、煎じる。薬湯の一滴が五体に染み込むような気がした。

幻庵は、ほろ苦い薬湯を飲みながら、己と同じく薬研を扱い、薬湯を飲むもうひとりの武将のことを考えていた。

その男は三十一と、己に比べれば、まだ若い。若いが、その男は今、命の瀬戸際にあった。武田信玄率いる甲斐勢と戦わねばならぬのだ。

さて、家康殿はいかがなさるかの。

薬湯を飲み干し掛けていると、足音が廊下を伝って来た。案内がないのは風魔の棟梁・小太郎が来る時だけである。

襖越しに小太郎の声がした。入るように告げた。

「何ぞ面白い話でもあるのか」顔を起こした小太郎に、幻庵が訊いた。

「三河守様が甲斐の入道様に刺客を送りましてございます」

「その言い方だと、しくじったようだな？」

「なかなかよいところまではいったのですが」

牙牢坊が囮になり、小頭の式根が本陣奥に入り込んだ経緯を小太郎が話した。

「後一歩、及ばなかったと聞いております」

北条は、信玄の出陣に際し、清水太郎左衛門以下二千の兵を援軍として陣営に送り出していた。その兵の中に余ノ目ら十人の風魔が紛れ込んでいたのである。

「牙牢坊は？」

「逃げ延びましてございます」その際、と小太郎が言った。「無坂が深傷を負った《かまきり》を牙牢坊の手から助けたところから、無坂と五明が、と申しますか、《かまきり》が、手打ちに及んだようにございます」

「無坂と《かまきり》が、か」竹千代に薬草を教えていた男が、竹千代の放った伊賀者から《かまきり》を救った、と申すか。

「なかなかに山の者は一筋縄ではいかぬようでございます」

「あの者らにとっては、相手が誰であるかより、人として義を貫いているかを問うているようだな。似ているの」

誰に似ているのかは、言われなくとも分かっていた。上杉謙信である。

幻庵と小太郎は、上杉家に養子に入り、景虎の名をもらった三郎のことを、瞬時脳裏に浮かべたが、案じてみても越後は遠い。武田と徳川の争いに目を向けた。

「牙牢坊め、のんびり逃げていると、家康の首が胴と離れてしまうぞ」幻庵が、わざとらしい笑い声を上げた。

「二俣の次は浜松だからと、三河守様は焦っておられるようでございます」

「二俣の様子はどうなのだ？」幻庵が訊いた。

勝頼の兵が攻めているが、大きな動きはなかった。

「勝頼は攻め落とす覚悟のようだが、信玄が動かぬのは何ゆえだ？」

二俣を掛川城や高天神城などから孤立させようとて、攻めさせているとも考えられるが、そのような手間を掛けずに自ら兵を進め、落としてしまえばよいではないか。

それとも、と言って幻庵は、湯飲みの底に残っていた薬湯を飲み込んだ。

「東三河に送り込んでいた山県勢が、本隊に合流するのを待っているのか。どのみち、山県勢が攻城に加わった時が、二俣が落ちる時であろうよ」

「しかし、二俣は容易く落ちるでしょうか」

「兵糧攻めにいたせば、いずれ落ちるであろうが、そうではなく直ぐにも落ちるか、と申すのだな?」

「左様にございます」

「二俣には泣き所がある。水だ」

湧き水がないため、天龍川に建てた水の手櫓で水を汲み上げるしか水を得る術がなかった。だが、水の手櫓を壊そうにも頑丈な脚柱であり、舟で近付くには天龍の流れが荒く、近付けたとしても崖上からの矢弾の攻撃もあり、手出し出来ないでいた。

「いかがすれば、あの櫓を崩せましょうか」

「方法はひとつだけある。水だ。水こそが二俣を殺しも生かしもするということだ」

それは？　小太郎が思わず口にした。

「天龍の水の力で櫓の柱を薙ぎ倒すのだ。川の流れでは力が足りぬようなら、大雨の翌日、筏を組み、川上から大量に流せば、何とかなろう。そうは思わぬか」

小太郎は、荒れ狂う天龍の流れに乗った筏が、水の手櫓の脚柱に激突する様を思い描いた。ふたつ、三つと続けば、水の手櫓とて持ち堪えることは出来ないだろう。倒せる。

「いつ、誰が、それに気付くか、だな」

小太郎から余ノ目に、余ノ目から甲斐勢に送られている清水太郎左衛門に、清水から甲斐勢の誰かに言えば伝わるのだが、小太郎はどうするか訊かない。伝えよと命じられない限り、出過ぎた口を利かないのが忍びであった。

低頭し、下がろうとした小太郎を呼び止め、無坂らはまだいるのか、と幻庵が訊いた。

「恐らく、倅どもが城を出るまでいると思われます」

「そうか。親とはありがたいものよな」

薬湯が空になっているのに気付いた幻庵が、小太郎に飲むか、と訊いた。

「滑莧と鳴子百合を煎じたものだが」

小太郎は、まだ代を継ぐ前、幻庵が幼くして亡くなった嫡男のために、滑莧と鳴子百合に碇草（いかりそう）と蓬（よもぎ）を干して碾いている姿を何度となく見ていた。

た。

「頂戴いたします」

小太郎が膝に手を置いて答えた。冬の日を受けて、障子が心なしか膨らんで見えた。

二

十一月に入った。二俣城攻めは、東三河の侵攻を終えた山県三郎兵衛尉が加わったことで攻撃に厚みが出て来たが、落ちそうな気配はまったく窺えなかった。

「何としても落とせ」

信玄の命は、力攻めであった。調略は利かぬと見た勝頼も、力攻めを指示し、城攻めの方針は決まった。

「さりとて、ただ攻めるだけではの」

「埒は明かぬわ」

馬上のふたりは二俣の城を見上げていたが、程なくして一方が、決まったな、と言うと、残る一方が、水の手を断つか、と応じ、声を上げて笑い合った。馬場美濃守と山県三郎兵衛尉である。

「要は、どうやって水の手櫓を壊すかだ。何ぞ方策はあるか」

三郎兵衛尉が訊いた。

「火矢は消され、銃は当たらず、当たっても壊れなんだ、と聞いている」

馬場美濃守が答えた。信虎に始まり、信玄、勝頼と三代に仕える忠臣である。

「舟で行き、飛び移って斧を打ち込むのはどうだ？」

「崖の上から射られたそうだ。近頃は、槍が飛んで来て、串刺しにされたらしい」

「槍を？」

棒の先を削ったものだ、と馬場美濃守が言った。妙な音を立てて飛ぶ竹槍もあるそうだ。

「考えおるの」

「舟の乗り手がいなくなったという話だ」

「しかし……」

「正面から攻め、その隙に水の手櫓を攻めて壊し、水の手を断つしかないな」

「四郎様に申し上げるか」三郎兵衛尉が言った。

二俣城攻めの大将は四郎勝頼である。

「儂も同道しよう」馬場美濃守が応じた。「取り巻きの譜代衆が面倒だからな」

跡部大炊助勝資と長坂釣閑斎ら信玄が勝頼に付けた側近の旗本らのことであった。旗本譜代衆は治世に於いては有能であったが、戦の駆け引きなどには疎いところがあった。

「ありがたい。では、主は右耳にな。儂は左耳に言うでな」

馬を飛ばし、勝頼の陣営を訪ねたふたりは、水の手櫓を攻めるよう進言し、引き返した。具体的に、どう攻めるかは勝頼と側近に任せた。

「お手並み拝見といくか」

勝頼から水の手櫓の攻め方を問われた大炊助と釣閑斎は、先ず《かまきり》の支配である春日弾正忠に知恵を借りようと思い付くが、手柄を取られることを恐れ、曲折の果て、金山衆頭の加倉井数右衛門に建策を申し付けた。加倉井は黒脚組と赤脚組の組頭と主立った組衆を集め、水の手櫓を壊す方策を問うた。

妙案が出ず、それぞれが顔色を窺い始めた時、後ろに控えていた赤脚組の庄作が、思い付いたのですが、と言った。

「太い木を伐り倒し、何本も天龍に流したらどうでしょうか。柱を薙ぎ倒せるかと存じますが」

おうっ、とその場にいた皆が声を上げた。

「舵取りがいらないのはいいな」

「流すだけだ。串刺しにもならんぞ」

「待て。ぶつかっただけで、柱を倒せるか」

「今は冬場で水が少ない。雨だ。雨を待ちゃあいいんだ。水嵩が増え、流れが強くなりゃ、柱だろうが岩だろうが砕いてくれるわ。それが天龍よ」

加倉井が上申した方策を聞いた大炊助と釣閑斎が勝頼に上申し、その日から木の伐採が始まった。

微かに聞こえてきた木を伐る音を聞き、風魔は「ようよう思い付いたか」と言い、無坂らは「いい音だ、山に帰りたくなったな」と話し合っていた。


それから五日が経った十一月十五日の午後から、雨が降り始めた。支流から流れ込む雨水を飲み込み、天龍が牙を剝き始めた。

無坂と志戸呂は三日振りに水の手櫓を見上げる天龍川の畔の草叢にいた。二俣城の正面を望む藪に潜んでいたのだが、戦況にこれという変わりはなかったので、再び城に潜り込む機会があるか、龍五からの知らせが来るか、と畔に戻って来たのである。

雨が激しくなった。笠からは棒のように雨が落ち、茅で編んだ蓑は雨を吸い、重くなっている。天龍の流れも、切り立った崖から迫り出すように建っている水の手櫓も白く霞んでいた。

冬の雨である。足許から冷えが這い上ってくる気がした。ひとりだけなら、もう少しいるのだが、志戸呂がいた。無理に付き合わせるのは気が引けた。

帰るか。言おうとしていると、水の手櫓の上にある水汲み小屋の辺りで人影が動いているのが見えた。何やら天龍川の方を指差している。草叢を抜け出した志戸呂が、川の畔に立ったまま無坂の名を小声で呼んでいる。どうした？　訊いたが、答えずに、川上の方を見遣りながら慌てて手招きをしている。

雨音と濁流の音に混ざって、木の、丸太の、ぶつかり合う音がした。

その音で、何が起こっているのか、気が付いた。まさか。志戸呂に並んで、川上を見た。筏が押し合い圧し合い、川幅一杯に広がって流れて来ていた。

「あいつがぶち当たれば、櫓の柱なんぞ持っていかれちまうぞ」

志戸呂が、睫や無精髭から雨の滴をしたたらせながら吠えるようにして言った。

筏が、盛り上がり、沈み込み、うねり、軋み、無坂らの目の前を通り過ぎ、水の手櫓に向かっている。

柱の裾の辺りが傷付いていた。流木がぶつかった跡のようだった。畔から離れていた隙に、なにがしかの攻防があったのだろう。

水汲み小屋の脇から、黒い棒のようなものが灰白色の空に飛び出した。

木槍だった。木槍ならば、龍五が投げたものと思われた。

木槍は宙を駆った後、落ち、筏に刺さると、爆発し、筏を結んでいた蔓を切り、ばらばらにした。

おうっ、と志戸呂が拳を上げるのと同時に、水汲み小屋の辺りから歓声が下りてきた。筏による攻めを読み、火薬を用意していたのだ。火薬が濡れぬよう雨への備えも工夫されていたらしい。歓声を威圧するように、対岸から鉄砲が放たれた。何発か、水汲み小屋に着弾しているらしい。嘲笑うような、怒鳴り声が聞こえた。

それからも木槍の投下と鉄砲の音が交互に続いたが、木槍は次第に流れに落ちたり、筏に命中しても爆発しなかったりしているうちに、柱に当たる筏が多くなった。

「拙いな」志戸呂が言った。

「…………」

うねりに乗った筏が、水飛沫を蹴立てて通り過ぎた。斧で付けられた荒々しい伐り口が、咆吼する獣に見えた。

筏が流れの勢いのまま、柱に激突した。柱の一本がもげるように傾き、残りの三本の柱がいやいやでもするようにゆっくりと傾き、張り出していた水汲み小屋を巻き込んで、天龍の流れの中に崩れ落ちた。

対岸から、やんやの喝采が波のように聞こえた。

二俣城の命である水の手が断たれたのだ。

「どうする?」志戸呂が心細げな声を出した。

「とにかく、俺がまだここにいることだけ、知らせておく」

「何かあるといかん。《五つ笛》にした方がいいぞ」

「それでは互いの身が保たん。《三つ笛》でいいだろう」

《五つ笛》にしろ《三つ笛》にしろ、指笛を吹き鳴らす刻限を指定するもので、《五つ笛》は卯ノ中刻(午前六時)、巳ノ中刻(午前十時)、未ノ中刻(午後二時)、酉ノ中刻(午後六時)、亥ノ中刻(午後十時)のいずれかに、《三つ笛》は辰ノ中刻(午前八時)、午ノ中刻(昼十二時)、申ノ中刻(午後四時)のいずれかに指笛を吹くのだが、指笛を聞くためには、その刻限には来ていなければならない。

無坂は右手の人差し指を折り曲げて口に銜えると、『ここにいる。何かの時は《三つ笛》で知らせろ。無坂』と素早く吹き鳴らした。

寸刻の後、崖の上から『分かった』とのみ指笛が返って来た。十分だった。


翌日から水汲み小屋の再建が始まった。倒れた水の手櫓は簡単には作り直せないので、櫓の頂上にあった小屋だけを作り直し、水を汲み上げようというのである。床に開けた穴から釣瓶を下ろし、水を汲み上げるのだから、小屋は川の流れの上まで張り出している必要がある。その汲み取り口は矢弾の的になる。床板が薄いと鉄砲玉を通し、丸太を組むと重過ぎて小屋を支えられなくなり、落ちてしまう。小屋を軽くするために、屋根は付けず、滑車を支える柱と梁だけ置いた簡便なものにしたが、休みなく続く矢弾の攻撃のため、作事は思うように進まなかった。

三日が経った。

二俣城には凡そ一千二百名の兵がいる。その者らすべての咽喉を潤すのみならず、煮炊きや傷を洗う水までとなると、使う水は大変な量になる。

「まだ汲み置きはあるが、それも限りがある。何か思案はないか」

松平善四郎が、小屋の建て直しの差配をしている水の手奉行と、紫波衆の早瀬に訊いた。早瀬は、涌井谷衆の小頭・大松を呼び寄せ、善四郎の言葉を伝えた。

「でしたら、ちいと面白いことを言っていた者がおりますので」

大松が小屋の壁に使う丸太を選んでいた多十に、来るように言った。多十が、これとこれを、と指図して大松の傍らに来た。

「この男は、小さい時から数多くの《戦働き》に出ておりまして、何度も修羅場を潜(くぐ)り抜けて来た者でございます。ですので、手前ら年嵩(かさ)よりも色んなものを見ておりまして……」

おいっ、と大松が多十に、殿様に昨日話していたことを申し上げろ、と言った。

話していたのは水のことだった。

水の手を断たれた時、敵の足軽に渡りを付け、川の水を汲むことに目を瞑(つむ)ってもらったことがあった。

「敵から水を買ったのか」

「左様でございます」多十が答えた。

「売ってくれるのか」

「戦場で買えないものはございません。命も買えます」首代を払えば、殺されずに逃げ延びられることもある、と話した。

「信じられんが、もし売ってもらえるようなら、後詰めが来るまで持ち堪えられるかもしれんな」

　段取りはどう付けたらよいのだ、と善四郎が言った。

「先ずは、夜明けと日没時に天龍に下り、こっそりと水を汲みます。やがて気付かれるでしょう。問題は、それからです。その者に騒がれる前に、見逃してもらえるよう交渉しなければなりません。忠義の心が薄く、欲の皮が突っ張っている者ですと話は早いのですが、そうでない場合は面倒なことになるかもしれません。とは言え、人は金の粒には弱く出来ておりますので、話の持って行き方でどうにでもなるか、と存じますが」

　善四郎は水の手奉行と供の者らを見た。武田の雑兵と掛け合えそうな腹の据わった者はいそうになかった。

「其の方らに任せられるか」勿論、と善四郎が早瀬と大松と多十を見回してから言った。「身共も共に行くが」

「でしたら……」早瀬が大松と多十に言った。「龍五の親父に一枚嚙んでもらうのはどうだろう？」

　早瀬が龍五を手招きしている間に大松が、数日前、殿様が指笛を返すことをお許しになった者でございます、と手短に話した。

「大事を打ち明けるに足る者なのか」

「ご懸念は無用かと。浜松の大殿様に招かれたことがあり、また武田の《かまきり》の前の棟梁を倒した者ですから、裏切ることはないと存じます」

実かっ、と吠えている善四郎の手前で止まった龍五が、多十の肩を叩いた。

「よく思い付いたな」

多十は瞬間、相好を崩したが、直ぐに引き締めると、

「兵は一千二百おります。ひとりが一日に桶一杯の水を使うと、一日一千二百杯の水が要ります。それを毎日購えるのでしょうか」

「無理だな」

「でしたら……」

「心配するな。何とかすれば手に入る、と分かれば、一日柄杓一杯か二杯の水で我慢出来るものだ。その間に雨も降るだろうしな。取り敢えずは、皆に水を見せて、力付けることだ」

「叔父貴の親父様は引き受けてくれるでしょうか」

「受ける。それは間違いない。だが、武田の見回り隊に見付かるのも間違いない。それからどうなるかは、やってみないと分からんからな」

龍五は多十に笑い掛けると傍らを離れ、善四郎に言った。

「水を買うのと小屋を建て直すのは別の話です。武田の目を集める役割もありますし、早い内に建てて水を汲み上げましょう。もしかすると、水を買うより確実に水を手に入れられるかもしれません」

善四郎が龍五の後ろ姿を見ながら早瀬に、あの男の父親ならば、と言った。

「頼りになりそうだな」


辰ノ中刻（午前八時）。

崖上から龍五の指笛が下りてき、無坂の指笛が駆け上っていった。

会いたいのですが。

何があった？

頼みがあります。

どこに行けばいい？

搦手口の南。岩棚にある一本松。

直ちに向かう。

では、後程。

一本松の場所は、無坂らが潜んでいる草叢の程近くだった。

先に行き着いた無坂らが待っていると、武田の見回りの兵の目を掠めて、龍五らが藪を抜けてきた。総勢八名。武家が善四郎と水の手奉行と供侍の計四人、山の者が四人、そして見張りのためひとり離れて二ツがいた。

龍五が、素早く無坂と志戸呂を武家らと早瀬らに引き合わせ、呼び出した訳を口にした。涌井谷衆の名と多十の名に、微かに聞き覚えはあったが、無坂の耳は次いで聞かされた城兵一千二百名分の飲み水を工面する方に奪われてしまった。

「この辺りから兵を並べ、北曲輪、出来たら本丸まで桶を順送りして水を汲み上げたいのですが」龍五が言った。

「駆り出す人数は？」

「二百を考えています」

それだけの兵を並ばせ、水を運び上げようとしているらしいが、相手には見回りの兵もいれば、耳聡い《かまきり》と透波がいるのだ。せめて、もっと北曲輪の崖下とか、武田の見回りの兵が来ないところはないのか。尋ねたが、なかった。敵兵を寄せ付けない切り立った崖が、こちらの身動きをも儘(まま)ならなくさせていた。

「では、一度やってみましょう。いつにしますか」無坂が善四郎に訊いた。

おいっ、と思わず志戸呂が無坂の袖を引いた。大丈夫か。

何とかなる。ならなかったら、何とかするまでだ。

善四郎と、明日の酉ノ上刻（午後五時）にここで、と約し、無坂は善四郎と龍五らが去るのを待ち、藪に声を掛けた。

「透波の方はおいででしょうか……」

三度目に、返事がきた。五明の声だった。

「安心せい。何もせぬから、そっちも姿を見せい」

何を言っているのかと思っているうちに前の藪が割れ、千々石とともに五明が現れ、次いで後ろの藪から、去ったはずの二ツが出て来た。

「気配がしたので、戻っていました」二ツが言った。

五明が二ツを見て、どうしてここにいるのか問うた。無坂が、二俣城の中にいることを教えた。

「七ツ家が入っているのか」

「いや。私ひとりです」

「七ツ家は？」

「誰も……」

「そうか……」

「そなたが二ツか」

割って入ろうとした千々石を、それはまた後日、と制し、五明が無坂に問うた。

「其の方らの話、すべて聞いていた。して、我らに何か用か」

無坂が、一度か二度でいい、天龍の水を汲ませてもらえないか、と持ち掛けた。

「聞き間違いではなかろうな」五明が言った。

「水の手を断った相手に水を恵んでくれ、と言うておりましたな」千々石が呆れたように言った。

「これは山の衆の喧嘩とは違うのだぞ。甲斐駿河を治める武田が、三河遠江を治める徳川を叩き伏せるか否かの一戦なのだ。分かっておろうな？」

「だから、申し上げているのです。水を断たれ、死にものぐるいになった敵と戦うより、一、二度水汲みを見逃してやり、これではとても戦えぬ、と分からせ、開城する機会を与えてやった方が兵を損なわないのではありませんか。慈悲の心を見せることにもなりますし」

いや、と二ツが言った。

「織田の後詰めが来ると聞いています。開城はないのでは？」

「来ぬ。来ても、二千程だ」五明が言った。「役に立たぬ」

「無い袖は振れぬのよ」千々石が織田方の置かれている状況を話した。

「後詰めが望めぬことは、中根平左(へいざ)は分かっているはずだ。とすると、開城もありえるか」

五明が、分かった、と言った。

「明日夕刻の水汲みは見逃してやる。その次があるかないかは、明日ここで話そう」

礼を言う無坂に、水鬼の借りは返した、と五明が言い、二ツを見詰めてから千々石とともに藪に消えた。同時に、四囲の藪から透波の去る気配がした。

「では、私も戻りますが、今のこと、松平様に申し上げても構いませんか」

「勿論だ。此度は水の代金も要らないでしょう、と申し上げてくれ」

「喜ばれましょう。後詰めのこともいいですか」

頷くと、二ツも頷き返した。

「搦手口の前は武田の兵がたくさんいたが、入れるのか」

武田勢に知られていない隠し口が、搦手口の近くにあるらしい。そこから出入りしているということだった。

二ツが行こうとして、志戸呂の背負子に括り付けてある籠を覗いた。夕餉にする茸と僅かばかりの菜が入っているはずだった。

「蕎麦雑炊の味が懐かしくなってきました」

ふたりの姿を見ていた無坂が、あっ、と声を上げた。

「思い出した。あの時の子供だ……」

小夜姫様が亡くなられた年だから十七年前になる。小夜姫様を背負子にお載せし、上原館の外に出た時、若い山の者の夫婦に出会った。彼らの背負っていた籠に四歳程の子が寝ていた。多十だった。渡りをしている母さの親に、子を見せに行った帰りだと言っていた。

「早速、話してやりましょう」

二ツを見送り、無坂らも草庵に戻った。

三

翌日、無坂と志戸呂は《三つ笛》の一番目の刻限である辰ノ中刻前から草叢に詰めていたのだが、見回りの兵は一度も来なかった。五明が手を回したのだろう。

夕刻が近付いてきた。

龍五らが現れ、少し遅れて五明と千々石が来た。無坂が善四郎に昨日からのことを話した。その昨日、二ツから無坂が《かまきり》の棟梁に話を持ち掛けたと聞き、敵ではないのかと戸惑ったらしいが、善四郎は噯にも出さず、五明と千々石に深く頭を下げた。

「また水を汲みたいと思われたら、無坂に言ってくだされ。戦の成り行きで受けるか否か分かりませぬが、申し入れがあったことは直ちに伝えますので」

「承知した。手数を掛けるが、よろしく頼む」

善四郎の合図を受け、桶を手にした足軽らが列を組み、水の汲み上げが始まった。皆口を閉ざし、黙々と桶を手送りしている。

「叔父貴」

多十だった。

「二ツの叔父貴から話を伺いました。父さと母さにお会いになったことがあるのですか」

「昔のことだ」

多十が四つくらいだったと話し、父さと母さは元気か尋ねた。ふたりとも、三年前に病没していた。

「用心深いし気も回る。《戦働き》には持って来い、の父さでした」涌井谷衆の小頭・大松が口を添えた。

礼を言おうとした多十の目の隅を、透波が走った。棒手裏剣が飛び、藪が騒ぎ、三人の足軽が枝葉の間から転がり出て来た。

「何とした？」五明が藪に叫んだ。藪から出て来た透波が、川岸伝いに来たと言った。川岸には透波を配していなかったのか。

「ここへは入れぬはず。どうやって来た？」五明が足軽に訊いた。

「間違えただ」足軽のひとり目が言った。

「それは通らぬ。見張りの目を掻い潜らねば来られぬ」

「おらたちゃ、何も見てねえ。本当だ」ふたり目が言った。

「だから、何も言わねえ」三人目が言った。

「しかし、何かあると思って、来た訳だ？　金のにおいがするかと思ってな」

「…………」三人は黙って五明を見上げている。

「その気持ち、分からぬではない。何ももらえぬでは悔しかろう。この者らに金の粒を一粒ずつくれてやれ」決して誰にも言うな。言うたら命はないぞ。五明は透波らからそれぞれ金の粒をもらうように言い、足軽を追い立てた。足軽どもは何度も頭を下げると、川縁にいた透波の許に歩み寄った。

出せ、と言われて手を出した瞬間、手首を摑まれ、動きを奪われた三人の腹に、苦無が埋まった。透波らは無造作に足軽どもを川に蹴り飛ばした。水音が立ち、水を汲み上げている者らの手が止まった。

「続けろ」善四郎が、小声で命じた。

岸辺の者が川に入っている者に慌てて桶を渡した。素早く水を汲み、返している。返した時には、次の桶を受け取り、天龍の水を掬い上げる。手送りが再開された。

「惨いなどと言うなよ。あの者どもは、余計なものを見てしまったのだ」

「余計な……？」

「今汲んでいる水は許しを得た水ではない。御大将も知らぬ、俺が勝手に許しただけの水なのだ」

「よろしいのですか」

「今更何を言うか。汲んでおろうが」

「そうですが……」

「この先のことだが、御大将が慈悲という言葉に惹かれ、一度は許す、と言われた。

いつにするか、返答してくれ。お気が短いぞ。間が空くと、心変わりされるかもしれん」

無坂は善四郎の許に行き、五明の申し出を伝えた。善四郎が五明に、五日後は、と訊いた。危ないかもしれませぬ。五明が答えた。

「では。四日後に」

「承知しました」

水は与えるが、その分攻めて、攻めて、攻め抜いて咽喉をからからにしてくれる、と御大将が言われていたことを伝えておく。

「入道殿によしなに」善四郎が言った。

「いいえ。二俣攻めの御大将は四郎様です。大殿が出る程の戦ではないので」

四日後の水汲みの翌日から、城攻めが苛烈さを増したが、城兵らの士気はなかなか萎えなかった。

水の手櫓を壊され、柱も、柱に打ち付けた目隠しの板もないため、釣瓶を狙い撃ちされ、多くの水を小屋に引き上げる途中で落とす羽目になったが、それでも水を汲み上げ続けたことが士気を繋いでいるようであった。

十一月の晦日近く、浜松城に佐久間信盛、平手汎秀、水野信元、林秀貞らが率いる織田の兵三千が着到した。

翌日開かれた軍評定で、信長の意向が家康と重臣らに告げられた。

「野戦では武田に勝てぬ。籠城に徹するように、と仰せです」

武田は総勢二万五千、徳川は織田勢三千を加えても一万一千である。籠城ならば十分な兵力だが、野戦では半分の兵力では勝ち目はない。

「前の軍評定で、我らも籠城に決しておりました」酒井忠次が言った。

「尾張から駆け付けた我らとしては至極残念ですが、ここは賢明なご判断と言わざるを得ませんな」佐久間信盛が応じた。

「賢明な判断は、武田が天龍を渡った後に下すべきかと考えますが」本多忠勝が膝を乗り出すようにして言った。「信玄め、天龍に落ちて、呆気なく溺れて死ぬかもしれませぬからな」

弾ける笑い声に背を押され、居室に戻った家康が、平八郎は知らぬはずだな、と鳥居彦右衛門に訊いた。

「入道が余命のことだ」

「半蔵が漏らすとは考えられません。知らぬはずでございます」知っているのは、家康と、彦右衛門と、半蔵ら伊賀者だけだと彦右衛門が数え上げた。

「とすると、彼奴（あやつ）のあれは何だ？　勘か」

「鋭い男でございますな」

ふたりは暫しの間、声を重ねて笑っていたが、先に笑みを収めた家康が、殺さずに済みそうだな、と言った。

「三千はちと手に余りますゆえ、助かりました」彦右衛門が一服盛るような仕種をした。

「実よ」と言って言葉を切り、指折り数えて見せた。「十月の頭に甲斐を出て、今はもう十二月になるところだ。だが、甲斐勢はまだ二俣を攻めている。この異様な遅さは、やはり病が重い、と見るべきなのだろうな」

「進むに進めず、動けるようになるのを待っている、とか」

「それよ、それよ」家康が苛立たしげに爪を噛んだ。

「半蔵に、探るのを急がせましょうか」

「焦らせてはならぬ……」

家康は白湯を所望し、来た白湯をちびと飲んで、任せておけばよい、と言った。

「力のある者は任せておけば勝手に動き、力のない者は指図してやらぬと動けぬ。伊賀者は勝手に動ける者どもだ。二俣が落ち、信玄が天龍を渡る時まで、牙牢坊に任せ、待つのだ」

亀のように甲羅の中でな。家康が首を竦めて見せた。

牙牢坊は木立の間から、武田菱の旗印が風に靡く信玄の本陣・亀井戸城を見ていた。傍らにいるのは鉢八と下忍の墨丸であった。七人衆は鉢八を、下忍は墨丸を残すのみとなっていた。他の者は皆、命を散らしてしまっている。

「何としても」と牙牢坊が言った。「信玄の命を取るぞ」

「棟梁……」

牙牢坊と鉢八が浜松の服部半蔵の屋敷に戻ったのは、墨丸が帰り着いた二日後であった。

そこで、これからは信玄の命を狙うのではなく、余命の話が実か否かを調べるよう半蔵に厳命されたのであった。

「構わぬ。《かまきり》を倒し、信玄の命を取らねば腹の虫が収まらぬわ」

牙牢坊と配下の伊賀者を繋ぐ連絡網、これを牙牢坊らは《筋》と言った。その筋を使って駿府と小田原に潜ませていた伊賀者六名を呼び寄せた。信玄を亡き者にするためである。

「行くぞ」

牙牢坊が鉢八と墨丸に言った。行き先は、合代島の南、神増の六地蔵。六人と落ち合う先であった。

神増の高台から天龍を挟んだ中瀬の地を望み、六体の地蔵が並んでいる。神増の六地蔵である。地蔵尊の前に三つの人影が立った。牙牢坊らである。辺りに目を配ったが、人の気配はなかった。

刻限には間がある。

待った。風が空の高みで悲しげに泣いている。

高台の麓の藪が騒いだ。藪を抜け、駆け上がって来る者がいた。足の運びが伊賀者ではない。透波であるらしい。

透波が岩を蹴り、中空に浮いた。身のこなしが軽い。

やりおるの。牙牢坊の呟きを嘲笑うかのように、透波の姿が影に埋まった。透波の遥か上に跳び上がった者がいたのだ。

跳虫だった。跳虫の手から棒手裏剣が放たれ、透波の背に、肩口に刺さった。地に落ちたところで横に跳ね、逃げようとした透波の顔に風が吹き付けた。額に木の葉が当たった。払おうとした。その瞬間、透波の命が絶えた。木の葉に隠れて飛んで来た針が額を貫いたのだ。貝寄風の才次郎の得意とする技だった。

「申し訳ございません」

嘉東次が言い、並んでいた弟の古東次が一緒に頭を下げた。

「神増に着いた辺りから尾けられていたと思われます」

「透波は、あの者ひとりであったのか」牙牢坊が訊いた。

「よく確かめましたが、他にはおりませんでした」嘉東次が言い、古東次と跳虫と才次郎が、少し遅れてもうふたりの者が頷いた。

「分かった」では、手短に言う。牙牢坊は、式根が聞き出し、墨丸が届け伝えたことを掻い摘まんで話し、信玄の身辺を探るように命じた。「そして、これは殿や服部宗家の意向ではなく儂が意向なのだが、信玄の命を取れ」

「心得ましてございます」嘉東次が答えた。

「いつまでに？」跳虫が訊いた。

「そうよな……」

二俣が落ち、甲斐の兵が天龍を渡り、浜松城を囲む。儂らは殿の命で動くゆえ、恐らく命は尽きているだろう。だが、そなたらは甲斐の兵とともに西上し、機を窺い、信玄を襲え。ひとりでも、組んででもいい。やり方は皆に任す。

「分かったな」

「承知つかまつりました」

「運がよければ、いずれ三河か伊賀の里で会おう」

六地蔵の首がひとつ落ち、坂を転がった。拾ったのは見回りに来た透波だった。高台を見上げたが、高い空が広がっているだけで、人は誰もいなかった。

男は信心深かった。地蔵の首を抱え、坂を上り、ひとつだけ首の欠けていた地蔵に、首を載せた。

掌を合わせ、目を閉じ、開けると、前に人がいた。はっ、として飛び退こうとした時には、己の胸から血が噴き出していた。

「無駄に殺すな。埋めるに手間だ」鉢八が常闇に言った。

口を歪めて笑ったのは、六人の残るひとり、如斎だった。

水の手櫓を壊されたことは、伊賀者から家康の耳に届けられていた。それでも水汲み小屋を建て、細々とだが水を汲み上げていると聞いていた。

「左様ではございますが」彦右衛門が言った。「汲み上げ用の釣瓶が鉄砲の的になり、思うようには汲み上げられておりません」

「渇しておるのか」

「と存じます」

「何とすればよい？」

家康が苛立たしげに脇息を叩いた。

「出陣したとて、天龍を渡った頃には、武田勢に取り囲まれるのが落ちだぞ」

「それでよいのではないでしょうか」

二俣を見捨てるのではなく、懸命に助けようとしたが力及ばず、という姿を敵味方に見せることが大事と心得ますが。彦右衛門が微かに浮かべたしたり顔を小面憎く感じはしたか、家康は爪を噛む振りをして呑み込むと、皆を集めるように命じた。

「どこから天龍を渡りましょうか」

一戦する気で掛かるのなら中瀬だが、二俣の者らに助けようとしている姿を見せるだけなら二俣の南の鹿島であろうな。うむ、と呟き、間合を取って言った。

「鹿島だ」

「まさに」彦右衛門が歯を覗かせた。

この男、三河の爺（鳥居忠吉）の倅だからと我慢していたが、いささか鼻に付いてきおったな。爺も今年の三月に没したのだ。倅も時が来たら身辺から遠ざけてくれようか、と家康は、天龍川の絵図を覗き込みながら考えていた。

大広間に家臣を集め、八日の後、払暁を期して天龍を渡り、二俣城に詰めている一千二百の兵を助ける、と告げた。明日直ちにと言いたいが、一旦領地に戻り、戦仕度をせねばならぬ者もおるであろうゆえ、八日後とした。急な出陣であるが、許せ。

「血迷われたか」

翻意を求める織田勢の佐久間信盛の声に被せ、本多平八郎が大音声で吠えた。

「殿、そのお言葉を待っておりました。なあに、我ら一万一千、甲斐は二万五千。ひとりが、ふたりか三人倒せば勝ちではございませんか」

「平八郎が言うと、簡単に勝てそうに聞こえるから不思議よの」

榊原小平太康政が、かっかっ、と笑った。小平太と平八郎は同い年であった。二十一歳年上の酒井忠次が、

「殿、お気の済むようおやりになることです。皆、付いてゆきます」織田勢の口出しを押さえ込んだ。

「陣触れだ」大久保忠世が拳で板床を叩いた。

この件は、浜松城に潜り込んでいた透波により、その日のうちに亀井戸城の信玄に

伝えられた。

信玄は、薬師が淹れた薬湯を飲みながら、丁度よい、と上機嫌で言った。

「天龍を渡ったところで取り囲み、血祭りに上げ、天龍に流せ」

八日後、出陣した家康勢に伊賀者からの報が入った。待ち伏せされております。

しかし出陣した以上、何もせずには戻れない。本多平八郎と榊原小平太の兵が天龍の半ばまで進み、歩みを止めた。痺れを切らせた武田勢が川端を黒く埋める様を見届け、浜松城に引き返した。殿を買って出た本多平八郎の兵の活躍で大きな損失には至らなかったが、甲斐の兵の前にあっては、徳川の兵は無力だと双方が感じ取ってしまった。

「勝てねえな」と戦況を見ていた志戸呂が言った。

「これで早晩二俣は落ちる。もう堪えられんだろう」無坂が答えた。

無坂が予想したように、この二日後、二俣城は降伏し開城した。水の手櫓を倒されて一か月、十二月十九日であった。

二俣城の大手門が開かれ、中根正照、青木貞治、松平康安らを先頭に、生き残った一千に満たない兵が続いた。中根正照と青木貞治は直後に始まる三方ヶ原の戦いでひとりは自刃し、ひとりは討死するが、松平康安は三方ヶ原の戦い、長篠の戦いを生き抜き、元和九年（一六二三）に没する。六十九歳であった。

無坂と志戸呂は五明に許され、小頭の日疋の傍らで二俣の兵を出迎えた。ふたりは両手に水を入れた竹筒を抱えている。龍五ら山の者に飲ませる水である。

最後尾に山の者が続いた。

早瀬が無坂に気付き、後続に知らせた。その頃には隊列は崩れ、水を飲もうと天龍に向かって走り出す者もいれば、天龍とは逆方向に逃げ出す者で大手門前は埃が渦を巻いて立ち上っていた。

「取ってくれ」

竹筒を抱え、輪になった腕を突き出すようにして志戸呂が言った。四方から伸びた手に頬を叩かれ、悲鳴を上げている。笑っていたのは一瞬だった。無坂も悲鳴を上げた。

「目障りだから、長居はするなよ」日疋が無坂に言った。「いつかは、汝の腸を引き摺り出してやるからな。楽しみにしていろ」

聞き付けた早瀬と大松が顔を見合わせている。

「日疋様もご壮健で」

うむっ、と無坂に答え、眉を小指の爪で掻きながら、日疋が去って行った。

「驚きました」大松が言った。「冗談には聞こえませんでしたが」

「腐れ縁です。いつかは戦うことになるはずです」

「勝てるのですか」

「どうでしょうか」

志戸呂が寄って来て、帰るか、と言った。龍五が来た。

「ご心配を掛けました」膝に手を突き、深く頭を下げた。

「山根（やまね）が待ってる。早く帰ってやれ」

「俺たちもだ」志戸呂が無坂の背を押した。

「済まんが、俺は残る」

志戸呂に若菜への言い訳を頼み、皆の後ろにいた二ツに、家康がどうなるか、見定めるため残るがどうするか、問うた。

「私は三河守様より、武田の入道殿が気になりますので、付き合いましょう」

決まった。久津輪衆、涌井谷衆、そして紫波衆の皆を見送り、取り敢えず二ツを草庵に案内した。

「美味い蕎麦雑炊を食わせてやるぞ」

「それは何よりです」二ツが言った。

その頃――。

大井川を渡り、武田の本陣目指して更に走りを速めている影の集団があった。

駿河と相模の国境の警備と、駿府の見回りのために配していた者の中から五明が呼び寄せた、玄旦(げんたん)、平内(へいない)、左助(さすけ)、吐糸郎(としろう)、七郎兵衛(しちろべえ)ら《かまきり》五人と透波十二人だった。

この三日後の十二月二十二日、武田信玄率いる二万五千の兵が、二俣城近くの河原から向かいの鹿島へと天龍川を渡った。

同日夕刻、戦が始まる。世に言う、三方ヶ原の戦いである。

第九章　三方ヶ原の戦い

一

山の端が白み、川面が僅かな光を映してようよう見え始めた頃、武田勢が天龍川の渡河を開始した。

真冬である。

天龍の水は氷のように冷たい。人馬から吐き出された息が白く棚引く。兵だけで二万五千余。軍馬だけでも数千余を数える大軍である。吐き出された息は、朝霧のように立ち籠めた後、ゆるりと流れ、解けて消えていった。

川を挟んだ鹿島に身を屈めていた具足の武士が、駄目だ、と呟いた。

「敵の数が、多過ぎる……」

徳川方の物見、鳥居四郎左衛門（しろうざえもん）だった。四郎左衛門は、家康の側近くに仕える彦右衛門の弟に当たった。四郎左衛門は配下の者を急ぎ浜松城に走らせると、武田勢の先へ、先へと回り込みながら行軍を見張った。

陣形を整え終えた武田勢が、秋葉街道を南に下り始めた。

このまま街道を四里二十一町（約十八キロメートル）下ると、浜松城に行き着く。武田勢は足の乱れもなく進んでいる。

「来るぞ」

四郎左衛門は、再び浜松城に馬を走らせた。

武田勢の足並みが変わったのは、浜松城に一里二十四町（約六・五キロメートル）の地点に差し掛かった時だった。前軍が西に折れたのだ。続く兵らも南に下らずに西に曲がっている。

「急ぎ殿へ」また馬を走らせた。

前軍が行軍を止めたのは、二十二町（約二・四キロメートル）程のところにある欠下砦跡であった。後続の兵らは、砦跡をぐるりと取り囲むようにして陣取りをすると、昼餉の仕度を始めている。刻限は午ノ上刻（午前十一時）を過ぎたくらいだった。

ここから浜松城までは、一里と九町（約四・九キロメートル）程である。この砦跡を本陣にして攻めようという腹づもりなのだろう。

四人目を城に走らせた。残りはひとりしかいない。何をしている。知らせたら、早く戻って来い。四郎左衛門が苛立ちを募らせている頃――。

家康は、戦仕度のまま居室の床几に座っていた。軍評定で皆に籠城を告げ、持場に付けはしたが、まだ迷っていた。目の前にいる鳥居彦右衛門に爪を嚙みながら言った。

「四郎左の知らせによると、欠下で陣を張るらしいではないか。それは、取りも直さず、腰を据えて攻めて来るということだぞ。信玄の余命の話、あれは嘘だったのか。半蔵を呼べ」

頰を震わせている家康をひとり残し、居室を飛び出した彦右衛門が、直ぐに戻って来た。物見から新たな知らせが入ったのである。

「武田勢は昼餉を摂ると直ちに欠下を発ち、追分に向かった由にございます」

家康は聞き違えたかと思い、思わず彦右衛門の顔を見詰め、もう一度言うように言った。彦右衛門が、同じ言葉を繰り返した。

「攻めて来ぬのか」

「そのようでございます」

「と言うことは、余命の話は、実なのか」

板廊下を歩み来る半蔵の足音がした。居室の前で片膝を突いて名乗った。お召しにより参上いたしました。家康は、ああ、ああ、と言ってから、「牙牢坊から何か知らせは？」と問うた。

「まだ、ございません」

殿、いかがなされますか。彦右衛門が訊いた。

「半蔵、皆を集めておいてくれ。儂らも直ぐに行くでな」

半蔵が急ぎ、大広間に向かった。足音が遠退くのを待って、家康が彦右衛門に言った。

「出陣するぞ」

「しかし……」

「この戦、勝つ必要はない。大敗しても構わぬ。我らの首の皮が一枚繋がっておればな。徳川は約定を守り抜き、裏切らないと分からせればよいのだ」

「佐久間殿らが、殿（信長）が戦うなと仰せだ、と言い張ること、目に見えておりますが」

「織田殿はそれでいい。が、儂はそれでは困るのだ。目の前を通り過ぎる敵を見送っていたのでは、これから先が成り立たなくなるからな。ここは、あちらよりこちらが大事だからの」

廊下が慌ただしい。彦右衛門が襖を開けた。近習が床に手を突いたところだった。

「物見からの知らせによりますと、前軍は追分を過ぎ、本坂道に入っているとのことでございます」

本坂道は、追分から祝田、気賀を通り、本坂峠を越えて三河に出る道である。祝田は三方ヶ原の北西にあるくねくねと折れ曲がった狭い急坂で、追分から一里十七町（約五・八キロメートル）のところにあった。

祝田か。家康は呟くと、朱色の鎧を持ち上げるようにして立ち上がった。

大広間には重臣らとともに佐久間ら援軍も詰めていた。

家康は開口一番、出陣する旨を告げた。

響動めきが大広間を埋めた。

お待ちください。叫んだのは佐久間信盛、織田方から送られて来た援軍の将のひとりだった。

「敵の数は変わっておりませぬ。二俣の時をお忘れか。また引き返すことになるだけですぞ」

「勝てぬ。分かっておる。だが、やるしかないのだ。考えてもみよ。我が屋敷の背戸を通られているのに文句も言えず、屋敷の中から見ていたら、臆病風に吹かれた者として、この先誰も付いて来ぬであろう。それだけではない。織田殿は浅井、朝倉、松永ら敵に囲まれている。そこに信玄をやすやすと進ませる訳にいくか。いかんであろうが。平八郎、ここはどこだ？」

「浜松……にございます」本多平八郎が慌てて答えた。

「そうだ。我らの庭だ。小平太、どこに坂があり、それが上りか下りかまですべて分かっておろうな？」

「勿論にございます」榊原小平太が答えた。

「これで引き下がれるか」

「無理でございますな」酒井左衛門尉忠次が莞爾と笑った。

「ならば、どこで戦う？　策はないか。武田勢は追分から本坂道を進んでいるそうだぞ」

「おうっ」と平八郎が叫んだ。「祝田の坂はいかがでしょうか」

「よう気が付いた」直ぐさま小平太が応じた。「二万五千の兵が坂道を下り切ったところを矢弾で襲えば、大打撃を与えることが出来ましょう」

「まさに」酒井左衛門尉と大久保新十郎忠世が頷き、拳で床を叩いた。

「となれば、前軍がそろそろ祝田の坂を下り始めた頃だ。二万五千があの狭い急坂を下るのだ。徒に刻を食うはずだ。見送りに参ろうぞ」

勇み立った徳川勢を、織田勢が遮った。

「お待ちくだされ」

思い通りに策が運ばなんだ時は、何となされます？　佐久間信盛だった。

「この腰抜けが」平八郎と小平太が怒鳴り声を上げた。

摑み掛からんばかりに気色ばんでいるふたりを鎮めたのは、家康であった。

「この戦は、織田殿の御為になることですぞ。一日でも、半日でも、一刻でも、半刻でも信玄をこの地に止め、遅らせれば、その分織田殿の、この先の戦いが楽になるのです」

お分かりいただけぬか、と言って続けた。

「我らここで果てようとも、織田殿が後日お勝ちくだされば、我らも生きたことになるのです。我らに死に場所をくれませぬか」

「そこまでお考えとは。最早、我ら何も申しませぬ。共に戦わせてもらいます」

佐久間信盛、平手汎秀らは頭を垂れると、奮迅の働きを徳川の衆に誓ったのだが、佐久間はどう転んでも兵の数の差は覆しようがなく、戦っても死ぬだけだから、と戦場を逃げ出し、水野信元と林秀貞らは身を危うくせぬよう立ち回った。ただひとり平手だけが浜松城への帰路に迷い、武田の追っ手に討ち取られてしまったのである。それはさておき――。

出陣した徳川軍が追分から本坂道に入り、根洗松を目前にしたところで、前軍を任された石川数正の兵が、物見に出ていた鳥居四郎左衛門の姿を認めた。必死に馬を駆っている。

四郎左衛門の報は家康を仰天させて余りあった。武田軍が根洗松に陣を張り、徳川軍を待ち受けているというのだ。

家康らが浜松城を出た時は、武田軍は祝田の坂を下りていた。その知らせが家康に向けて放たれたのを見て兵を止め、家康が追分を過ぎるのを待って武田軍は向きを変え、根洗松に駆けたらしい。祝田の坂から根洗松までが九町（約九百八十メートル）。追分から根洗松までが一里九町。一里の差で仕掛けられた罠に嵌まり、家康軍は戦場に誘き出されたのだった。

そら見たことか、と舌打ちをしている織田の援軍らの前に回り込んだ平八郎や小平太が、死に場所は決まった、と叫んだ。

「逃げて背を斬られるは恥。進め」

今さら向きを逆には出来ない。そこを突かれたら総崩れになってしまう。進むしかない。

「よう言うた」家康が大声を発した。「三河武士の武者振りを見せてくれようぞ」

空元気を出している家康に擦り寄った彦右衛門が、「陣立を」と囁いた。籠城するつもりが、出陣に切り替えたので、戦場での陣形など考えてもいなかった。

「武田方の陣形は？」四郎左衛門に訊いた。

「……そこまで見ていることは」

「よい。ならば、鶴翼でゆく。聞いたら走れ」馬廻の者らに言った。「一の備えは続け。家康は全軍を鼓舞するように石川数正と轡を並べて先頭に立った。

四郎左衛門が兄の彦右衛門に何か告げている。彦右衛門が馬首を巡らせて戻り、この先一町（約百九メートル）で藪が切れる、と言った。

「……」

「根洗松でございます」

「広がれ」石川数正が配下の武将に言った。堰を切って水が流れ出すように、兵が横に広がりながら進んだ。

「おうっ」という声が、徳川勢の中から聞こえた。

目の前の原を埋めているのは夥しい数の武田の兵だった。騎馬がいた。数え切れない数の騎馬と騎馬の間に、これまた数え切れない数の兵がいた。武田の陣形は魚鱗の陣であった。それにしても、兵の数が多い……。

「二万五千か……」

駄目だ、と家康は思った。勝てん。

いや、と思いを打ち消した。勝てないのは分かっている。逃げられん、だ。あの大軍が攻めてきたら、とても城まで帰り着けぬ。

「殿」と石川数正が叫んだ。「相手に取って不足なしですな。腕が鳴りまするぞ」

汝は化け物か。死ぬことが恐くないのか。思いが胸の内側を駆け巡ったが、顔には出さず、おうよ、と家康は叫んだ。

「先鋒を任せたぞ」

「心得ました。殿は高みの見物でもしてござれ」

「剛気、剛気。与七郎（数正）には敵わぬ」

笑い声を残して家康は、総大将の床几のある中備の奥に向かった。

「始まりますね」二ツが無坂に言った。

浜松城の城下で家康を見張っていたふたりは、四郎左衛門の使いの後を尾け、欠下砦から武田軍とともに動いていた。

「徳川方は、まんまと誘き出されたようですね」

ふたりで、武田勢が祝田の坂を下り掛けて足を止めたところと、物見が家康に知らせに走ったところを見ていたのである。

「危ないな」

「万一の時は、助けますか」

「見殺しには出来んしな」

梢の先を掠めた風がふたりを包み、足許を吹き抜けた。木の葉が駆け抜けて行く。木の葉の向こうに男がいた。咄嗟に飛び退いたふたりに、俺だ、と男が言った。五明だった。五明が無坂と二ツを見、まさか、と言った。

「ここで武田の邪魔はせぬであろうな？」

「見ているに止めるつもりではおりますが」無坂が答えた。

「分かっている。山の者は卑怯な手を使った者には、武田であろうと徳川であろうと刃向かうのであろう？」まあよいわ。好きにいたせ。但し、と言って続けた。「戦場で敵として会った時は容赦せぬからな」

五明は見回りがあるからと、透波を従えて藪に消えて行った。

「やはり、すごい腕の方ですね」と二ツが言った。

殆ど気配らしいものも立てずに現れていた。

「飛び加当の時もそうでした」

二十一年前になる。上原館近くの藪に建てた草庵に二ツといたところに、五明が不意に現れたことがあった。二ツにしても、近付くまで気付かなかったようだった。それが五明の技量だった。

五明が立ち去って四半刻（三十分）が経った。刻限は申ノ下刻（午後五時）になろうとしていた。

両軍は睨み合ったまま動こうとしない。その間、一町（約百九メートル）余。

徳川軍としては、間合が詰まり過ぎていた。退こうとすれば、追われることになる。

武田軍にとっては、申し分のない間合だった。武田には、持っ籠と呼ばれる投石法を得手にしている小山田隊がいたのである。持っ籠とは、布に投擲する拳大の石を入れ、大きく振り回してから放つ、というもので、習練を積んだ者は百十間（約二百メートル）先の的に当てた、と記録にある。

礫が恐くて先鋒が務まるか。石川数正が千二百の兵を率いて進み出ると、待っていたかのように武田軍の先鋒・小山田信茂が暮れ急ぐ空に持っ籠を打たせた。礫が虚空を斬り裂いて落ち、石川隊の楯を、兵の頭蓋を割った。戦が始まった。

「怯むな。進め」石川数正が馬上で叫んだ。

数正に応え、槍を突き立てた石川隊がぐい、と押し出した。

そこまでは、無坂と二ツにも見えていた。だが、小山田隊と石川隊双方に加勢が来、更に新たな加勢の兵が雪崩れ込んでくる間に、見えるのは追い掛け合っている足軽と主をなくした馬ばかりになり、それらも日没とともに見えなくなってしまった。

「叔父貴、どうします？」

「何がどうなっているのか、まったく分からんが……」

北西から押し寄せて来る松明の方が、圧倒的に数が多かった。北西に陣を張っていたのは武田軍だった。勝敗はそれで察するしかなかった。

「取り敢えず、追分辺りまで戻るか」

「では、急ぎましょう」

二ツが松明の波を指しながら言った。

波は藪の隅々にまで入り込み、徳川勢を探していた。見付かりでもしたら、厄介なことになる。

「前に立ちます」二ツが駆け出した。

二ツは藪を透かして射す松明の明かりを頼りに、枝や根を巧みに避け、足を快調に伸ばした。無坂は二ツが頭を下げたら下げ、跳んだら跳びと、ひたすら二ツの動きに合わせて続いた。

「三河守様が心配ですか」二ツが前を見たまま、足を運ぶ速さを変えずに訊いた。

「……まだ死なせたくはないな」

「探してみますか」

「この暗がりだぞ」

「多分、こっちでしょう」

「見えるのか」

「闇に慣れているだけです」山に入っていると、と言った。煮炊きをする他は火を焚かないことがあるので。

二ツの足が藪を抜け、本坂道の方へと向かった。

二

「誰だ？」と家康が、馬の鬣に獅嚙み付きながら、四囲の近習や馬廻の者に怒鳴って訊いた。「誰が出陣だと吐かした？」

返事はない。分かっている。儂が言い出し、命じたことだ。

数では勝てない。分かっていた。武田の兵を見た時、駄目だと思った。いつ、どうやって引き上げるか。それしか頭になかった。

なのに、何だ。あの強さは。流石、三河武士だ。押していたぞ。一万余で二万五千を押していたのだぞ。退くのはまだ早い。押せ、と叫んでいたら、あの若造が、諏訪の四郎が、槍の穂先のように突っ込んで来おって。ために、我ら総崩れになってしまったではないか。

「もういい。意地は見せた。退却だ」

余裕があるように振る舞ったが、儂の足は震えておった。

実に恐ろしきは諏訪の四郎よ。駄目だ。甲斐には勝てん。胸に沸々と煮え滾ってきた怒りと、恐れと、己が無力を知らされた痛苦を鎮めるには、吠えるしかなかった。

夜空を覆う木立を見上げ、大きく口を開き、咽喉も潰れよ、とばかりに大声を張り上げた。声は木立を振るわせ闇に溶けて消えた。満足だった。

狼（おおかみ）よの。家康は並んで馬を駆っている鳥居彦右衛門を見た。

「殿、《かまきり》が我らを追っているはず。今暫くは、居所を探られぬようお慎みを」

「うむ……」

彦右衛門には逆らえなかった。退却を命じようとした時、彦右衛門の弟の四郎左衛門が、殿（しんがり）に付くことを乞うて来た。この負け戦で殿に付くことは、死を意味していた。死に急ぐな。鼻面を取って引き回し、よきところで逃げろ、と言い渡したが、逃げる男ではなかった。恐らく、この地のどこかで屍（かばね）を晒すことになるのだろう。

負けるものではない。負ける覚悟で戦うても、負けるものではない。家康は馬の腹を思い切り蹴った。ぐうっ、と馬が言った。確かに言った。怒ったのだ。許せ。鬣（たてがみ）に顔を埋めて囁いた。

「今のは、叫び声か」誰の声とも知らず、家康が上げた大声を耳にした五明が、日疋に訊いた。

「そのようでした」

　ここは戦場である。三方ヶ原の台地の各所で叫び声は上がっていた。骸となった数は、武田方凡そ二百、徳川方凡そ二千と言われている。その中には、鳥居四郎左衛門もいた。四郎左衛門は執拗に追って来た土屋昌次と戦い、首を取られていた。土屋は、伊賀の忍び・式根に虚仮にされた鬱憤を四郎左で晴らしたのである。その土屋も三年後、長篠で散ることになる。一の馬防柵を越え、二の馬防柵も突破し、三の馬防柵に取り掛かったところで一斉射撃を受け、絶命したのである。また、二俣の城を明け渡し、死に場所を探していた中根正照と青木貞治も、戦いの中で散っていた。

　狭い三方ヶ原の地で、二千二百の命がなにがしかの叫びを口にして尽きたのである。その中から、家康の声に耳を留めたのは、忍びとしての勘なのだろうか。五明は声の方を見てから、俺は本陣に詰めている、と日疋に言った。

「人数を連れて、徳川の重臣どもの息の根を止めて来い」

「承知しました」

　日疋が指笛を吹き鳴らしながら駆け出した。木魂、七郎兵衛、吐糸郎と透波四人が日疋に続いた。

一方、牙牢坊ら伊賀の者らも、三方ヶ原の闇の中にいた。

信玄の様子を探り、殺れると踏んだら、後先考えずに殺れ。殺って己が名を、伊賀の名を遺せ。

もし目に発火する力があれば、火を噴いていただろう。牙牢坊は、炯々と光る目で見回すと、鉢八と常闇と跳虫に家康の護衛を命じ、他の者は己とともに武田の陣を探るように言った。

「殿は慎重な御方だ。逃げ帰ることが出来るところで、見ておられるはずだ。殿が無事に城に入られたら、直ちに戻って来い」

牙牢坊が言い終えたのと同時に、鉢八らは本坂道を追分に向かった。

そして無坂と二ツは、闇の中を走る黒い影に誘われるように、家康の逃げる方へと吸い寄せられて行った。

前を走っていた二ツが足の出を遅らせ、後から来る無坂との間合を詰めた。

「尾けられています」二ツが小声で言った。

「そのようだな」無坂も気付いたところだった。

風を切る音がした。咄嗟に身を屈めた。矢が、木の幹に刺さった。二矢が射られ、後ろの闇に飛んだ。微かに血がにおってきた。尾けていた者が射貫かれたのだろう。

とすると、射た者は味方か。幹に刺さった矢を見た。矢柄も矢羽根も黒く塗られていた。

《かまきり》との戦いの中では、黒拵えの矢はなかった。風魔でも見覚えはなかった。伊賀者なのか。無坂が矢の来た方に叫んだ。

「伊賀の衆か。もしそうなら、我らは徳川様をお守りするために駆け付けた者だ」

無坂だ、と名乗った。

「其の方の名、鳥居様より聞き及んでいる」闇の中から溶け出すように現れた男が言った。「山の者のようなので、そうかと思い、木の幹に射たのだ。殿が先に行き過ぎてしまうでな。付いて来い。俺の名は常闇だ」

「そこまで夜目の利く方に、初めてお会いしました」無坂に次いで、二ツも驚きの声を上げた。

「昼間と同じ程には見えぬがな」

常闇は手にした半弓を背に回すと、巧みに藪を駆け抜けて行く。無坂と二ツが続いた。

両側の闇の奥で人の動く気配がした。伊賀者か、訊いた。

「伊賀もいれば、《かまきり》も風魔もいよう。闇は魑魅魍魎（ちみもうりょう）の住処（すみか）だからな」

常闇は木立や枝の間を擦り抜け、岩や木の根を跳び越えて本坂道に出ると、滑るように進んだ。速い。

前方を、騎馬の一群が逃げて行く。無坂の目には、はっきりとは見えなかったが、ひとりの騎馬武者を前後左右から囲んでいるらしい。追い付いたのだ。真ん中にいるのが家康だろう。

更に走る速度を上げた時、突然前のふたりが絶叫して馬から落ち、家康の馬が棒立ちになった。

走れ。構わず走れ。常闇が叫んだ。

家康の馬の腹に、左右の木立から矢が飛んだ。吸い込まれるように刺さり、馬がどう、と倒れた。

鳥居彦右衛門と馬廻の者が即座に馬から飛び降り、助け起こし、四囲を固めた。

「伊賀者でございます」

常闇は彦右衛門らに知らせながら脇を駆け抜けると宙に飛び跳ね、矢を射た。矢は木立に消え、胸に矢を受けた黒装束の忍びが地に落ちた。常闇とほぼ同時に宙に飛んだ二ツが、

「こちらはお任せを」

反対側の木立に長鉈を投じた。柄に結ばれた紐が伸び切ったところで、二ツがくい、と紐を引いた。長鉈が生き物のように二ツの手に戻り、それを追うように木立から忍びがぶら下がった。

「ここにいたのは此奴どものみと思われます」常闇が彦右衛門に言った。

「ようやった」

彦右衛門は叫ぶと、家康を馬に乗せながら、お守りするのだ、と言った。そこで無坂らに気付き、一瞬目を見張ったが、頷くと、

「城まで一走りだ」

家康を彦右衛門と馬廻ふたりが挟み、ひたすら馬を駆る。それを常闇と無坂ら三人が守る。

「分かったな」

彦右衛門が出立を命じ、乗り手をなくした馬に乗り、腹を蹴った。

一町程黒い塊となって進んだ時だった。馬廻のひとりが正面からの矢を胸に受け、残るひとりが肩と腿に受け、転がり落ちた。

左右の闇から黒い影が湧き出した。身のこなしで《かまきり》と透波だと分かっ

た。五人はいる。

常闇と二ツと無坂が三方に飛んだ。

影のひとりが宙を飛び、家康に襲い掛かった。迎え撃とうとした常闇の頭上で、影に男が跳び付いた。影が血を噴きながら横に撥ね飛んだ。

「間に合うたわい」男が言った。

「跳虫にございます」常闇が彦右衛門に、先を急ぐように言った。「ここは我らが防ぎまする」

「頼むぞ」

彦右衛門が無坂と二ツに、馬上の家康を挟んで走るよう命じた。儂は背後を抑える。

その彦右衛門の後方で刃がぶつかり合い、火花が散った。

火花を散らしていたのは、常闇と五明が呼び寄せた援軍のひとり、七郎兵衛であった。

ふたりは、二合斬り合い、左右に跳んで分かれた。ふたりに射す灯り(あか)は、遠くで翳されている松明の小さな炎だけである。双方とも、ほぼ闇の中にいた。

「俺が見えるかな？」

先に闇の中に消えたのは常闇だった。背から溶け込むように闇に消えて行った。

「どこだ？　どこにいる？」

常闇を追い、刀を振り回しながら木立の間をぐるぐる回っていた七郎兵衛が、片膝を突いて身を屈めた。

「来てみろ。叩き斬ってやる」

「斬れるかな」

声が背後から聞こえた。

「行くぞ」

右手から聞こえた。だが、いるならば、近付いて来るならば、相手を追うと見せ掛けて張り巡らせた黒糸に、敵の足か身体が触れるはずだった。それがなく、声だけしているということは、黒糸の外側で襲う機を窺っていることになる。

七郎兵衛は待った。黒糸が震えるのを、待った。

闇がこそ、と動いた。そこか。地に張った黒糸に何かが触れ、手指に巻いた糸に伝った。

落ち葉が鳴った。と同時に七郎兵衛の折り曲げていた膝が伸び、地を蹴り、刃が閃(ひらめ)

いた。

七郎兵衛の頭上の闇が、濃さを増していた。闇を人の影が覆っていたのだ。

気付いた時には、七郎兵衛は肩から唐竹割り（からたけわ）に斬り下げられていた。

「汝が黒糸、見えておったわ」

常闇は七郎兵衛の骸に言うと、黒い風となって家康を追った。


黒い風が吹き抜けた木立では、別の戦いが始まっていた。

《かまりの里》から来た木魂と伊賀の跳虫の戦いであった。

木魂の投じた棒手裏剣を躱した跳虫が、木の幹を蹴って宙に舞い上がり、木魂の頭蓋に刀を振り下ろした。木魂は転がって刀を避け、起き上がるのと同時に地を蹴って木魂を見下ろす中空に跳び上がり、棒手裏剣の雨を降らせた。木の幹で棒手裏剣を躱した跳虫が枝に跳び付き、反動で宙を駆け、刃を木魂に打ち付けた。木魂も刃で受け、行き交した双方が木の幹に走り、蹴って宙に跳び上がった。

ふたりの忍びは同時に中空にいた。この時、勝機はより高く跳んだ者の掌中にあった。

木魂がはっ、として、頭上を見た。跳虫の足があり、身体があり、顔があり、手にした刀があった。

終わった。我が命、尽きたか。

そう思った瞬間、熱いものが頭に当たった。

木魂は骸となって地に落ちた。


先に気付いたのは二ツだった。

「誰か潜んでいます」

無坂が、身を低くしているよう家康に言った。

道を覆っている木立から何かが飛んだ。網のようだった。それは宙で広がると、馬の顔を、頭を覆った。驚いた馬が振り払おうと首を縦に振り、勢い余って前のめりに転げた。

「手綱を離せ」叫びながら無坂が、家康を抱えて馬の背を跳び越えた。彦右衛門の悲鳴のような絶叫が片耳をよぎった。喚くな。五月蝿い。起き上がった家康が、怒鳴った。

その無坂らの脇を、「後は頼みます」と言い残して、二ツが擦り抜けた。

左右の藪から、透波が躍り出て来た。

無坂は、一方に長鉈を投げ付ける振りをして相手が怯んだ隙に、もう一方に手槍で斬り付け、間合を得、改めて身構えた。家康は彦右衛門を楯にして木立を背にしている。

一方が足指を捻った。打ち込んで来るらしい。それに合わせて棒手裏剣を投げようとしているのだろう。もう一方が身体を僅かに開いたところを狙い、長鉈を投げた。長鉈の柄に結ばれた紐を引き寄せている間に、一方が斬り込んで来た。躱して回り込んでいる無坂を追っていた透波の背に、戻って来た長鉈が当たった。血の塊を吐いて倒れた一方を、もう一方が見た。

瞬時の出来事だった。もう一方の胸に、手槍が刺さった。

「助かったぞ」

彦右衛門の陰から飛び出した家康に、二ツと戦っていた吐糸郎が棒手裏剣を放った。咄嗟に無坂が叩き落としたが、狙いは正確だった。男の腕前の程が知れた。

「何とかせい」彦右衛門が語気荒く叫んだ。

投網（とあみ）が夜空に開き、輪になって飛んだ。身を投げ出すようにして躱した二ツに、更に投網が飛んだ。吐糸郎が刀を逆手に持って投網の上に飛び降りた。二ツが手槍を突き上げた。刀よりも手槍の方が長い。その差であった。吐糸郎が腹から背に手槍を刺し貫かれて息絶えた。

「もう大丈夫です」

無坂が藪に逃げ込んだ彦右衛門の馬を探して戻って来ると、彦右衛門が走り来た騎馬武者らを止めていた。松井忠次、通称・金四郎が率いる三人だった。

「追っ手がそこまで来ております」

武者は家康が身に付けていた鎧と己の鎧を交換すると、鉢八、と叫んだ。返事が樹上から下りて来た。

「ここから先には行かすな」

「心得ております」鉢八が答えた。

金四郎は、彦右衛門に馬を一頭譲ると、来た道を引き返して行った。

「急ぎましょう」

家康と彦右衛門を馬に乗せ、無坂と二ツは再び駆けた。

鉢八は近付いて来る蹄の音を聞きながら、風向きを見た。追い風である。

「この日、この時、ここに駆けて来た己が不運。誰も恨むでないぞ」

懐に手を入れた。懐の袋には、笹の葉が入っている。

「そのような子供騙しが、いつまで続くと思っているのだ」

鉢八の頭上から聞こえて来た。何？　思わず見上げたが誰もいなかった。

「そこではない」

どこだ？　探した。

十間（約十八メートル）先の木立の根方に、男が立っていた。

「《かまきり》の日足。お相手いたそう」男が言った。

「面白い。大口を叩く程の腕か見てやろう」

鉢八は左手の指先から笹を破いた目潰しを零し流すと、笹を取り出し、ゆらりと風に乗せた。笹が小舟のように宙を滑り、行き先を探った。

日足の右手が上がった。

鉢八を囲むように、爆発音が起こり、四方から火柱が上がり、枯れ枝や枯れ葉に火が点いた。ざわ、という音が鳴り、風が吹いた。

違う。

風向きが変わっている。追い風が向かい風になっている。

「《笹小舟》が使えぬ」

逃げようとした鉢八に、黒い小さな粒が纏わり付いた。黒い粒は宙を埋めていた。

黒い粒のひとつが、日疋の手許で発火した。次いで、隣の粒が発火した。粒は次々と発火し、鉢八を炎が包んだ。

思わず目を瞑った鉢八の額に、深々と棒手裏剣が埋まった。

日疋の上げた炎を目印に、山県三郎兵衛尉昌景と馬場美濃守信春率いる騎馬隊が蹄の音を雷のように響かせて疾駆して来た。

「《かまきり》にございます。三河守殿はこちらに……」

と日疋が、家康の去った方向を指した。

騎馬隊はくすぶり続けている鉢八の骸の脇を通り、本坂道を駆け抜けて行った。

三

無坂と二ツに先導され、家康は浜松城へと直走った。

追分は過ぎた。残すところ一里余程である。

「間もなくでございます」無坂が家康に言った。

「追っ手は？」

「今のところは、追い付いておらぬようでございます」

「助かったのか」

「それはまだ分かりません」

「無坂。其の方は、城勤めは適わぬぞ。このような時は、助かりました、と言うのだ」

家康は背筋を伸ばすと、殊更声を上げて笑い、追分へと続く道を振り返り、助かったのだ、と言った。

「一時は、もう駄目だと思うた。武田は強い。勝てぬ。分かっていたが、とても勝てぬ」

「殿、声が大きゅうございます」後ろを駆ける彦右衛門が言った。

「誰もおらぬわ。城では言えぬから言うのだ。悔しいのう。ほんに悔しいのう」

家康は口を開けて泣くと、あたっ、と叫んだ。

「舌を嚙んだ……」

唾を吐こうとして左を見た家康が無坂に気付き、右を向いた。二ツがいた。家康は唾を飲み込むと、糞をしとうなった、と叫んだ。

「殿」彦右衛門が身を乗り出すようにして言った。「後僅かでございますぞ。我慢なさりませ」

「彦右衛門。其の方は分かっておらぬ。我らは負けたのだ。せめて、糞を食らわせてやらんで腹の虫が収まるか。それにな、考えてもみよ。敗走の馬上で、敵に向かって糞を垂れたという話が広まってみろ。流石三河守、腹の据わり方が尋常ではない、と言われ、この負け戦を吉に転ずることが出来るかもしれぬのだぞ」

「広めるのは？」

「其の方の務めであろうが。いや、驚いた、と言えばよいのだ」

「お好きになさりませ」

「無坂、聞いたか」

「はい……」走りながら答えた。

「するぞ」

「では、前に出ます」彦右衛門の馬が、するりと無坂らを抜き去った。

家康はもう一度、するぞ、と叫ぶと、鐙（あぶみ）に置いた足を踏ん張って立ち上がり、手綱を口に銜（くわ）え、襟首に手を回し褌の紐を緩めた。

「武田め。思い知れ」

夜目にも白い尻を突き出すようにして腰を下ろすと、軽衫（かるさん）の腰の辺りを左右に開き、褌を脇に寄せ、気張った。

か弱い屁の音は蹄に消されたが、実は出たらしい。

「出たぞ」

と家康が叫んだ時、ひゅっと風を切る音がした。矢が家康の頭上を通り過ぎたのだ。

「何だ……?」家康の声が震えた。

家康を逃がすまいと、追っ手の中から先駆けして来たのだろう。先頭の武者の持つ松明の灯りに、馬上で弓を満月に引いている四人の武者の姿が浮かび上がった。

「矢が来ます」

「もうか。まだ、追っ手は来ぬはずではないのか」

「背をお屈めください」

四本の矢が、家康を囲むようにして飛んで行った。家康は、ひいっ、と叫ぶと、尻を丸出しにしたまま鬣にしがみついた。

「殿、間もなくでございます」彦右衛門が振り向いて言った。

「玄黙口か」家康が訊いた。

玄黙口は城の艮(東北)の方角にあった。篝火が赤く燃え立っていた。

「左様でございます」

「鬼門とは上出来だ。行け」家康が尻を仕舞いながら言った。

「手前どもは、ここらで追っ手を食い止めます」

無坂が家康に言い、二ツと宙に跳ねた。跳ね上がった宙で身体の向きを変えると、ふたりの手から長鉈が飛んだ。長鉈は武者ふたりの胸に当たり、弾かれたように馬の後方に転がり落ちた。

「おのれっ」

馬上から振り下ろされた太刀を躱して、二ツの手槍が胴と草摺（くさずり）の隙間に入り、腹から胸を貫き通した。

その時無坂は、残るふたりの騎馬武者に挟まれていた。交互に繰り出される太刀を手槍で受けながら、じりじりと押され、岩に足を取られて倒れそうになった。

「叔父貴」

二ツの叫びを耳に踏ん張ると、渾身（こんしん）の力を込めて、一方の騎馬を斬り上げた。手槍は馬の首を裂き、武者の腕を斬り落として虚空に跳ね上がり、その勢いに乗って、もう一方の武者の咽喉を刺し貫いた。片腕になった武者が二ツに斬り掛かってゆき、そのまま倒れた。

幾重にも重なる蹄の音が近付いて来た。

「逃げるぞ」

無坂と二ツは長鉈の柄に結び付けている紐を引き、長鉈を掌に受けると、玄黙口の篝火を目指して走った。

玄黙口の城門は開いていた。

「ありがたい」

無坂はもう一走りだと自らに言い聞かせ、振り向いた。遠くで松明に照らし出された土埃が盛大に立ち上がっていた。

「構わぬ。通せ」城門の手前で彦右衛門の声が聞こえた。

門を潜ると、水を張った樽(たる)の脇で家康が飲んだばかりの水を吐き出しながら、彦右衛門に命じていた。

「城門は閉めるな。開けておけ」

彦右衛門が大声で復唱した。

「篝火の数が足らん。薪も足らん。空を焦がす程焚け」

これも、即座に復唱した。

「太鼓はどうした？　音が小さい。ありったけの太鼓を並べ、打ち続けろ」

復唱している。

「もたもたするな。直ぐにやれ」

家康が一段と声を張り上げた。彦右衛門の声音も、輪を掛けて高く大きくなった。

柄杓の水を飲み干した彦右衛門に、追っ手が迫っているのに城門を開けておいていいのか、と無坂が訊いた。

「よいのだ」これは空城の計と言われる兵法でな、罠と思わせ敵を撃退させる策略なのだ。彦右衛門が得意げに話した。

「敵が、しめた、と思って攻めて来たら？」無坂が訊いた。

「城は、容易く落ちてしまうであろうな」

「でしたら……」危ないのではないか。無坂は咽喉まで出掛かった言葉を呑み込んだ。

「相手が誰かで使える策だ」家康が背筋を伸ばして息を吐きながら言った。「信玄子飼いの隊将ならば、策を読み、裏を読み、裏の裏を読み、更に裏の裏の裏を読み、身動きが取れなくなって引き上げるであろうよ。ただ突っ掛かって来る猪武者には通じぬであろうな」

城兵が、追っ手が来た、と叫んだ。

家康が先頭に立ち、城壁に穿たれた狭間から追っ手を見詰めた。

「山県三郎兵衛尉と馬場美濃守のようでございます」彦右衛門が言った。

「彼奴らなら、襲うては来ぬ。これは策か。裏があるはず、と考え込んでいるはずだ。助かったな」

くっくっ、と笑っている家康に、刻々と討死を遂げた者らの名が伝えられた。

「織田殿の方々は、いかが相なった？」

平手汎秀が討死した他は不明だと告げられている。

「そうか。平手殿は討たれたか」

家康は一瞬瞑目すると、まあよい、と言った。

「面目は保てた。それよりも」

半蔵はどこだ？　彦右衛門に訊いた。信玄はどうなっておるのだ？　役に立たぬではないか。

彦右衛門は近習を呼ぶと、半蔵を探すように言い付けた。その間にも、家康の許には様々な知らせが届いている。

無坂は、鳥居彦右衛門に近付き、尋ねた。

「信玄に伊賀者を差し向けましたね？」

「どうして、それを？」

「手前は《かまきり》に加勢いたしました」

「何？」彦右衛門が声を荒げて、無坂を睨み付けた。家康がはっ、として、無坂と二ツを見た。

「我らが生き残るためだ」彦右衛門が答えた。

「そうまでして生き残る価値とは、何ですか」

「家だ。徳川という御家を守る。我らはそこに己の命以上の価値を見出している。だからこそ、の戦いであるのだ」

「三河守様も同じですか」無坂が訊いた。

「同じだ」家康が答えた。

「承りました」

「利いた風な口をきくな」無坂は何も分かっておらぬ、と家康が言った。「そなたは己ひとりのことを考えておればよい。が、儂は三河衆すべてのことを考えねばならぬのだ」

「承知いたしております」

「正直に申せ。分かっておるはずがあるまい。が、それでいい。所詮、儂とそなたは、違う娑婆（しゃば）世界に住んでいるのだ」

「それでも分かることがございます」

「何だ？」

「御家とか言う詰まらぬものを守るために、何人の命を取り、失ったのですか。いつからそのように浅ましいお考えを持つようになられたのですか。薬草を覚える度にお見せになっていた、あの笑みは忘れてしまわれたのですか」

「忘れた。過ぎたことは忘れることにしている」

「では、ひとつだけ覚えておいてください。負けてこそ、知ることが出来る大切なものがございます。もし命長らえたら、先程の怯（おび）えた顔を、五体の震えを思い出し、ここで何があったかを思い出されるがよろしいでしょう」

「下がれ。目障りだ」彦右衛門が荒い声を上げた。

馬廻が、無坂と二ツを取り巻いた。

「手出しはするな。此奴らは一応、命の恩人だ。行かせてやれ」

無坂と二ツが城門を出ると、武田の追っ手が向きを変え、去るところだった。

「生き残ったようですね」二ツが言った。

「運が強いのだろうな……」

無坂は、天文十八年（一五四九）に初めて家康と出会った時のことを思い出していた。駿府の臨済寺であった。

――僅か八歳にして、人並み以上の苦労をして来ておられる。

雪斎禅師の声が甦った。二十三年前になる。

思いに浸っている無坂と四囲に気を配っている二ツが、城に引き上げて来る兵らの流れに逆らって、城外へと歩いて行く。家康は矢倉に上り、ふたりの後ろ姿を見詰めた。

儂はもっと大きくなる。そのためには、あの男、無坂の賢しらな物言いと振る舞いは邪魔だった。儂は雪斎ではない。

家康は彦右衛門に言った。

「この悔しさを、儂は忘れぬ。だが、あの者に助けられたことと、あの者のことは忘れる。それが儂の生き残る道だ」

「山の者の戯言など、お忘れになるのが賢明と心得ます」

「うむ」

頷いた家康に、新たな知らせが届いた。信玄が浜松城から子（北）の方角に僅か九町（約一キロメートル）の犀ヶ崖に本陣を移したという報であった。

「夜襲を掛けろ」

本多平八郎の声であった。兵らが勇んで答えている。

「やれ」と家康が彦右衛門に言った。「城にあるだけの鉄砲を集めろ」

「承知仕りました」

彦右衛門が矢倉を駆け下りて行った。

城門の中で歓声が上がった。

「負け戦なのに意気盛んですね」二ツが城を振り返った。篝火の灯りに明暗をくっきりさせて、夜を背に浮かび上がっている。

「意地は見せた、とほっとしているのだろうよ」

「私たちはどうしましょう？」二ツが訊いた。

「信玄の進み具合が遅いからな。付き合っていると、俺たちの食うものを手に入れるだけでも大変になる」

信玄の本陣の様子を見て決めよう。走り出し、藪に入ろうとしたところで、無坂が呼び止められた。

「どこに行く？」

二ツが手槍と長鉈を両の手に持って身構えた。

「待て」と藪が騒いだ。「出て行く。風魔の石動木だ」

燐を塗られた綿が、火を点しながら流れた。

無坂が二ツに知り人であると告げた。藪から出て来た石動木が、追っ手を倒すところを見ていたぞ、と言い、二ツを、左手を見た。

「七ツ家の二ツ……殿か」

殿と付けたことで、二ツの出自を知っていると分かった。恐らく、幻庵か、先代か当代の小太郎から、今は亡き龍神岳城城主芦田虎満の嫡男・喜久丸だと聞いていたのだろう。二ツがそうだと答えると、改めて名乗った。燐が燃え尽き、闇に戻った。

「甲斐の本陣に向かおうとしていたのだ」無坂が、本陣の場所を訊いた。根洗松のまか。

戦の成り行きとともに本陣が前に動き、犀ヶ崖に移っている。浜松城の直ぐ近くだ、と言って石動木は一旦言葉を切ると、ところで、と言って無坂と二ツを見詰め、口を開いた。

「信玄の身体の具合が悪いという噂を聞かぬか」

進軍が遅過ぎるであろう。どうも様子がおかしいのだ。そうは思わぬか。

「包み隠さずに言う。我らは武田軍の中にいる。北条からの援軍、清水太郎左衛門の兵に紛れているという訳だ。その我らでも分からぬのだが、其の方ら地獄耳だからな。何か耳にしたら教えてくれ。何かあったとしても、こちらからは教えてやれぬかもしれぬが、恨むなよ」

「よろしいのですか。そのような大事を話されても」

「殿（幻庵）は其の方らを信じておられる。我らは見習っただけだ」小頭が言われたのだ。恐らく三方ヶ原のどこかにいるはずだ。見付けたら、教えてやれ、とな。「俺ひとりの才覚で話したのではない」

松明の灯りが無坂らのいる藪に近付いて来た。

「敵か味方か分からんし、味方にしても敵と同じゆえ、ここまでとするぞ」

石動木の気配が消えた。

「私たちも」二ツが先に走り、無坂が続いた。

無坂と二ツは、犀ヶ崖の武田本陣から離れた岩陰に露宿した。

「信玄が病とは、本当でしょうか」二ツが蕎麦雑炊を食べながら言った。

「はっきりするまで、離れられんな」

「食べるものを探しながら、暫く付いて行きますか」

「いや」と無坂が言った。「米を分けてもらおう」

「誰に、ですか。三河守様にですか」

「《かまきり》だ。棟梁に米をやると言われたのだが、借りを作りたくないからと断ったことがあったのだ。その後、天龍の水では散々借りを作った癖にな。だがな、米を《かまきり》にもらう。そんな日を迎えようとは、思いもしなかったぞ」

「我ら三河守様をお守りするため、《かまきり》や透波を倒しましたが、大丈夫でしょうか」

「それを言ったら、俺は前の棟梁やら誰やらを殺している」

二ツが、ははは、と声を小さく上げて笑った。二ツの笑い声を聞いたのは久し振りだった。前に聞いたのはいつだったか思いだそうとしたが、分からなかった。


（下巻に続く）

本書は文庫書下ろしです。

|著者|長谷川 卓　1949年、神奈川県生まれ。早稲田大学大学院文学研究科演劇専攻修士課程修了。'80年、「昼と夜」で第23回群像新人文学賞受賞。'81年、「百舌が啼いてから」で芥川賞候補となる。2000年、『血路南稜七ツ家秘録』（改題）で第2回角川春樹小説賞受賞。主な著書に「高積見廻り同心御用控」シリーズ、「雨乞の左右吉捕物話」シリーズ、「嶽神伝」シリーズなどがある。

嶽神伝（がくじんでん）　風花（かざはな）(上)

長谷川（はせがわ） 卓（たく）

講談社文庫

定価はカバーに
表示してあります

2019年10月16日第1刷発行

発行者――渡瀬昌彦
発行所――株式会社　講談社
東京都文京区音羽2-12-21　〒112-8001
電話　出版（03）5395-3510
　　　販売（03）5395-5817
　　　業務（03）5395-3615

Printed in Japan

デザイン―菊地信義
本文データ制作―講談社デジタル製作
印刷―――豊国印刷株式会社
製本―――株式会社国宝社

ISBN978-4-06-517648-1

講談社文庫刊行の辞

二十一世紀の到来を目睫に望みながら、われわれはいま、人類史上かつて例を見ない巨大な転換期をむかえようとしている。

世界も、日本も、激動の予兆に対する期待とおののきを内に蔵して、未知の時代に歩み入ろうとしている。このときにあたり、創業の人野間清治の「ナショナル・エデュケイター」への志を現代に甦らせようと意図して、われわれはここに古今の文芸作品はいうまでもなく、ひろく人文・社会・自然の諸科学から東西の名著を網羅する、新しい綜合文庫の発刊を決意した。

激動の転換期はまた断絶の時代である。われわれは戦後二十五年間の出版文化のありかたへの深い反省をこめて、この断絶の時代にあえて人間的な持続を求めようとする。いたずらに浮薄な商業主義のあだ花を追い求めることなく、長期にわたって良書に生命をあたえようとつとめるところにしか、今後の出版文化の真の繁栄はあり得ないと信じるからである。

同時にわれわれはこの綜合文庫の刊行を通じて、人文・社会・自然の諸科学が、結局人間の学にほかならないことを立証しようと願っている。かつて知識とは、「汝自身を知る」ことにつきていた。現代社会の瑣末な情報の氾濫のなかから、力強い知識の源泉を掘り起し、技術文明のただなかに、生きた人間の姿を復活させること。それこそわれわれの切なる希求である。

われわれは権威に盲従せず、俗流に媚びることなく、渾然一体となって日本の「草の根」をかたちづくる若く新しい世代の人々に、心をこめてこの新しい綜合文庫をおくり届けたい。それは知識の泉であるとともに感受性のふるさとであり、もっとも有機的に組織され、社会に開かれた万人のための大学をめざしている。大方の支援と協力を衷心より切望してやまない。

一九七一年七月

野間省一